HaffmansTaschenBuch 169

2,- €G?

D0994062

DAVID M. PIERCE

Down in the Valley

EIN VICTOR-DANIEL-KRIMI

AUS DEM AMERIKANISCHEN
VON
HARRY ROWOHLT

HAFFMANS VERLAG

Veröffentlicht als
HaffmansTaschenBuch 169, Juli 1992
Konzeption und Gestaltung von
Urs Jakob
Umschlagbild von
Nikolaus Heidelbach

Satz: LibroSatz, Kriftel
Herstellung: Ebner Ulm
ISBN 3 251 01169 3

1 2 3 4 5 6 − 97 96 95 94 93 92

Meinen Leuten

*Vieles in diesem Buch habe ich erfunden – inklusive alle
handelnden Personen –, aber nicht Los Angeles oder das San Fernando Valley.
Gott weiß, wer die erfunden hat.*

Erstes Kapitel

Ein Scherbenhaufen.

Warum ist nie etwas einfach?

Warum hat nicht alles einen Anfang, eine Mitte und dann ein Ende, wie ein Rendezvous mit einem katholischen Mädchen? Warum ist nicht alles so pur wie ein doppelter Whiskey in einem sauberen Glas?

Wenn ich der Typ wäre, der in lyrische Stimmung gerät, würde ich meine Durchschnittswoche mit einem Puzzle vergleichen, dem eine wesentliche, aber unbekannte Anzahl Teile fehlen, und zwar am Rand. Als ich zum Beispiel das Mo Kee Café durch die Hintertür betrat, blickte er nicht einmal auf, sondern hackte einfach weiter mit seinem ellenlangen Schlachtermesser chinesische Vollwertkost in kleine Stücke.

»Geld oder Schuldturm«, sagte ich humorig, da er, auf einem Karton mit Sojasauce stehend, etwa 1,32 m hoch aufragte.

»Kein Geld«, sagte er. Statt dessen bot er mir auf seines Messers Schneide ein Scheibchen Rettich an. Ich legte ihm eine Hand unters Kinn, hob ihn an und setzte ihn in einen Haufen Sojasprossen auf seinem Arbeitstisch.

»Geld«, sagte ich.

»Später«, sagte er. Er ließ sorgsam die Machete fallen, so daß sie meinen so-gut-wie-neuen weißen Turnschuh nur knapp verfehlte, bevor sie sich in den Fußboden spießte, und rief dann etwas. Zwei seiner Mitarbeiter kamen aus dem Speisesaal hereingetrabt. Was sollte ich tun, der Gelben Gefahr erneut den Krieg erklären?

Ich ging und drohte dem hinterlistigen Asiaten mit der

Faust. Er hatte einst zu den vietnamesischen Boat People gehört und schuldete mir immer noch $ 750,– für einen Job, den ich für ihn erledigt hatte. Na gut, wenn es mit Charme nicht klappte, mußte ich mir was anderes einfallen lassen; etwas Schlaues oder etwas Gemeines. Da ich es in meinem Leben schon ein- bis zweimal ohne viel Erfolg mit Schläue versucht hatte, blieb mir nur die Gemeinheit.

Ich fuhr in mein Büro zurück und bedachte meine Möglichkeiten, und als ich an meinem Schreibtisch saß, um auf Briefpapier der Einwanderungsbehörde einen pampigen Brief zu schreiben, kam Timmy am Vorderfenster vorbei und linste fragend herein. Ich schüttelte den Kopf, wie in »Hau bloß ab«. Er wackelte seinerseits verständnisinnig mit dem Kopf und klapperte die anderen Häuser ab, um meine Nachbarn zu belästigen.

Ich saß damals in der hintersten Einheit einer kleinen L-förmigen Einkaufszone Ecke Victory Boulevard und Orange Avenue, direkt neben einem unbebauten Grundstück, auf welchem ich von Zeit zu Zeit das Geräusch zersplitternder Flaschen und ethnischer Stimmen, in lautem Disput über alles oder nichts erhoben, durch den milden kalifornischen Abend dringen hörte. Und in letzter Zeit, an den drückend schwülen kalifornischen Nachmittagen, hörte ich zunehmend die nasalen Stimmchen Schulpflichtiger die wichtigen Tagesereignisse erörtern, und zwar in Dialogen wie »Gib den Joint rüber« und »Halt dich nicht an der Kippe fest«.

Neben meinem Büro war der Mitnehm-Imbiß der Familie Nu, daneben eine Videothek, und daneben kam eine Taco-Burger-Filiale, die von der hübschen Señora Morales geführt wurde. Als letztes vor dem rechten Winkel des L kam der armenische Schusterladen von Mr. Amoyan. Ich hoffte, daß Timmy ihn nicht belästigte, denn ich mochte den alten Gent; am späten Nachmittag lümmelten wir uns manchmal auf der hölzernen Bank vor seinem Laden herum, beobachteten Schülerinnen und junge Muttis, wie sie in den Taco-Burger gingen und wieder herauskamen, und schüttelten angesichts der Narretei der Jugend und angesichts des Mangels an Narretei, was uns betraf, traurig unsere Quengelköppe.

Und was nun Timmy betraf, so war dieser, tja, wie die San Francisco Giants, einer von Gottes weniger erfolgreichen Einfällen.

Ich hatte ihn vor sechs Wochen kennengelernt, als sich der erste Smog des Aprils auf das San Fernando Valley legte wie billiges Haarspray auf eine selbstgemachte Dauerwelle. Jemand knallte mir mit einem Besenstiel auf die Schulter, als ich mein Büro aufschloß; ich fuhr herum, bereit zu töten, und bemerkte, daß ich jemanden ansah, der mehr war als ein Junge, aber weniger als ein Mann, mit einem unschuldigen, runden Mondgesicht und leeren blauen Augen. Er war offensichtlich geistig behindert, aber die medizinische Ursache wußte ich nicht, und ich wollte sie auch nicht so ganz genau wissen.

Timmy jedoch war harmlos, jedenfalls einigermaßen; er konnte sprechen, jedenfalls einigermaßen, und alles, was er wollte, war, daß er vor meinem Büro für mich fegen wollte. Er hatte sich in der *Ralph's*-Supermarktfiliale einen Einkaufswagen ausgeborgt und den mit gemischtem Putzkrempel vollgestopft, Zeitungen, Flaschen, alte Lumpen, ein paar Spielsachen, die üblichen wertvollen Besitztümer der Besitzlosen.

Also fegte er die Stufe vor meinem Büro, mit großer Sorgfalt, und ich gab ihm einen Dollar. Ein paar Tage später besorgte ich ihm einen richtigen Job. Eines Nachmittags hatte mich ein gewisser Mr. Christo Papanikolas besucht, dem es allmählich lästig fiel, daß er ständig beklaut wurde. Er betrieb mit mehreren anderen Mitgliedern seines

Klans den florierenden Arrow Liquor Mart zwei Straßen weiter vom Lankershim Boulevard und war nun schon das dritte Wochenende hintereinander überfallen worden. Als er wieder weg war, ließ ich mir die Standard-Methoden, wie man ein Problem wie das von Mr. Papanikolas angeht, durch den Kopf gehen – Hunde, Alarmsysteme, verkaufen und eine Nerzfarm aufmachen –, als Timmy angeschlendert kam.

Die Glühbirne über meinem Kopf leuchtete auf, und jetzt verbringt Timmy seine Abende auf einem Stuhl, welcher auf der Gefriertruhe steht, welche sich hinten im Arrow Liquor Mart befindet, und auf seinem Schoß hat er etwas, was wie eine tragbare Kanone aussieht, aber in Wirklichkeit eine Leuchtpistole ist; gibt es für $ 40,– bei jedem Schiffsausstatter, ohne Waffenschein. Mr. Papanikolas, inzwischen ein Freund fürs Leben, berichtet mir, seitdem Timmy den Dienst mit der Waffe versehe, habe es keinen Ärger mehr gegeben, aber auch nicht andeutungsweise, außer das eine Mal, als Timmy mit dem Ding auf eine uralte Stadtstreicherin zielte, die sich gerade ihre Wochenend-Flasche Portwein holen wollte, und sie anschnauzte: »Eine falsche Bewegung, und du stirrrbst, du alte Ziege.«

Tante Stef'nie gab mir etwas von ihrer ganz speziellen Halvah, und die war lausig. Neffe Yuri bat mich, ihm bei seinen Schularbeiten in Englisch zu helfen. Ich bat Mr. Papanikolas, bitte recht bald seine Rechnung zu begleichen: zwei Kartons *Christian Brothers*-Brandy, zwölf 1,2-Liter-Flaschen *Canada Dry*-Ginger Ale und ein Riesenglas nachgemachte Pepperoni-Hot Stix. Das machte er prompt. Jedem das Seine.

Jetzt sind wir also à jour; mit der Welt ist alles in Ordnung, außer dem, was nicht in Ordnung ist, und ich sitze an einem Schreibtisch aus Zweiter Hand in einem Büro aus Dritter Hand und versuche, einen dreikäsehohen asiatischen Kohlschnetzler auszutrixen. Verstehen Sie mich nicht falsch; ich habe keine Vorurteile; nur gegen Menschen, die mir Geld schulden. Und Deutsche. Und Japaner (männlich). Und Mädels, die Zigarren rauchen.

Das Telefon klingelte.

Ich betrachtete es mit milder Überraschung und nahm dann den Hörer ab. Es war eine Dame, oder doch zumindest eine Frauensperson, mit einer Stimme wie Maissirup auf einem niedrigen Stapel Buttermilchpfannkuchen.

»Mister V. Daniel?«

»Stimmt genau«, sagte ich. »›V‹ (wie in ›Victor‹) Daniel.«

»Victor Daniel, werden Sie heute um dreizehn Uhr in Ihrem Büro sein?«

»Wenn Sie mir einen guten Grund dafür geben können.«

»Mr. Lowenstein, der Stellvertretende Schulleiter der St. Stephen's High School, würde sich gern mit Ihnen unterhalten.«

»Das kommt prima hin«, sagte ich und legte auf. Ich fragte mich, was Mr. Lowenstein, der Stellvertretende Leiter einer mit dem Auto etwa fünf Minuten westlich von mir gelegenen Niederen Lehranstalt, wollte. Vielleicht nur einen Blick auf meine Hawaiihemdensammlung werfen, welche in dieser Gegend durchaus einen bescheidenen Ruf genoß. Glücklicherweise gibt es viele stämmige Hawaiianer auf der Welt.

Ich mußte eine Stunde warten, um es herauszufinden, und knipste deshalb Betsy an, einen *Apple II*-Computer mit dem meisten wichtigen Zubehör außer einem Matrix-Drucker, und der diesbezügliche Brief an den Weihnachtsmann lag schon seit geraumer Zeit auf der Post. Es interessiert Sie vielleicht, daß Davy Crocketts Flinte ebenfalls Betsy hieß. Ich liebte Betsy. Ich hatte vorher schon oft in meinem Leben geliebt – zwei Autos, ein Baumhaus, einen Baseballhandschuh für Linkshänder aus echter Kuhhaut, eine Dame, irgendwie –, aber Betsy liebte ich leidenschaftlich. Das einzige Problem bestand darin, daß ich Jahre gebraucht hatte, um die Bedienung des dummen Dings zu erlernen, und ich machte immer noch peinlich elementare Fehler und vergaß z. B. die Abdeckung zu entfernen, aber wer ist schon vollkommen?

Ich war gerade in ein bizarres Spiel verwickelt, welches irgendein Freak programmiert hatte; es ging da um eine mythische Stadt in Asien, und der Spieler war ihr Satrap oder Khan oder Sonstwas und mußte entscheiden, wieviel Getreide angepflanzt werden sollte. Ich kam der Sache aber allmählich auf die Schliche. Ich tippte: »200 Kilo pflanzen.«

»Danke, oh Weiser«, sagte der Computer.

Ich wollte gerade »200 Bauern umbringen« tippen, als jemand so schnell zur Eingangstür hereinkam, daß er nicht nur vergaß zu klopfen, sondern auch seinen Baseballschläger draußen zu lassen. Ich wußte nicht, ob er hinter mir oder Betsy her war, aber ich war bereit, bis zu meinem oder Betsys Tode zu kämpfen. Der Mann war zwar genauso schwarz wie Hank Aron, aber er war nicht Hank Aron und verfehlte uns mit seinem Schläger um Meilen. Mit einer Hand entriß ich ihm den Schläger, und mit der anderen verpaßte ich ihm einen kurzen, trockenen Karatehieb und pochte ihm dann knapp, aber süß mit dem guten, alten Hickory aufs Knie, und damit war auch das abgehakt.

»Hab dich ja lange nicht gesehen, Mick«, sagte ich. »Wie gehts denn immer?«

»Lausig, du Arschgesicht, und das hab ich dir zu verdanken«, sagte Mick. »Jetzt hab ich auch noch ein gebrochenes Bein.«

»Außerdem holst du nicht richtig aus«, sagte ich. »Ich glaube, du verlagerst dein Gewicht zu weit nach vorn.«

Er hinkte zur Tür, ging hinaus, wollte sie gerade zuknallen, besann sich eines Besseren und beschied sich damit, dünnflüssig auf den Bürgersteig zu expektorieren. Gut, damit war er wieder für einen bis zwei Monate ruhiggestellt. Ich hatte mal einem Kumpel geholfen, Mick zu pfänden, nur daß es in diesem Fall nicht nur um sein Auto oder seine Möbel ging, sondern um sein gesamtes Haus plus Inhalt. Er war mit den Raten für ein Wohnmobil im Werte von $ 75000,– neun Monate im Rückstand und versuchte es außerdem als juristischer Eigentümer weiterzuverkaufen, deshalb nahm ich ihn einmal abends mit zum Billard und ließ ihn ein paar Dollar gewinnen, während mein Kumpel mit einem Tieflader auf dem Parkplatz vorfuhr, das Wohnmobil auflud und wegkarrte. Da Mick von argwöhnischer Gemütslage war, verdächtigte er mich und kam immer mal wieder vorbei, wenn er gerade was Schnelles eingeworfen hatte, und unternahm einen halbherzigen Versuch, mich zu enthaupten.

Wo war ich stehengeblieben? Ach ja. Ich gab »200 Bauern liquidieren« ein.

»Schon geschehen, oh Gnadenreicher«, sagte der Computer.

Zweites Kapitel

Kurz nach 13:15h spähte ein Mann, von dem ich annahm, daß er Mr. Lowenstein war, kurz zum Vorderfenster herein. Ich spähte zurück. Dann klopfte er und kam rein. Ich knipste Betsy aus und stand auf, um ihn zu begrüßen. Er war etwa 1,85 m groß, aber ich konnte immer noch einen Teller Suppe von seinem Kopf essen, ohne die Arme zu heben, da ich saubere 1,98 m messe, bzw. maß, als ich mich letztesmal maß.

»Mr. Lowenstein?«

»Korrekt. Mr. Daniel?«

»Korrekt.«

Wir gaben uns die Hand, ohne viel Wesens davon zu machen. Er ließ sich schwer auf den Bittstellerstuhl sinken und griff nach einer zerknitterten Packung Winston Lights.

»Es macht mich kaputt, daß ich in der Schule nicht richtig paffen darf«, sagte er. »Ich weiß zwar, wie gesund das für mich ist, aber außerdem bringt es mich auch um. Komisch. Früher waren es die Lehrer, die rauchten, aber jetzt sollen wir das nicht mehr, und nun ziehen sich die elenden Gören die Lullen rein, und unsereins lutscht Zucker mit Pfefferminz-Geschmack.« Er zündete seine Rauchware mit einem altmodischen Zippo an.

»Ich hab's mir nie angewöhnt«, sagte ich und beobachtete, wie er inhalierte: so tief, daß er fast Kringel in den Zehen kriegte. Mr. Lowenstein war ein gutaussehender Mann Anfang Fünfzig, das sorgengraue Haar in der Mitte gescheitelt, massiv gebaut, aber ohne Übergewicht; er trug bequeme Halbschuhe und ein kontrastierendes Gabardine-

Jackett mit einem gelben Einstecktüchlein. Ich trug hellbraune Halbschuhe und ein unglaublich scharfes kurzärmeliges Hemd aus Oahu, auf welchem tropische Getränke und Palmen abgebildet waren.

»Halten Sie mich bitte nicht für unhöflich, aber darf ich Ihnen zuerst ein paar Fragen stellen?«

»Nur zu«, sagte ich.

»Sie sind wirklich ein ordentlich bestallter Privatdetektiv, dessen Lizenz sich auf das gesamte Stadtgebiet erstreckt?«

»Auf diesen gesamten herrlichen Staat«, sagte ich. »Wird jedes Jahr erneuert, wenn ich ein braver Junge war.«

»Wie lange haben Sie Ihre Lizenz schon?«

«Seit sechs Jahren. Und vorher schon mal vier Jahre. Im Osten. In Illinois.«

»Aha«, sagte Mr. Lowenstein und nickte. «Und kennen Sie irgendeinen Amtswalter, der für Sie bürgen könnte?«

»Den Filialleiter meiner Bank«, sagte ich. »Er könnte sich dafür verbürgen, daß ich meine Rechnungen bezahle. Dann habe ich noch einen Bruder, der ist Lieutenant bei der Polizei von L.A. Der könnte sich auch für irgendwas verbürgen; ich weiß nur nicht, wofür. Bei Brüdern weiß man nie.«

Mr. Lowenstein sah mich an. Ich sah ihn an. Dann sah er den Computer an.

»Sowas ist bei Ihrer Arbeit sicher eine große Hilfe«, sagte er.

»Bei Ihrer auch«, sagte ich. »Mein Bruder empfindet die Dinger ebenfalls als sehr segensreich. Sie sind schwer im Kommen.«

»Hmmm«, sagte Mr. Lowenstein. Er seufzte und drückte seine Zigarette in meinem einen Aschenbecher aus, welcher die Form eines Konzertflügels hatte und nicht zu Unrecht aus Del's Piano Bar in der Independence Avenue stammte, wo ich eine gelegentliche Mußestunde zu verbringen pflegte.

»Gut, gut«, sagte er und kam zu einem Entschluß. »Es geht um Folgendes, Sir. Wir haben leider zur Zeit viel Ärger an meiner Schule, für den wir offensichtlich nicht im mindesten gerüstet sind. Der Gebrauch von Drogen ist inzwischen so weitverbreitet, daß die Schüler sie bereits fast völlig ungeniert nehmen. Ich weiß, daß einige der älteren Jungen sie auf dem Schulgelände verkaufen. Und einer der Jüngeren aus einer meiner Klassen wurde letzte Woche erstochen, auf dem Parkplatz.«

»Meine Güte«, sagte ich, da irgendwas zu sagen war.

»Meine Güte ist das richtige Wort«, sagte er. »Mr. Daniel, es ist mir egal, was diese degenerierten Spatzenhirne treiben, wenn sie sich außerhalb des Schulgeländes aufhalten, obwohl es mir, glaube ich, doch nicht egal ist –, sie können sich Batteriesäure direkt in ihre weichen heranwachsenden Gehirnzellen schießen, wenn ihnen danach ist, und einige tun das wahrscheinlich bereits, aber ich empfinde es als einen Affront, wenn sie es beinahe direkt vor meinen sehenden Augen tun, verstehen Sie mich? Wenn sie vom Mittagessen zurückkommen, zugekokst bis an die Kiemen, oder wie heutzutage der korrekte Ausdruck lautet, oder wenn sie aus der Turnhalle zurückkommen und aussehen wie Untote oder sich angesichts eines meiner milden Scherze überhaupt nicht mehr einkriegen können. Und es wäre mir sehr lieb, wenn man damit Schluß machen könnte, bevor es noch schlimmer wird, verstehen Sie mich?«

Ich sagte, ich verstünde ihn.

»Entschuldigen Sie, daß ich mich so ereifere«, sagte er und steckte sich eine neue Zigarette an. »Aber ich ereifere mich nun mal, und ich ereifere mich jeden Tag heftiger.«

Ich sagte, das verstünde ich ebenfalls. Er bedachte mich mit einem schwachen Lächeln und sah dann auf die Uhr.

»Chemie um zwei«, sagte er. »Dabei macht es mir Spaß, diese Schwachköpfe zu unterrichten. Merkwürdig.«

»Unglaublich.«

»Also, was halten Sie von dem Ganzen, Mr. Daniel? Schon eine Idee?«

»Ich glaube, wir sprechen wieder miteinander, wenn wir mehr Zeit haben«, sagte ich. »Dann könnte ich mich ein bißchen umsehen, und dann könnten wir noch mal miteinander sprechen.«

»Heute nach der Schule?«

Das, sagte ich, könnte ich nicht schaffen.

»Dann morgen in der Schule?«

Ich sagte, ich würde da sein.

»Schön.« Er stand auf, um zu gehen. Ich stand auch auf.

»Äh, verstehen Sie mich bitte nicht falsch, aber es wäre wohl das Beste, wenn Sie etwas, wie soll ich sagen, unscheinbar aussähen.«

»Ich werd's versuchen«, sagte ich. Ich brachte ihn an die Tür; wieder lächelte er kurz, und dann ging er. Ich lächelte kurz seinen Rücken an und setzte mich wieder hin. Netter Kerl, für einen Lehrer.

Ich leerte den Aschenbecher mit seinen Kippen in den Papierkorb, knipste den Computer an, legte eine frische Diskette ein, kodierte sie und gab »St. Stephen's, 14. Mai 1984« ein. Dann tippte ich Mr. Lowensteins Namen, schlug die Telefonnummer der Schule nach und gab sie ein, und dann, als mir gar nichts mehr einfiel, wechselte ich wieder die Disketten und metzelte ein paar weitere Bauern dahin, eine Beschäftigung, die ich wärmstens empfehlen kann.

Ein paar Minuten später ging draußen Mrs. Morales' hübsche Tochter vorbei und winkte mir zu. Ich winkte ohne große Umstände zurück, eine Beschäftigung, die ich ebenfalls wärmstens empfehlen kann.

Um fünf Minuten nach vier überprüfte ich meine Termine für den Rest des Tages – Valley Bowl und Mrs. Lucy Seburn – und begann, für die Nacht zusammenzupacken, wobei alles von einigem Wert in ein Monster von einem Safe wanderte, der den Fußboden meiner Büro-Toilette fast völlig ausfüllte.

Mein Auto stand genau vor dem Büro, so daß ich tagsüber ein Auge darauf haben konnte, obwohl es gar kein echtes Auto war, ein vergammelter rosa-blauer Nash Metropolitan. Eindeutig nicht das, wobei mir als Automobilisten das Herz bis in den Hals klopft: ein '38er Chevy Coupé, stumpf grau mit Dienstbotensitz hinten, und eine '53er dunkelgrüne Hudson Hornet mit Straßenbahnfahrerknopf am Lenkrad. Mann, was war ich damals heiße Ware. Was ist eigentlich passiert? Immerhin muß ich zugeben, daß ich allmählich in den Nash hineinwuchs.

Die Victoria Avenue entlang bis zur Apple Street, an Dave's Corner Bar vorbei, gleich neben dem Longhorn Grill – Happy Hour von 16:30h bis 19:30h –, den Flamingo Drive hoch und an der irischen Bar vorbei und dann halten, aussteigen, abschließen: The Valley Bowl, Inh. J. D. Curtain, Ex-Profi-Bowlingspieler, Ihr charmanter Gastgeber. Der Laden war noch einigermaßen still, nur vier Bahnen wurden bespielt, aber in vier Stunden war bestimmt auf allen vierundzwanzig Bahnen der Teufel los, dann ging es um Punkte, um Geld, um die Wurst.

John D., sagte mir Big Sally an ihrem Snack-Tresen, war in seinem Büro. Sie hatte nur einen Kunden, einen Jungen, der einen Milkshake trank, weshalb ich mir aus lauter Mitleid einen Thunfisch-Toast machen ließ.

»Und wie ist dein Liebesleben?« fragte sie mich.

»Unglaublich«, sagte ich wahrheitsgemäß.

»Meins auch«, sagte sie. »Unglaublich vazierend.«

»Ist das was Gutes oder was Schlechtes?« wollte der Junge mit dem Milkshake wissen.

»Schlag's nach«, sagte ich.

»Was für eine gute Idee!« sagte der Junge. »Vielen Dank,

Sir. Ich werde mich stehenden Fußes in die nächste Bibliothek begeben.«

Ich bedachte den unreifen Lausejungen mit einem vernichtenden Blick und rechnete dann mit Sal ab, wobei ich ihr einen Vierteldollar Trinkgeld gab. Sie sah mir irgendwie wehmütig nach, dachte ich, als ich an den vielen Space Invaders und Flippern vorbei- und John D.s Büro zustrebte. Vielleicht war sie in mich vernarrt. Vielleicht mochte sie alle, die ihr ein üppiges Trinkgeld gaben.

Ich fand meinen Freund an seinem vollgemüllten Schreibtisch vor. Er überflog einen speckig gedruckten Kegler-Kurier.

»Wie geht's?«

»Es geht«, sagte er. »Und selber?«

»Und selber auch«, sagte ich.

Er lächelte. John D. war wohlgebaut, Anfang 40, glaube ich, und stak in einem ausgeblichenen Trainingsanzug. Seit seiner Profi-Zeit hatte er kein zusätzliches Pfund angesetzt, ganz im Gegensatz zu einigen Herren, die ich erwähnen könnte. Unaufgefordert warf er mir ein Passepartout-Schlüsselbund zu, welches er von einem Schlüsselbrett an der Wand hinter seinem Kopf gepflückt hatte. Ich fing es geschickt auf, zog meine Checkliste hervor und begab mich hinaus, um mein täglich Brot zu verdienen.

Zuerst warnte ich die Angestellten vor seltsamen Vorfällen, die sich in der nächsten halben Stunde zutragen würden, z. B. vor plötzlichem Geklingel und dem Tappen großer Füße auf dem Dach, auf welches ich mich als nächstes begab, um die Oberlichter zu überprüfen und Johns gesamtem Sicherheitssystem das monatliche Training zu verpassen, weshalb ich auch die Schiebetüren hinten, wo die Lieferungen kamen, untersuchte, sowie überhaupt alles und jedes.

Es war, soweit ich sehen konnte, alles klar, aber eine

große Flutlichtlaterne auf dem Parkplatz war aus, und das bedeutete, daß ich in den Keller mußte, die Leiter holen, raufklettern und die Glühbirne auswechseln, ohne von der Leiter zu fallen, was mir auch für diesmal noch gelang; seit ein paar Jahren war ich nämlich unerklärlicherweise nicht mehr schwindelfrei, und dieser Zustand wurde eher schlimmer als besser. Ich konnte von Glück sagen, daß meine Karriere als Bergsteiger da bereits beendet war. Sowie auch mein Teilzeit-Job als Baumchirurg.

Als ich fertig war, wusch ich mich und ging in John D.s Büro zurück.

»Und wieder einen Monat Sicherheit«, sagte ich.

Er wedelte mich auf einen abgeschabten Klappstuhl und begann mit Lockerungsübungen.

»Irgendwas geht hier vor«, sagte er und atmete tief durch die Nase ein.

»Man nennt das Leben«, sagte ich hilfsbereit.

»Bestimmt ist eins der Mädels an der Kasse.«

»Das nennt man immer noch Leben«, sagte ich. Er fing mit einer Serie schmerzhaft aussehender Kniebeugen an.

»Ich bin jetzt jeden Abend mannschaftsweise ausgebucht. Ich kann mir fast auf den Dollar genau ausrechnen, wieviel ich einnehmen müßte. Mir fehlen jedesmal vierzig bis fünfzig Dollar.«

»Wieviele Mädchen arbeiten hier?«

»Nachts drei«, sagte er. »Eigentlich sollen sie rotieren, damit immer zwei dran sind, aber du kennst ja die Mädels.«

»Leider nicht«, sagte ich. »Arbeiten sie auch tagsüber hier?«

Er schüttelte den Kopf. »Zu wenig los.«

»Wie werden sie bezahlt?«

»Bar Kralle«, sagte er unschuldig. »Vereinfacht die Buchführung.« Genau. Das vereinfachte die Buchführung, besonders fürs Finanzamt.

»Jeden Freitag«, fügte er hinzu und begann, sich im Rahmen einer Serie von stehend ausgeführten Liegestützen von der Wand abzustoßen. Schon das Zusehen tat weh.

»Wieviel?«

»Zu viel«, sagte er. »Vier Dollar fünfundzwanzig die Stunde, hundertdreiundfünfzig die Woche, Gelegenheitsarbeit, ohne Arbeitgeberanteil.«

»Sklaventreiber«, sagte ich. »Naja, fünfzig Dollar mehr pro Woche werden nun nicht ihren Lebensstil verändern; ich meine, es wird doch nicht plötzlich eine mit Zobeln und im Maserati zur Arbeit kommen.«

»Also?«

»Also wird wahrscheinlich ein wenig externe Arbeit erforderlich sein, sowie ein bißchen Glück und eine Unmenge professionellen Könnens, und da all dies nicht in unserem Vertrag steht, wird außerdem noch ein wenig Taschengeld von dir erforderlich sein.«

»Und sonst gibt's nichts Neues?« Er nahm eine zerschrammte Bowlingkugel aus ihrem klobrillenförmigen Ständer auf einem Regal voller Trophäen und hob sie, Bi- und Trizeps spielen lassend, mehrmals in die Höhe. »Mit diesem Teil habe ich zu meiner Zeit nicht schlecht verdient«, prahlte er. »Wieviel ist ein wenig?«

Ich sagte ihm, es könne einen halben Tag dauern, vielleicht sogar einen ganzen. Er sagte, dann mach's. Ich sagte, schick mir die Anstellungsverträge der Mädchen bzw. Kopien derselben. Außerdem, wenn er sowas hatte.

»Betrachte es als stattgehabt, Amigo«, sagte er und schwang die Kugel über seinem Kopf. »Hab ich dir schon mal erzählt, wie ich in Dearborn mit zweihundertneunundneunzig im letzten Spiel gewonnen habe?«

»Ja«, sagte ich und ging. Schon wieder ein netter Mensch. Zwei an einem Tag; rekordverdächtig für das San Fernando Valley.

Als ich wieder im Auto saß, sah ich auf die Uhr – 17:15 h – stellte das Radio an und machte mich auf den Weg in den Stoßverkehr, um mich für heute meiner letzten Aufgabe zu entledigen, Lucy Seburn, Mrs., aber nicht mehr lange.

»Down in west Texas, the town of El Paso . . .« sang das Radio.

» . . . da hab ich mir ganz gepflegt was geholt«, sang ich.

Drittes Kapitel

Mrs. Lucy Seburn wohnte etwa zwanzig Autominuten öst-
lich in einer von Burbanks nobleren Straßen, in einem der
nobleren Häuser der Straße, Kieseinfahrt, alles. Es hatte
sogar einen Namen – *Mariposa,* oder Schmetterling. Ich
kam mir eher wie eine Motte vor und parkte um die Ecke in
der Rivera Street, vom Haus aus nicht zu sehen und mit der
Nase in die Richtung, aus der ich gekommen war, weil ich
inzwischen Mrs. Seburns Routine zu kennen glaubte, war
es doch an den letzten sechs Donnerstagnachmittagen genauso gewesen.

Um 17:45 h tauchte sie aus ihrem Kokon auf, setzte sich in
ihren neuen schwarzen Toyota und fuhr zur Rivera Street,
wo sie nach links abbog; in der Laurel Street bog sie nach
rechts auf den Acacia Boulevard ein, fädelte sich auf den
Ventura Boulevard ein, verließ ihn in Höhe La Cienega
Boulevard wieder und schaffte es schließlich, vorsichtig
und rücksichtsvoll fahrend, bis zu einem Fitneß-Center
weit draußen auf dem Ventura Boulevard, in welches sie
sich mit federnden Schritten begab.

Ich notierte mir ihre Route und die jeweiligen Uhrzeiten,
wie üblich, parkte vor Moe's Hotdog-Bude gegenüber, wie
üblich, aß drei Hotdogs, nur mit Senf und Relish, doppelte
Portion Pommes und ein Root Beer, wie üblich, und lauschte eine Stunde lang der Country-Musik im Radio, wie
üblich.

Als Mrs. Seburn herauskam, sah sie erfrischt aus, ich
notierte die Zeit und folgte ihr dann nach Hause. Würden
Sie glauben, daß ich für diesen Kinderkram tatsächlich
Geld gezahlt kriegte? Jeden Freitag schickte ich per Boten

eine getippte Mitteilung über die Trimm-Dich-Übung der Dame an ihren Gatten unter seiner Geschäftsadresse in Century City. Jeden Montag schickte er mir per denselben Boten $ 82,50 in bar. Nach dem erstenmal kam ich zu dem Schluß, daß die attraktive Mrs. Seburn scharf rangenommen wurde, und damit meine ich nicht wegen ihrer Zellulitis, obwohl es der sicher auch guttat. Alle anderen Kunden des Fitneß-Centers kamen mit irgendeiner Art Reisetasche, meist mit einem Kombinationsschloß, das irgendwo am Riemen baumelte. Bei einem Typ, den ich kannte und der in der West-Hollywood-Filiale desselben Clubs Mitglied war, fand ich die Prozedur heraus: Die Kundschaft brachte immer ihre Sweatshirts und Strumpfhosen und Wollsocken mit, stopfte ihre Straßenklamotten in Schließfächer und verschloß die Schließfächer mit ihren eigenen Kombinationsschlössern, was der Direktion auch viel lieber war, weil Schlüssel auf einem »Nautilus«-Folterbock oder bei einem völlig angestochenen Aerobic-Gehopse zu leicht verloren gehen.

Unnötig zu sagen, daß Mrs. Seburn stets ohne Reisetasche erschien; wahrscheinlich sagte sie ihrem Männe, falls sie ihm überhaupt was sagte, oder ihrem Dienstmädchen, falls sie Mex sprach, daß sie ihre Minelle im Center ließ. Nur ich und »de Shadow« wußten es besser. Und Männe inzwischen natürlich auch. Ich hatte einen Blick auf den Mr. Universum im Empfang werfen können und stellte mir vor, daß wir von ihm eine eidesstattliche Erklärung kriegen konnten, ohne das Sparschwein zu schlachten. Außerdem hatte ich, um meine deduktive Beweiskette in Sachen Mrs. Seburns außereheliche Aktivitäten zu vervollständigen, mit langer Linse ein paar flotte Aufnahmen gemacht, welche sie zeigen, wie sie gerade einen jungen Mannsbrocken küßt, denselben, der sie auch für gewöhnlich zum Wagen brachte. Sie war jung und sah gut aus. Er war jung und sah gut aus.

Ich war alt und neidisch.

Und was trieb nun ein junger Mensch wie ich, nett und mit sauberem Haarschnitt, überhaupt bei einem solchen Job? Er aß. Die meisten Herren in meinem Gewerbe behaupten laut, wenn sie eine gewisse – wie soll ich das ausdrücken? – Klasse haben, daß sie nicht in Scheidungssachen arbeiten. Sie tun es aber doch. Ich auch. Es gefiel mir zwar nicht übermäßig, aber es mißfiel mir auch nicht übermäßig, wie kanadischer Whisky, wie so vieles.

Der Verkehr hatte sich unterdessen beruhigt, d. h. er war so ruhig geworden, wie der Verkehr in L.A. jemals werden kann, nämlich verstopft. Ich fuhr nach Hause, wo es ja bekanntlich am schönsten ist. Außerdem ist es 2 SZ, mod. eing., Müllabf., Ausleg-W. u. Gard. neu, Sicherh.-Gar., Windsor Castle Terrace, gleich hinter der Autobahnüberführung. Es war in Ordnung, wenn man kackbraune Auslegware und hüttenkäseweiße Zimmerdecken mochte. Die Besitzerin, die im Parterre unter mir in der anderen Wohneinheit lebte, hieß Mrs. Phoebe (»Sie können Fiiiib zu mir sagen«) Miner, ein knallhartes altes Mädchen, dem es wurscht war, was ich trieb, solange ich es leise oder woanders trieb.

Ich holte mir etwas Grapefruitsaft aus dem Frigo, schaltete im Fernseh den bekannten Nachrichtenkanal an und begann, auf der Reise-Olympia, die ich unter dem Bett aufbewahrte, den Bericht für Mr. Seburn zu schreiben, womit ich gegen 20:30h fertig war. Ich rief bei Mae an, um zu erfahren, ob sie schon wieder da war.

»Sie kommt morgen zurück«, sagte mir ihre Wohnungsgenossin widerstrebend. »Wann, weiß ich nicht.«

Ich sagte: »Hunderttausend Dank.« Mae war beinahe eine Rechtsanwaltssekretärin, d. h. sie machte die Arbeit, aber ohne das Gehalt, für einen windschnittigen Rechtsbeistand, der hinter Krankenwagen herjagte, um die Halbleichen zu vertreten, mit einer Kanzlei in Studio City und einer 200-Dollar-Perücke. Sie hatte sich einen Monat freigenommen, um nach Peoria zu fahren und ihre Mutter zu beerdigen.

Na gut.

Aber man hatte schließlich noch etwas auf der Hinterhand, wenn man Nash-Metropolitan-Eigner mit ein paar Trümpfen im Ärmel war.

Ich rief Linda mit den dünnen Beinen an. Niemand da. Ich rief eine Nummer auf einer Papierserviette des Two-Two-Two an. Niemand da.

Gut. Ich wollte sowieso nicht vor die Tür. Ich sah mir im Fernseh ein bißchen Abfall an. Am liebsten mochte ich Polizei- und Detektivserien; sie waren so authentisch, so lebensecht, so wunderbar real. War ja nur ein Scherz, Mutter. Dann spülte ich mein Glas und ging mit einem guten Buch zu Bett. Nicht ganz so gut wie *Frühling des Lebens* oder *Gottes kleiner Acker*, aber ganz schön gut. Es spielte in Hawaii. Dann legte ich mich endgültig schlafen.

Immerhin war der Sandmann da.

Am nächsten Morgen machte ich das Büro gar nicht erst auf. Nach ein paar nicht ganz durchen Pfannkuchen und drei Tassen vergessenswerten Kaffees in einem Theken-Imbiß fand ich mich um Punkt zehn bei Mr. Lowensteins Sekretärin in der High School ein. Auf ihrem Schreibtisch stand ein Schild mit der Aufschrift MISS SHIRLEY, DES LEHRERS AUGAPFEL. Miss Shirley trug einen aus einem MGM-Musical der fünfziger Jahre herübergeretteten schulterfreien U-Auschnitt, der viel bewundernswert gebräunte Haut zeigte, noch warm von irgendeiner vollgekicherten Strandparty. Weiße Pop-Halskette. Glänzend orangefarbene Fingernägel. Sie war, auf den ersten Blick, dieser Hollywood-Klassiker, die rattenscharfe dämliche Blondine, in einer Schule so fehl am Platz wie ich, wenn ich mit den

Sieben Zwergen, »Hei-ho, hei-ho« singend, in den Schacht fahren wollte. Seltsamerweise war ihr Lippenstift sorglos, fast amateurhaft aufgetragen.

Sie lächelte mich an, als ich ihr Büro betrat, lächelte, als ich ihr meinen Namen sagte, lächelte sogar freundlich meinen hellbraunen Anzug an, mein dunkelbraunes Hemd, rostbraunen Schlips, braune Halbschuhe und die eindrucksvoll aussehende oxford-rote Aktentasche aus ächtem Plaste-Leder mit dem vierzehnkarätig goldenen Schnappverschluß. Die vierzehnkarätig goldenen Initialen hielt ich mit der Hand bedeckt, da sie nicht die meinen waren.

»Ja, hallo«, sagte sie.

»Ebenfalls hallo«, sagte ich. Ich fragte mich, ob die Schule Abendkurse für alternde Blödmänner, die im Herzen immer noch verwundbare kleine Jungens waren, abhielt. Ich beugte mich vor, um ihren tiefblauen Augen nahe zu sein und ihr dieselbe Frage zu stellen, als sie sagte, ich könne sofort reingehen.

Ich seufzte innerlich und ging hinein. Auch Mr. Lowenstein lächelte mich an.

»Ich weiß«, sagte er. Er stellte gerade einige Wälzer ins Regal zurück. »Ganz schön unfair, was?« Ich tat gar nicht erst so, als wüßte ich nicht, wovon er sprach, bzw. von wem. »Ich muß mir das den ganzen Tag ansehen.« Er schüttelte traurig den Kopf.

»Kein Job ist vollkommen«, sagte ich. »Ich nehme nicht an, daß sie auch noch tippen kann.«

»Wie ein Dämon«, sagte er.

Wir saßen uns an seinem Metallschreibtisch gegenüber; an dem Tisch war ein Schwenkgestell mit einer nagelneuen IBM *Selectric*-Schreibmaschine befestigt. Während ich ein Klemmbrett aus der ächten Aktentasche zog, fiel mir etwas ein.

»Wo ist das Schulleiterbüro?«

»Am Ende des Ganges.«

»Aha«, sagte ich. »Er hält sich lieber raus.«

»Sie sind ein Chauvi-Schwein«, sagte der Vize. »Der Schulleiter ist eine Sie, kein Er. Außerdem haben Sie unrecht; sie macht sich Sorgen, große Sorgen, aber sie ist hilflos.« Er sah aus einem seiner Fenster, dem Fenster mit Blick auf den Parkplatz, auf dem mehr Fahrzeuge aufgereiht waren als in Nord- und Südkorea zusammen.

»Sie ist eine gute Frau«, sagte er. »Sehr klug, hervorragend in der Verwaltung, mehr als qualifiziert, erstklassige Lehrerin, aber sie ist vielleicht eine Spur altmodisch, falls Sie verstehen, was ich meine.«

Ich gab ihm zu verstehen, daß ich ihn verstand.

»Da sie uns nun nicht im Wege ist, hätten Sie vielleicht Lust, ein bißchen zu arbeiten?«

Ich gab ihm zu verstehen, daß ich große Lust hatte, indem ich einen schwarzen Filzschreiber hervorholte, freundlicherweise zur Verfügung gestellt von der Firma Gebr. A & A Aaron, Optiker. Er redete, ich machte mir Notizen. Ich stellte ein paar Fragen und machte noch ein paar Notizen. Irgendwann wurde uns beiden klar, daß ich durch Nettigkeit allein nichts erreichen würde.

»Und was lehrt uns das?« sagte er.

Ich fragte ihn, ob er alle im Verlauf meiner Nachforschungen anfallenden Einzelheiten erfahren wolle.

»Aber sowieso, mein Alter«, sagte er. »Ziehen Sie mich ruhig mit hinein. Ich bin jetzt auch ein großer Junge, und außerdem werde ich dafür bezahlt. Sie wollen doch bestimmt etwas Schriftliches.«

Besser sei das allerdings, sagte ich.

Er summte mit der Gegensprechanlage, und Miss Shirley kam hereingeweht.

»Miss Shirley, Mr. Daniel.«

Sie lächelte mich an.

»Mit ›E‹«, sagte ich. Ich weiß nicht, warum. Ich habe das mein Lebtag noch nicht gesagt.

»Wir brauchen ein Stück Papier, meine Liebe«, sagte Mr. Lowenstein ernst. »Eine Ausfertigung für Mr. Daniel mit ›E‹, das Original in den Safe. Es wird folgende Punkte umfassen: St. Stephen's stellt durch seinen Bevollmächtigten, mich, Mr. Vorname Daniel ein . . .«

»Victor«, sagte ich.

». . . Victor Daniel, Los Angeles undsoweiter . . .«

Ich gab meine Büroadresse an.

». . . um den Gebrauch illegaler Substanzen auf dem Schulgelände zu untersuchen, falls möglich Beweise für denselben zu sammeln und denselben falls möglich zu unterbinden.«

Ich betrachtete Miss Shirley, um Miss Shirley zu betrachten und um ihre Reaktion zu sehen; sie starrte blicklos aus dem Fenster, dem Fenster, das keinen Blick auf den Parkplatz hatte.

Mr. Lowenstein fuhr fort: »Er wird mindestens einmal pro Woche schriftlich Bericht erstatten, und zwar mir oder meiner Bevollmächtigten, und das sind Sie.«

Irgendwie gelang es mir, mein Entzücken zu verbergen.

»Ich werde volle Verantwortung für sein Vorgehen übernehmen. Sein Honorar wird, setzen Sie das Honorar ein, betragen . . .«

»Zwei Scheine pro Tag plus vertretbare Unkosten«, sagte ich.

»Schreiben Sie's rein«, sagte er. »Zahlungsweise wöchentlich. Diese Abmachung bleibt in Kraft, bis die Vertragsziele erreicht sind oder einer der beiden vertragschließenden Unterzeichner oder beide von dem Vertrag zurücktritt Schrägstrich zurücktreten. Noch was?«

»Mr. Daniel wird vollen Zugang zu allen Akten, Karteien, Computer-Ausdrucken usw. haben, welche er zur Erfüllung besagten Vertrags für notwendig erachtet«, sagte ich.

»Schreiben Sie's rein«, sagte er. »Noch was?«

Ich schüttelte meine beginnende Halbglatze; Miss Shirley schüttelte ihre Platinlocken.

»Okay. Datum, Zeuge, und dann unterschreiben wir's, sobald Sie's fertighaben.«

»Bis gleich«, sagte sie und stolzierte hinaus. Wir beobachteten beide ihren Abgang.

»Sie macht einem ganz schön die Konzentrationsspanne kaputt«, sagte Mr. Lowenstein.

Ich pflichtete ihm bei.

»Ich habe Ihren Bruder auf dem Präsidium angerufen«, brachte er dann vor.

Das hatte ich mir gedacht; sonst wären wir nicht so weit gediehen. »Wie geht's ihm denn?«

»Gut, gut. Er sagt, er arbeitet zu viel.«

»Naja«, sagte ich. »Er war schon immer der Streber in der Familie.« Ich sagte ihm, ich würde jetzt lieber verschwinden, bevor die Schule aus ist, damit nicht zu viele Kinder mich und meine schmucke Garderobe sehen, da ich ja bald in einer anderen schlauen Verkleidung erscheinen wollte, einer Verkleidung, die mir einen guten Vorwand dafür lieferte, auf dem Gelände herumzulungern, weil ich kaum noch als Oberschüler durchging, nicht einmal, wenn ich ein rundes Mützchen aufsetzte und ein T-Shirt anzog, auf dem ein eingängiger Spruch stand, wie z. B. JEDER ÜBER 21 IST 1 ARSCHLOCH.

Er pflichtete mir bei. Wir schwatzten etwa solange über Football, wie man braucht, um in einem Taxi in L.A. zehn Dollar auszugeben, d. h. sehr kurz, dann paradierte Miss Shirley mit den Vertragsausfertigungen herein, gab sie ihrem Boß und paradierte wieder hinaus. Der Vize und ich lasen jeder ein Exemplar, ohne Fehler zu finden, und unterschrieben dann auf der punktierten Linie. Ich sagte, ich komme wieder vorbei, sobald mir etwas eingefallen ist, wie ich mir Zugang verschaffen kann, und ging. Zu Miss Shirley sagte ich genau dasselbe. Wenn sie nur mal damit aufhören könnte, mich so anzulächeln; da kommt ja ein Bürgerkriegsdenkmal auf falsche Gedanken.

Viertes Kapitel

Als ich wieder im Büro war, machte ich den Laden offiziell auf, legte den Vertrag in den Safe, hörte den Telefonbeantworter ab, rief den Botendienst an, welcher sagte, er ist schon losgefahren, zog Mr. Seburns Bericht aus der ächten Aktentasche, steckte ihn in einen Umschlag, versiegelte diesen und schrieb die Adresse drauf. Der Briefträger war noch nicht da gewesen, also zog ich das Klemmbrett hervor, begann, über St. Stephen's nachzudenken und machte mir dann und wann die obligate Notiz.

Das Problem bestand offensichtlich in der Infiltration; wenn ich nicht infiltrieren konnte, wer konnte es dann, und wer täte es dann? Ich versuchte, mich zu erinnern, wie es auf der High School gewesen war, und während ich mich lebhaft einiger ziemlich zutiefst peinlicher Einzelheiten meiner jammervoll wenigen Schuljahre entsann, fiel mir nichts Nützliches ein. Timmy schlenderte vorbei und spähte hoffnungsfroh herein; ich winkte ihn fort. Der Botenjunge kam auf seiner Yamaha 175 angeglottert. Ich gab ihm $ 7,50, bekam eine Quittung und händigte ihm meinen Bericht aus. Der Junge trug eine Uniform, und dadurch hatte ich sowas wie die Anfänge einer Idee. Ich machte den Laden dicht, stieg ins Auto und fuhr in die Welt hinaus, die schöne neue Welt, was nicht so leicht ist, wie es sich vielleicht anhört, wenn es sich um das schöne neue Kalifornien handelt, eine unheilige Mischung aus langweilig und knallig, welche sich von den Hollywood Hills nach Norden bis zu den San Gabriel Mountains erstreckt, deren Gipfel bereits in dicker Luft verschwanden. Gut, daß ich nicht sensibel bin.

In einem *Sergeant's*-Heimwerkerbedarf auf dem Sepulveda Boulevard kaufte ich mir einen weißen Anstreicher-Overall, Größe XL, eine Anstreichermütze und ein 12 Meter langes Metall-Bandmaß mit automatischer Aufwicklung. Was soll's; ich gönnte mir auch noch ein neues Paar nachgemachte Adidas-Turnschuhe und zwei Paar hackenlose weiße Socken, und die Rechnung verstaute ich sorgfältig. Ich versuchte es bei drei verschiedenen Autovermietern, bis ich fand, was ich wollte, einen kleinen, deutlich gebrauchten (d. h. fast zu Schrott gefahrenen) Lieferwagen ohne Aufschrift; er hatte sogar eine Leiter auf dem Dachträger. Ich nahm ihn für drei Tage, füllte die nötigen Papiere aus und kriegte für $ 10,– extra sogar noch einen Peon, der mir mit der Karre bis nach Hause folgte.

Er wartete, bis ich mir meine weiße Kluft angezogen hatte, dann fuhr ich ihn mit dem Lieferwagen zurück und setzte ihn bei der Autovermietung ab. Er sagte: »Schönen Tag noch.«

Ich sagte: »Adiós, amigo.«

Ich fuhr über den Victory Boulevard in die Schule, hatte ein bißchen Ärger mit dem 2. Gang und fuhr dann einen langsamen Kreis ums Schulgelände herum, bis ich das entdeckte, was ich gesucht hatte und ohne das keine Schule der US of A auskommt: einen bequem zu erreichenden Schlichtfraß-Imbiß. Dieser befand sich am Greenview Place direkt gegenüber der Rückseite des Schulgeländes; er nannte sich B&B's, war ein massiv gebauter Holzschuppen mit der üblichen Reklame für Coke und Seven Up, plus ein paar Plastikbänke bei einem eigenen kleinen Parkplatz, auf den ich pfiffig einbog, falls mich jemand beobachtete –; inzwischen war es 12:30h geworden, und B&B's war brechend voll.

Eins der beiden Telefone im hinteren Teil war frei; ich rief Miss Shirley an. Sie klang komisch.

»Ich esse gerade zu Mittag«, sagte sie.

Ich sagte ihr, das sei eine echt gute Idee; ich würde es ihr gleichtun, dann bei der Schule vorbeikommen und mit der Arbeit anfangen.

»Ich kann es kaum erwarten«, sagte sie.

Ich schaffte ein paar Pommes und drei Hotdogs weg, nur mit Senf und Relish, nicht schlecht, aber nicht so gut wie bei Moe's, dann saugte ich an einem Root Beer und beobachtete die versammelten Jugendlichen bei ihren Spielen, welche hauptsächlich daraus zu bestehen schienen, daß sie einander sowohl physisch als auch verbal beleidigten. Manches ändert sich nie. Ein hübsches Mädchen am Ende der Bank, auf der ich saß, nickte mir zu und sagte: »Wie geht's?«

Ich sagte: »Nicht schlecht, danke fürs Fragen.«

Unglücklicherweise bemerkte ich niemanden, der Joints rollte, Besoffene beklaute, fixte oder Tabletten schluckte. Stattdessen bemerkte ich, daß die Hübsche ihr Extra-Ketchup mitgehen hieß, und außerdem erspähte ich zwei abenteuerlustige Burschen auf dem Vordersitz eines Fords mit Allradantrieb, die heimlich Bier aus einer Papiertüte tranken, doch das war alles. »Ich dachte. Man lachte. Man zechte. Ich blechte. Doch das war alles«, wie mein Alter aus einer unbekannten Quelle zu rezitieren pflegte, um uns Gören zum Lachen zu bringen.

»Tod, wo ist dein Stachel?« pflegte meine Mutter ihm zur Antwort zu geben, ebenfalls aus einer unbekannten Quelle.

Mehrere junge Leute in Fußballtrikots kamen über die Straße getrabt, und die Geistreicheren in der Menge begleiteten ihr Erscheinen mit den verschiedenartigsten Pfiffen; über dem Hintereingang der Schule bemerkte ich ein Transparent mit der Aufschrift

Sa. 10:00h – FUSSBALL – Blitz gegen Runners

Als ich die beiden Root Beers bis aufs letzte Molekül ausgezutzelt hatte, schmiß ich meinen und den Abfall der hübschen Schülerin in eine nahe Mülltonne und ging zurück zum Frittenschalter; die Städtische Betriebsgenehmigung war direkt innen an die Wand der Öffnung gepinnt. Der rotgesichtige Mann mit der papiernen Kochmütze und der dreckigen papiernen Schürze, der mich vorher bedient hatte, kam und schob das Schutzfenster hoch. Er hatte das Lächeln eines Mannes, der geliebt werden will, aber die berechtigte Befürchtung hegt, nicht geliebt zu werden. Vielleicht hatte er einen Kanarienvogel. Zumindest hatte er ein teures falsches Gebiß.

»Was kann ich für Sie tun?« An seiner linken Hand fehlten ein paar Finger.

»Nur einen Zahnstocher, bitte«, sagte ich. »Tut mir leid, daß ich Sie bemühe.«

»Ist doch keine Mühe«, sagte er und schob mir eine kleine Schachtel herüber.

»Schöner Laden«, sagte ich und bediente mich.

Er zuckte die Achseln. »Mmhmm.«

»Sind Sie eins der Bs auf dem Schild?«

»Nö«, sagte er. »Das frägt jeder. Das war schon da, als ich und meine Frau uns hier eingekauft haben, da haben wir's drangelassen. Ich bin Art.«

»Jim«, sagte ich. »Ich versuche, einen Kontrakt für Malerarbeiten in der Höheren Bildungsanstalt gegenüber zu ergattern.«

»Ach ja?« Er stützte sich mit den Ellenbogen auf den Tresen und bedachte mich wieder mit dem, was seiner Ansicht nach ein Lächeln war. Alle lächelten mich heute an; vielleicht lag das an meinem Deo. Die beiden Buben in dem Ford fuhren los, wobei sie reichlich Gummi gaben, und legten die gesamten fünfzig Meter bis zum Schulparkplatz mit dem Auto zurück.

»Scheißgören«, sagte Art, der Philosoph mit dem roten Gesicht.

»Ja, naja«, sagte ich. »Man sieht sich, Kumpel.«

»Alles klar, Kumpel«, sagte Art, griff sich seine Zahnstocher und klappte seinen Schalter wieder zu. Soviel zum kunstvollen Anzapfen von Art.

Ich verbrachte den Lieferwagen über die Straße, ohne das geringste Gummi zu geben, und ging, das getreue Klemmbrett in der Hand und das Metermaß in der Tasche, über den leeren Korridor des Verwaltungsgebäudes zu Miss Shirleys Büro.

Miss Shirley war zugegen, frisches Make-up war üppig aufgetragen, ihre Locken waren frisch gekämmt oder gezaust oder toupiert oder wie das heißt, was sie damit anstellte. Angesichts meines Aufzugs hob sie eine unvollkommen nachgezogene Braue, benahm sich aber ansonsten völlig geschäftsmäßig, sofern sich ein Klopfer wie sie je geschäftsmäßig benehmen kann.

»Ich würde gern«, sagte ich ihr, »einen kleinen Rundgang unternehmen, dann den Chef Ihrer Schul-Securitate kennenlernen und mir dann Zutritt zu Ihrer EDV verschaffen, und zwar in dieser Reihenfolge, bitte.«

»Folgen Sie mir, Picasso«, sagte sie.

Und der Rundgang war tatsächlich kurz; ich wollte damals sowieso nur einen Blick in die Lagerräume und die Schüler-Umkleideräume werfen. Also besah ich die Lagerräume – es waren Räume, in denen Sachen gelagert wurden – und dann die Umkleideräume, von denen es, wie sich herausstellte, zwei gab, für jedes Geschlecht einen, was mich auch nicht sehr erstaunte. Sie befanden sich im Sport-Flügel, welcher von den anderen Gebäuden abbog, und zwar gleich neben der Turnhalle, was mich wieder nicht überraschte. Die Schließfächer waren die üblichen Metallspinde, in zwei Reihen übereinander, jedes mit einer Nummer und einem eingebauten Kombinationsschloß. Dann eskortierte mich die Vision namens Miss Shirley durch endlose Korridore bis zum Büro des Sicherheitschefs, einem

Mr. Dev Devlin, dem sie mich vorstellte und dem sie erläuterte, wer ich war und was ich durfte. Dann ging sie; ich konnte nicht anders; ich mußte ihr nachblicken. Aber ich konnte mich gerade noch beherrschen, ihr nachzupfeifen. Vielleicht wurde ich ja doch noch erwachsen.

Auf dem Weg zu Devlins Büro hatte ich versucht daraufzukommen, warum mir die Schule so anders vorkam als damals die Schulen zu meiner Zeit. Sie sah anders aus, sowieso, mit sorgfältig aufeinander abgestimmten Ekelpastellfarben an den Wänden anstatt des guten, ehrlichen Hab-A-A-gemacht-Braun und Mußte-mal-kotzen-Grün, und die Tische, soweit man sie durch eine gelegentlich offenstehende Klassenzimmertür sehen konnte, waren auch anders, sowieso, da sie zeitgenössische Arbeitsplätze waren und keine guten, ehrlichen, zu kleinen, mit kindlichen Schnitzereien übersäten Schreckensdinger. Und in einigen Klassenzimmern waren die Kinder über Computer gebeugt anstatt über Bücher, und die Wandtafeln waren jetzt aus irgendeinem Grunde grün, so, wie Tennisbälle grün sind und Haare grün sind, aber der größte Unterschied, fand ich, lag darin begründet, daß die Korridore ruhig waren. Zu meiner – zugegebenermaßen kurzen – Zeit wurden Schulen so geplant, daß sie so laut wie möglich waren. Warum? Gott mag es wissen; wahrscheinlich Geld. Wenn man alles gründlich durchdacht hat, kommt man früher oder später immer aufs Geld –, aber diese Korridore bestanden aus lärmabweisenden, schaumstoffgepolsterten Linoleumfußböden, akustischen Kachelwänden und -Decken, beweglichen Trennwänden als Schalldämpfer . . . Was soll's. Vielleicht waren die Kinder heutzutage lauter, so daß sich alles wieder einpendelte.

Ach so. Noch etwas anderes passierte auf dem Weg zu Devlins Büro. Ich habe eine Drogenorgie auffliegen lassen. Wir gingen an der Knabentoilette gegenüber dem Umkleideraum vorüber, als ich mit meinem kleinen Ohr etwas hörte, das mit »rau« anfing, z.B. »Rauferei«. Da gerade überall Unterricht war, brauchte ich nur einen winzigen Moment, um zu folgern, daß das, was wahrscheinlich gerade vorging, mit Knaben zu tun hatte, mit Knaben, die etwas taten, was sie doch gar nicht sollten.

Ich entschuldigte mich in netter Form bei Miss Shirley und ging aufs Klo, und dort, na bitte, teilte sich eine kleine Gruppe von St. Stephen's Tunichtguten brüderlich einen Joint. Mein Eintreten verursachte einen kleinen Ausbruch unterdrückten Gelächters, Schwingtüren schwangen abrupt zu, und dann war alles ruhig. Dick hing der Geruch guten Pots im Raum. Ich erleichterte mich lärmend in eins der Urinale, verstaute meinen Altvater, zog stattdessen mein neues Maßband hervor und begann, munter pfeifend, den Anstandsort auszumessen.

»Aha, so zehn mal zehn dürfte das sein«, sagte ich zum Schein vor mich hin, dann bückte ich mich und warf einen raschen Blick unter die Klotüren. In dem einen Kabuff zählte ich vier Füße, in dem daneben sechs. Ich lärmte noch ein wenig beim Fenster herum, und einer der Knaben schlich sich flink heraus und wusch sich die Hände. Er betrachtete mich kurz im Spiegel, um zu erfahren, wer zum Teufel ich war und was zum Teufel ich dort trieb.

»Was hältst du von Kanariengelb?« fragte ich ihn.

»Was?« Er war ein großer Junge mit einer Art modifiziertem Apachen-Haarschnitt.

»Kanariengelb«, sagte ich. »Gegen Waldgrün abgesetzt, sieht das ganz allerliebst aus.«

»Sind Sie Anstreicher?« sagte der Knabe und trocknete sich die Hände ab.

»Maler«, sagte ich. »Oder Farbkoordinator, wenn dir das lieber ist. Anstreicher!« Ich erschauderte empfindsam. Ein zweiter Knabe stahl sich heraus, als ich ihm den Rücken kehrte, und machte einen schnellen Abgang. »Macht es dir was aus, das eine Ende hiervon ein Minütchen lang zu halten?« Ich hielt ihm das Maßband hin.

»Ja«, sagte der Knabe. »Alles klar«, sagte er zu seinen Genossen. »Irgendein Wichser.«

»Na, na!« sagte ich. »Das will ich überhört haben.« Die anderen tauchten auf, bedachten mich mit Blicken, die zwischen verächtlich und offen feindselig variierten, dann verzogen sie sich, nachdem sie an der Tür noch die entsprechenden Albereien veranstaltet hatten. Nach einer Minute folgte ich ihnen. Einer von ihnen sprach mit Miss Shirley.

»Für Mr. Bonds«, sagte er mit diesem unschuldigen Ausdruck, den Kinder annehmen, wenn sie mit zusammengebissenen Zähnen lügen, und den Erwachsene annehmen, wenn sie mit zusammengebissenen Dritten Zähnen lügen. »Für das Spiel.«

»Ja, dann beeil dich mal lieber«, sagte Miss Shirley. Der Knabe haute ab. »Sie markieren etwas namens ›Pitch‹ für Mr. Bonds für das Spiel am Samstag«, berichtete sie mir.

»Außerdem dröhnen sie sich auf der Knabentoilette voll«, berichtete ich ihr. »Und ein ›Pitch‹ nennen die perfiden Engländer ein Fußballfeld. Ich lese nämlich ziemlich viel«, fügte ich hinzu.

»Und ich stehe ziemlich viel herum und warte auf Sie«, sagte sie. »Bringen wir mal etwas Bewegung rein, Pablo. Ich hab noch zu tun.«

Wir brachten Bewegung hinein. Das heißt, sie brachte Bewegung hinein, und ich ging.

Fünftes Kapitel

Mr. Dev Devlin war ein ganz harter Bursche, wenn man ihm Glauben schenken wollte, und das wollte ich nur zu gerne tun.

Er sah pathologisch normal aus, mit dem klischierten Gesichtsausdruck des Ex-Marineinfanteristen, und ich fand bald heraus, daß er genau das war. Sein Büro war klein und angemessen spartanisch, obwohl auf seinem schlachtschiff-grauen Schreibtisch eine Vase mit frischen Osterglocken stand und an den Wänden mehrere Bilder mit irischer Gegend hingen. Um seine Verbindung zur Marineinfanterie zu bestätigen, hing gleich neben der Tür ein gerahmtes Foto von ihm selbst als Leutnant in Vietnam; er kam herüber, um es mit mir zu betrachten. Es war etwas mit seinem Gang, ein Zögern, er hob den einen Fuß etwas höher an als den anderen; ich fragte mich, ob er irgendeine Teilprothese trug.

»Kurz vor Tet«, sagte er zu meiner Schulter. Er roch nach Old Spice, dem Lieblingsriechwasser der GIs, und nach Macho-Zigaretten. Er trug eine dunkelblaue parami-litärische Kluft mit roten »Security«-Abzeichen auf beiden Ärmeln und einem metallenen Namensschild mit der Auf-schrift M. DEVLIN, CHIEF SEC. über der Brusttasche. Der Druckknopf seiner Pistolentasche war zugeschnappt, aber so groß, wie sie war, konnte man davon ausgehen, daß er mehr in ihr untergebracht hatte als eine Luftpistole. Er war kleiner als ich, hatte aber die Figur eines Gewichthebers, und unterm Hemd zeichneten sich deutlich seine Muskeln ab. Viereckiges Gesicht, hellbraunes Haar, etwas länger als die Vorschrift, aber nicht viel. Außerdem war er unzufrieden, und das sagte er mir auch, als wir dort vor dem Foto von einem der Goldenen Momente in seinem Leben standen.

»Das gefällt mir nicht, Vic«, sagte er.

»Mann, das tut mir echt leid«, sagte ich.

»Das gefällt mir nicht, wenn außenstehende Sicherheitsleute in meine Schule kommen«, sagte er. »Ganz und gar nicht gefällt mir das.«

Ich wollte schon wieder sagen, es täte mir echt leid, aber ich wiederhole mich nicht gern. Er schritt hinter meinem Stuhl auf und ab und zeigte, wieviel Energie in ihm steckte; ich sah gar nicht erst hin. Ich dachte mir, er würde sich irgendwann beruhigen, und das tat er dann auch.

»Was geht hier vor, Vic?« Er setzte sich mir gegenüber auf einen Drehstuhl und rückte eine Schreibtischgarnitur zurecht, die aus dem Messing eines Geschoßmantels gearbeitet war und des Zurechtrückens gar nicht bedurft hätte.

Was geht hier vor? Gute Frage, Dev, alter Junge. Miss Shirley hatte ihm meinen Namen und Status verraten und daß mich der Stellvertretende Schulleiter eingestellt hatte, aber mehr auch nicht. Ich führte eine innere Debatte darüber, wieviel ich ihm noch verraten sollte; einerseits brauchte ich Hilfe von innen, und wer konnte mir die besser gewähren als er? Anderer- (und linker-) seits kam bei mir der beunruhigende Gedanke auf, daß er, wenn er so ein toller Hecht wär, längst wissen sollte, was los war, und warum hatte er dann nichts unternommen? Wenn man, wie ich, ein bestens geschultes, logisches Gehirn hat, bringt einen das auf zwei Möglichkeiten: (1) Er war gar nicht so ein toller Hecht, oder (2) er hatte gute Gründe dafür, keiner zu sein. Ich dachte, ich fange mal mit (1) an, aber es kam mir ein bißchen direkt vor, mit der Frage »Sind Sie oder waren Sie je ein toller Hecht, Dev?« anzufangen, und deshalb fragte ich ihn stattdessen: »Was wissen Sie über Computerdiebstahl, Dev?«

Er schüttelte sich eine Camel aus dem Päckchen, das er in seiner obersten Schreibtischschublade aufbewahrte, zündete sie mit einem Küchenstreichholz an und steckte die Packung wieder weg.

»Sie meinen, daß die Dinger gestohlen werden?«

»Nein, ich meine, daß man die Dinger benutzt, um andere Dinge zu stehlen.« Er sah ein bißchen verloren aus. Er tat mir sozusagen echt leid.

»Naja, gelesen habe ich darüber«, sagte er. Beim Rauchen hielt er die Zigarette mit Daumen, Zeige- und Mittelfinger. »Und deshalb sind Sie hier?«

Ich nickte feierlich. »Das ist meine Spezialität, Dev. Kann *auch* ganz schön knifflig sein, das kann ich Ihnen versichern.«

»Ach ja?« Er wirkte erleichtert; ich dachte, ich erleichtere ihn noch ein bißchen mehr.

»Aber ja. Ach, da fällt mir ein: Mr. Lowenstein hat mich gebeten, Ihnen zu sagen, daß der Umstand, daß er mich eingeschaltet hat, in keiner Weise eine Kritik an Ihrer Abteilung darstellt.« Arschkriechen ist gut für die Seele, hat der Hl. Franziskus gesagt. »Wo wir gerade von Ihrer Abteilung sprechen«, sagte ich, um meiner Seele noch mehr heftig benötigtes Gutes zu tun, »wie schaffen Sie es eigentlich, bei so einem Job die Übersicht zu behalten? Da steckt doch bestimmt eine Menge Organisation dahinter, wenn man für so einen Riesenladen verantwortlich ist, vom lebenden und toten Inventar ganz zu schweigen.«

Devs Gesicht hellte sich auf; er berichtete mir, von Profi zu Profi, wie er den Laden durchorganisiert hatte, und das war allerdings beeindruckend. Oft, viel zu oft, ist ein Sicherheitssystem nur so gut, wie es die speziellen Anforderungen der Versicherungsgesellschaft verlangen, aber das war natürlich nicht gut genug für Dev. Alle Auflagen, Schlösser, Türklinken, Fensterverriegelungen, akustische und sonstige Alarmsysteme, Notausgänge und Fluchtwege, Brandübungen, innere Sicherheit und alles Übrige betreffend, waren nicht nur erfüllt, sondern übererfüllt worden. Er hatte zwei voll zugelassene Assistenten, die an abwechselnden Tagen während der Schulzeit arbeiteten, und Route und Zeitpunkt ihrer mäandrierenden Rundgänge wurden von ihm willkürlich und unregelmäßig festgesetzt. Er ernannte liebe, brave Schüler zu Schülerlotsen, und bei besonderen Anlässen ernannte er liebe, brave Schüler zu Parkwächtern.

Außerdem gab er mir preis, daß er in einer kleinen separaten Wohnung ganz hinten im Naturwissenschaftlichen Flügel schlief, gleich beim Haupteingang, und daß seine nächtlichen Patrouillengänge gleichfalls irregulären Mustern folgten. Er informierte mich, er sei im Dienst und auf dem Schulgelände zum Tragen einer Waffe berechtigt, welche er in Verfolg obengenannter Pflichten zweimal abgefeuert habe, beide Male in die Luft und beide Male, um je einen Kfz-Diebstahl zu verhindern. Soso. Es sah ganz so aus, als wäre der Leutnant doch ein toller Hecht, so daß oben erwähnte Möglichkeit Nr. (2) übrigblieb – und damit ein ganz anderes Paar Schuhe.

»Toll«, sagte ich, als er nicht mehr ganz so viel Druck auf dem Zeiger hatte. »Ich wär froh, wenn mein Job so aufregend wäre wie Ihrer.« Daraufhin gab er seinem höflichen Interesse an meinem Job Ausdruck, und ich erzählte ihm ein bißchen von meiner langweiligen Beschäftigung, daß sie ein einsamer Ein-Mann-Job ist, deutete an, daß Computerdiebstahl oft in Einkaufsabteilungen anzutreffen sei (ein astreiner irreführender Hinweis, dem er nachgehen konnte, wenn er wollte, ohne Schaden anzurichten), dann verabschiedete ich mich und nahm vieles mit, worüber sich nachzudenken lohnte. Zum Beispiel gab mir Devs bemühte Beinarbeit zu denken.

Zehn Minuten später hatte Miss Shirley mich in ein leeres Büro gestopft, zwei Büros von ihrem Büro entfernt. Sie sagte mir, welche Sprache der Computer auf dem im übrigen leeren Schreibtisch sprach, und fragte mich, ob ich sie auch sprach.

»Un poco«, sagte ich bescheiden. »Es reicht gerade, um was zu trinken zu bestellen und was zu essen zu kriegen.«

»Ha ha«, sagte Miss Shirley.

Während sie fort war, um einige Programme zu holen, die ich mir gewünscht hatte, machte ich Lockerungsübungen, und als sie zurückkam und die Programme an ihre Brust drückte wie ein kleines Mädchen ihre Schulbücher, fragte ich sie: »Ich weiß, es ist unwahrscheinlich, aber sind Sie zufällig Marie Wilsons Tochter?«

Sie sagte, nein, sie sei die einzige Tochter von Mr. und Mrs. Shirley, und wer ist überhaupt Marie Wilson? Dann ließ sie mich mit meinem mühseligen Tagewerk allein.

Ich knipste an, gab mich zu erkennen und fragte den Computer, ob es bei St. Stephen's ein Kadettenkorps gab.

Gab es.

Ich bat den Computer um eine Mitgliederliste.

Gab er mir.

Ich bat um einen Ausdruck derselben; er ratterte mir einen runter. Ich fragte den Computer, ob es bei St. Stephen's einen Sportschützenverein oder sowas Ähnliches gab. Gab es, und der Computer verpflichtete mich mit einer Mitgliederliste: Stellvertretender Vorsitzender M. Devlin. Die Namen von sieben Schülern erschienen auf beiden Listen. Ich bat um und erhielt sofort einen Ausdruck der Namen, Adressen und Telefonnummern dieser sieben, indem ich eine Querverbindung zur Schüler-Stammrolle herstellte. Ist Fortschritt nicht etwas irre Schönes?

Wo ich gerade dabei war, las ich Devs Akte durch; sie sagte mir wenig, was ich nicht bereits wußte, aber ich sah und notierte, daß er, als er sich zum erstenmal bei St. Stephen's beworben hatte, einen gewissen Sheriff W. B. Gutes aus Modesto, Kalifornien, als Referenz und früheren Arbeitgeber angegeben hatte. Außerdem lernte ich für Notfälle Miss Shirleys Privatnummer auswendig. Bereit sein ist alles, oder? Wenn Macbeth zeit seines Lebens jemals etwas Wahreres gesagt hat, dann habe ich jedenfalls noch nichts davon gehört.

Viel konnte ich bis Schulschluß nicht mehr tun, also knipste ich aus, räumte auf, brachte Miss Shirley alles, was ich mir von ihr geliehen hatte, zurück und fragte sie, ob ich mir ihre Schreibmaschine eine Sekunde lang ausleihen könne. Sie seufzte tief und klimperte mich heftig mit ihren blauen Augen an; vielleicht kam ich bei ihr ja doch voran.

»Hören Sie zu, Sie Blödmann«, sagte sie. Vielleicht kam ich bei ihr doch nicht voran. »Nehmen Sie den Drucker, dazu ist er da. Er druckt.«

»Danke«, sagte ich schwach. Ich ging zurück ins leere Büro, knipste an und gab ein Resumé meiner bisherigen Arbeit sowie meine Pläne für den übrigen Tag ein. Ich bat um zwei Exemplare und bekam sie ohne einen sarkastischen »Schon geschehen, oh Gnadenreicher«-Kommentar. Ein Exemplar behielt ich, das andere gab ich Miss Shirley für ihren Boß. Dann verabschiedete ich mich und machte die Flatter, wie die jungen Leute zu sagen pflegen.

Bzw. zu sagen pflegten.

Eine verhärtete, vielleicht sogar eine verbitterte Frau, diese Miss Shirley. Eine harte, bittere, frustrierte Mackerhasserin, ich kannte die Sorte gut. Welcher Mann kennt sie heutzutage nicht?

Nachdem ich nur ein paarmal falsch abgebogen war, fand ich den Naturwissenschaftlichen Flügel und merkte mir Devs Wohnung. Dann begab ich mich hinüber zu Art, um einen wohlverdienten Imbiß einzunehmen. Ich hatte seit geschlagenen anderthalb Stunden nichts in den Magen bekommen. Es gelang mir, zwei von Arts mediokren Chili-Dogs aufzuessen, dann ließ ich mir von ihm etwas Kleingeld geben und rief bei der Polizei von Modesto, Kalifornien, an.

Auf dem Revier saß ein Sergeant.

War Sheriff Gutes noch im Dienst?

Das war er nicht, aber er kam meistens nachmittags vorbei, um sich über irgendwas zu beschweren. Der Sergeant klang, als wäre er einer der Punkte, über die sich der Sheriff beschwerte.

Konnte ich den Sheriff wohl zu Hause erreichen?

Das konnte ich, wenn ich die Nummer hatte. Und wenn der Sheriff zu Hause war.

Konnte ich bitte die Nummer haben?

Das Kleinstadtgenie gab sie mir schließlich, und einen Augenblick später sprach ich tatsächlich mit dem Sheriff, oder Ex-Sheriff, um genau zu sein. Nannte man Sheriffs immer noch Sheriffs, wenn sie in Rente gingen oder mit einer Blondine und einem Koffer voller kleiner, nicht markierter Banknoten nach Florida? Auf jeden Fall wollte ich Egal-wie-er-sich-jetzt-nannte erzählen, daß ich für die California Casualty oder sonst eine fiktive Versicherungsgesellschaft arbeite und daß wir, da Mr. Devlins Vertrag vor der Verlängerung stünde, eine Routineüberprüfung vornehmen müßten. Dann dachte ich, was soll's, der Sergeant hatte angedeutet, daß der Sheriff sich nicht lange zierte, wenn es darum ging, Leuten lästig zu fallen, und da wollte ich mich auch nicht lange zieren und einfach mal sehen, was passierte. Es war ja auch nicht wirklich wichtig, es war reine Neugier.

Nachdem ich mich vorgestellt hatte, sagte ich: »Entschuldigen Sie die Störung, Sir, aber es geht um einen Ihrer früheren Mitarbeiter, Dev Devlin.«

»Sie stören mich nicht, mein Sohn«, sagte eine milde Altmännerstimme. »Schön wär's. Was ist mit ihm?«

»Er leitet hier unten die Sicherheitsabteilung einer High School«, sagte ich.

»Wo ist hier unten?«

Ich sagte es ihm.

»Wie ist das Wetter da unten?«

Ich sagte es ihm.

»Und was treibt Dev?«

»Tja, genau darum geht es«, sagte ich. »Allzuviel scheint es nicht zu sein. Als er für Sie arbeitete, würden Sie sagen, daß er ein schlauer Polizist war?«

»Das würde ich sagen.«

»Wußte er über solche Sachen wie Drogen Bescheid?«

»Es wäre schwer, heutzutage nicht über Drogen Bescheid zu wissen, sogar in Modesto«, sagte der alte Herr.

»Wie lang war er bei Ihnen?«

»Gute drei Jahre.«

»Wissen Sie, was er vorher gemacht hat?«

»Nur Armee, ohne Unterbrechung.«

»Falls Ihnen die Frage nichts ausmacht: War er ehrlich?«

»So ehrlich wie die meisten«, sagte der Ex-Sheriff. »Hier auf dem Lande hat man natürlich nicht so die Möglichkeiten wie in der großen, bösen Stadt. Außerdem hat er schließlich unter mir gearbeitet.«

»Wie würden Sie ihn mit ein paar Worten beschreiben, wenn Sie müßten?«

Der alte Mann dachte einen Augenblick nach.

»Harter Arbeiter. Schlechtgelaunt. Irgendwie leidend.«

Ich sagte ihm, jetzt könne ich mir ein ungefähres Bild von ihm machen, bedankte mich und legte auf. Irgendwie leidend? Wer war das nicht?

Sechstes Kapitel

Ich bestellte mir ein Root Beer zum Mitnehmen, dann fiel mir etwas ein, und ich klemmte mich wieder in die Telefonzelle und rief Mr. Lowenstein an. Miss Shirley begrüßte ich ausgesprochen kühl, und sie stellte mich durch.

»Sie waren fleißig«, sagte er.

»Ich hab's versucht«, sagte ich bescheiden. »Ich nehme an, Sie haben meinen ausführlichen und detaillierten Bericht gelesen; entschuldigen Sie bitte das Papier, auf das er geschrieben wurde.«

»Ich halte ihn eben jetzt in meinen überarbeiteten Händen«, sagte er. »Mr. Daniel, ich will Ihnen nicht in Ihre Arbeit hineinreden, aber vergessen Sie um Gottes willen nicht, daß Schüler heutzutage sowohl Rechte als auch Eltern haben.«

»Doch, doch, das sollte man annehmen«, sagte ich, »zumindest Eltern. Aber außerdem darf ich nicht vergessen, womit ich es hier zu tun habe. Na, wie auch immer; ich habe nur drei kleine Fragen. Gehe ich richtig in der Annahme, daß Sie die Polizei heraushalten wollen und keinen gesteigerten Wert auf Publicity legen?«

»In dieser Annahme gehen Sie absolut richtig«, sagte er. »Nächste Frage.«

»Warum haben Sie nicht Ihre eigenen Sicherheitsleute eingeschaltet?«

»Ich habe anders entschieden«, sagte er knapp. »Ich habe entschieden, daß ein außenstehender Detektiv ... äh ... objektiver sein kann.«

»Verstehe«, sagte ich. »Und wie sind Sie auf mich verfallen?«

»Meine Frau und zwei unserer Kinder gehen zum Bowling«, sagte er. »Sehr selten gelingt es ihnen, mich zum Mitkommen zu überreden. Da ich mich weigere, einen Affen aus mir zu machen, indem ich auch nur versuche, eins dieser törichten hölzernen Objekte zum Kippen zu bringen, verbringe ich normalerweise die meiste Zeit damit, daß ich mich mit Mr. Curtain unterhalte, einem Manne, den ich über die Jahre irgendwie zu bewundern gelernt habe.«

»Verstehe«, sagte ich.

»Nächste Frage«, sagte Mr. Lowenstein.

»Das war's«, sagte ich. »Danke.«

»Ich danke *Ihnen*«, sagte er höflich und legte auf.

»Objektiv, was?« sprach ich ins nunmehr taubstumme Telefon hinein. »So bin ich. Am ganzen Körper.«

Als ich mich aus der Telefonzelle freikämpfte, die für Zwerge entworfen sein mußte, bemerkte ich, daß auf Arts Parkplatz nur noch ein Auto stand, das Auto mit der Autotelefon-Antenne. Ich ging auf die Toilette; sie war erstaunlich sauber, mit einem durchdringenden Geruch nach Desinfektionsmitteln. Ich untersuchte den Papierkorb und fand ein leeres Päckchen Zigarettenpapier mit Erdbeergeschmack, das entweder einem weibischen Menschen gehört hatte oder jemandem, der hoffte, das höchst individuelle Aroma brennenden Marihuanas zu kaschieren.

Dann, mit der Limonade gewappnet, versuchte ich es mir auf dem Vordersitz des Lieferwagens im hinteren Bereich des Parkplatzes gemütlich zu machen und wartete darauf, daß die letzten Klassen die Schule verließen. Das erste Rinnsal befreiter Jugend begann kurz nach 15:30h, dann wurde es stetig zum Strom, bis der Parkplatz voller Action war, Türen knallten, Bremsen quietschten, Motoren kamen unnötig auf Hochtouren, junge Leute riefen sich dies und jenes zu. Das Fußballfeld, welches »pitch« zu nennen ich vorzog, und die Tennisplätze füllten sich, und Art's

Imbiß füllte sich ebenfalls. Dev hatte einen Auftritt und schlenderte herum, damit alles einigermaßen unter Kontrolle blieb; zwanzig Minuten später hatte sich alles ziemlich beruhigt. Ich suchte nichts Bestimmtes; ich versuchte lediglich, mir einen allgemeinen Überblick zu verschaffen. Es stimmt auch nicht, daß ich auf Miss Shirley wartete, deren Auto, wer weiß, vielleicht an dem Tag zur Reparatur war, und die sich vielleicht gern in einem schmutzigen Lieferwagen von einem alten Schmutzfink nach Hause fahren lassen wollte. Ich sah sie jedenfalls nicht; vielleicht mußte sie nachsitzen.

Also fuhr ich allein nach Hause, wechselte Kleidung und Fahrzeug und schaffte es noch gerade vor dem Stoßverkehr ins Büro. Ich winkte Mrs. Morales zu, schloß auf, sammelte die Post vom Fußboden ein und überflog sie –; noch nichts von John Curtain, so daß ich übers Wochenende nicht über sein Problem nachzudenken brauchte. Ich hatte keine Lust, Betsy herauszuholen und ernsthaft an die Arbeit zu gehen, aber Gewohnheiten sind Gewohnheiten und gute Gewohnheiten sogar noch mehr, wie es in jedem guten Benimmbuch heißt; also ging ich doch an die Arbeit und übertrug all meine Notizen, Namen und Adressen, Quittungen, den Vertrag, den Bericht für Mr. Seburn und den Bericht für Mr. Lowenstein in Kurzform auf die entsprechenden Disketten und ließ den gesamten, inzwischen überflüssig gewordenen Papierkram durch einen Reißwolf laufen, den ich selbst erfunden hatte: eine große Zickzackschere plus eine geschickte linke Hand.

Was soll's. »Beschäftige dich pausenlos«, sagte Salomo, »das ist immer noch besser als Denken.« Dann nahm ich die übrige Post in Angriff.

Es waren die Zinsen auf ein 90-Tage-Darlehen einzugeben, ferner eine Anweisung über $ 200,– von Mr. Raymond Millington in St. Charles, New Mexico. Ich hatte über drei

Monate lang mit wechselnder Intensität nach der Tochter der Millingtons gesucht, Name Ethel Catherine Anne, Alter fünfzehn, wurde zuletzt am 2. Februar im *Trailways*-Busbahnhof von Taos gesehen. Sie wurde natürlich nicht wirklich am 2. Februar zum letztenmal gesehen; Hunderte von Menschen hatten sie hoffentlich seitdem gesehen; das ist wie mit Kolumbus und daß er Amerika entdeckt hat, auch wenn er's gar nicht war und Amerika damals noch gar nicht Amerika war und Millionen unterschiedlichster Menschen bereits hier waren, als er kam, aber so heißt das eben immer: zuletzt gesehen.

Ich hatte bis dahin sämtliche üblichen Maßnahmen eingeleitet, sowie auch ein paar unübliche, aber ich kam nicht weiter und wollte dem alten Mann nicht noch mehr Geld abnehmen –; ich weiß nicht, warum, aber ich stellte ihn mir als alten Mann vor, mit Bart, tieftraurig, vielleicht ein Farmer. Deshalb machte ich meine Schreibmaschine klar und schrieb ihm auf Papier mit offiziellem Briefkopf (von Mrs. Martel, neben der Post), daß er nicht mehr mit meinen Diensten rechnen könne, und sagte ihm, daß ich, wenn ich weitermachte, das Gefühl hätte, lediglich sein Geld zu verplempern. Ich behielt seinen letzten Scheck, denn den hatte ich redlich verdient. Zumindest das meiste davon. Dann fing mein Bein an zu schmerzen, und ich stand auf, um es auszustrecken.

In der Post waren noch zwei weitere Vermißten-Briefe, einer aus Utah, einer aus Santa Barbara. Gott weiß, wie die Absender mich gefunden hatten. Nicht, daß ich unfähig gewesen wäre, aber als Ein- (gelegentlich Zwei-) Mannunternehmen stünde ich auf der Liste der möglicherweise in Frage kommenden Agenturen ganz unten, denn für sowas braucht man eher Personal als Köpfchen. Ich glaube nicht, daß es vieles gibt, was trauriger wäre als so ein Vermißten-Brief mit der Aufzählung physischer Charakteristika, und dann weiß man auch noch, es ist einer von 500 Exemplaren. Und auf der beiliegenden Fotografie lächelt der oder die Betreffende immer; klar, wer bewahrt schon ein Bild von jemandem auf, der weint oder böse dreinblickt, oder wer knipst überhaupt erst so ein Bild, aber immerhin.

Ich beantwortete beide Briefe und schrieb, ich könne zur Zeit keine weiteren Klienten annehmen, würde aber die Bilder behalten und die Augen bei meiner täglichen Arbeit offenhalten. Na klar.

Inzwischen ging es auf 18:30h zu, verdammt, es wurde Zeit, daß ich hier verschwand. Ich grub das Telefon aus und rief Mae an. Sie war wieder da. Klar, wir konnten uns später treffen, aber allerhöchstens auf zwei Drinks, sie war nämlich völlig erschossen.

»Kann ich mir vorstellen«, sagte ich. Ich machte Ordnung, räumte alles weg, schloß ab, warf an der Ecke die Briefe in den Kasten, winkte Mrs. Morales zu, sie sah mich aber nicht, und gab beim Einfädeln in den Verkehr nur ein ganz klein wenig Gummi.

Zu Hause. Ich duschte den lieblichen Leib, rasierte das ansprechende Antlitz und klatschte mir etwas Aftershave drauf, welches mir Mae letzte Weihnachten in den Strumpf gesteckt hatte. Da inzwischen fünf Monate ins Land gegangen waren und immer noch reichlich davon übrig war, obwohl die Flasche ohnehin recht klein gewesen war, könnten Sie folgern, daß ich nicht übermäßig versessen auf dieses Aftershave war, und damit könnten Sie rechthaben. Dann legte ich veraltete San-Fernando-Valley-Freizeitkleidung an, trank einen schwachen Brandy mit Ginger Ale und grübelte müßig über Art, Dev, Mr. Lowenstein und – mit einer hübschen, unordentlichen Ausnahme – gesichtslose High-School-Studenten. An Miss Shirley dachte ich nicht. Dann klappte ich das Verdeck zu und fuhr los, um Mae abzuholen.

Eine Dame im Radio befahl mir, ich solle – »Stand by your man« – zu meinem Mann halten und bei ihm bleiben. Ich sagte ihr, sie soll sich keine Sorgen machen.

Mae und ich tranken einen, allerhöchstens zwei Drinks im Two-Two-Two, einen in Dave's Corner Bar und einen auf die schnelle bei Sandy, wo die Arbeiter vom Postamt gerade ihre Lockerungsübungen machten. Tolle Erfindung, Bars; sind mir jederzeit lieber als das Dampfschiff oder die Baumwollentkernungsmaschine. Als das Rad sowieso. Und alles, was ich von einer Bar verlange, sind drei kleine Dinge: daß in ihr ewiges Zwielicht herrscht, daß Schnaps ausgeschenkt wird, und daß er an mich ausgeschenkt wird. Barmädchen sind auch kein Fehler, sie sind sowas wie Schauspielerinnen, selten häßlich, selten abstinent und selten zölibatär, aber meist etwas schwerer.

Nach Sandy aßen wir bei Mario etwas labbrige Pasta und tranken dazu ein paar Gläser Hausburgunder, den sie mochte und ohne den ich hätte leben können. Mae sagte, es gehe ihr ganz gut, sie sei erleichtert, daß es vorbei sei, ihre Schwester war überhaupt keine Hilfe gewesen, und ihr Vater, schon lange von ihrer Mutti geschieden, aber einigermaßen in der Nähe wohnhaft, ließ sich nicht mal blicken. Konnte sich doch von so etwas Nebensächlichem wie einer Beerdigung nicht den Canasta-Nachmittag vermiesen lassen, sagte sie ohne Bosheit. Nettes Mädchen, Mae. Nettes, großes, blondes Mädchen, gesunder Appetit, noch schlechterer Geschmack in Klamotten als ich, keine Zicken. Sie trug ein Perlmuttmedaillon, das ihrer Mutter und davor ihrer Großmutter gehört hatte, und sie berührte es immer wieder, als wolle sie sichergehen, daß es immer noch da war. Ich hatte den Eindruck, daß sie an etwas anderes dachte, nicht daran, was sie gerade durchgemacht hatte, aber ich wollte sie nicht damit belabern.

Wir landeten dann in ihrer Wohnung; sie und ihre hyperaktive Freundin Charlene bewohnten gemeinsam ein kleines Haus in der Nähe vom Sepulveda Boulevard, in dem es stark nach Katzen roch, was durchaus einen Sinn hatte, weil dort ständig mindestens ein Dutzend lebte. Charlene war nicht da; sie hatte endlich mal ein Rendezvous; Gott allein weiß, was er für einer war und wo sie hingefahren waren, wahrscheinlich zum Go-Cart-Rennen nach Encino. Mae machte uns einen Schlaftrunk, und wir gingen ins Bett.

»Nur ein bißchen kuscheln«, warnte ich sie. »War eine harte Woche.«

»Sehr amüsant«, sagte sie.

Wir schlürften und kuschelten und ertrugen eine kaum erträgliche alte Fernsehshow mit George Burns und Gracie Allen, als sie plötzlich sagte: »Himmmmel, was ist das denn?«

»Was ist was?«

»Das.« Sie knipste die Nachttischlampe an und zog die Bettdecke herunter. »Das.«

»Ein Haibiß«, sagte ich.

»Nicht sehr amüsant«, sagte sie. »Das hattest du noch nicht, als ich wegfuhr.«

Sanft berührte sie die einen Drittelmeter lange Narbe. Sie war auf der Innenseite meines linken Oberschenkels. Ich beugte mich über sie und knipste das Licht wieder aus, wobei ich ihr auf dem Hin- und auf dem Rückweg je einen Kuß gab.

»Nun?« sagte sie.

»Nun«, sagte ich, »ich war in der Oasis, ganz weit draußen auf dem Ventura Boulevard. Kennst du den Schuppen?«

Sie schüttelte den Kopf.

»Gleich nachdem du weggefahren bist. Um meinen Kummer zu ersäufen.« Sie machte ein Geräusch, welches Unglauben anzeigen sollte. »Eher um deinen Durst zu ersäufen.«

»Naja, wie auch immer, es wurde schon etwas später. Weil ich nichts Besseres zu tun hatte, quatschte ich mit diesem Gartenmöbelvertreter, der gerade den Job verloren hatte und deshalb in seinem Auto schlief. Ich lud ihn also zu ein paar Getränke ein, und er hatte ein schlechtes Gewissen, weil er sich nicht revanchieren konnte, weshalb ich ihm, um ihn aufzuheitern, noch ein paar Getränke kaufte und dem alten Mädchen hinterm Tresen, Martha, ebenfalls, sie hatte sich gerade sämtliche Eileiter rausnehmen lassen und war deshalb auch nicht allzu fröhlich.«

»Klingt nach einer berückenden Soirée«, sagte Mae. »Schade, daß ich sie verpaßt habe.«

»Zwei Typen hatten Billard gespielt und warteten, daß der Laden sich leerte. Noch ganz jung, tranken Bier. Harmlos. Einer Mexikaner. Einer Hippy. Plötzlich springt der Hippy über den Tresen, zückt ein Brotmesser und hält es Martha an die Kehle, während sie die Kasse ausleert.«

»Oh Gott«, sagte Mae.

»Während er dies tut, hat sein Kumpel die Hand in der Tasche, als hätte er da eine Pistole, und hält uns beide in Schach, d.h. mich und den Exgartenmöbelvertreter, der in seinem Auto schläft. Ich dachte mir, er versucht, uns zu verscheißern; wenn er eine Kanone hat, dann zeigt er sie doch auch; als sein amigo von Martha abließ, beschloß ich einzugreifen.«

»Mhm«, sagte Mae. »Was gibt's sonst Neues?«

»Ich verpaßte ihm mit der Billardqueue einen guten Stoß seitlich an die cabeza. Er ließ Geld und Messer fallen. Wie ich mir gedacht hatte: Sein schäbiger compadre hatte gar keine Kanone, aber er zog ein Messer aus einer Scheide, die hinten an seinem Gürtel hing und vom Hemd verdeckt war, und mit dem Messer hat er mir einen verpaßt.«

»Du kannst von Glück sprechen, daß er dir nicht die Testimonien abgeschnitten hat«, sagte sie.

»Versucht hat er's aber«, sagte ich.

»Brillant«, sagte sie. »Absolut brillant.«

»Ich weiß, ich weiß. Aber was soll man denn machen? Entweder Maul halten oder aufs Maul hauen, besonders bei meiner Größe.«

»Hin und wieder könntest du durchaus das Maul halten«, sagte sie. »Besonders wenn du besoffen bist.«

»Weißt du was? Mein Leibarzt sagt, ich kann mein Liebesleben wieder aufnehmen, wenn ich unten bleibe und nur die Wimpern bewege. Nächste Woche kann ich schon wieder die Zehen einkringeln.«

»Wenn du Glück hast«, sagte Mae. Und genau das hatte ich.

Siebtes Kapitel

Am nächsten Morgen verbrannte Timmy in meinem Büro.

Ich war gerade dort und sah die Namen und Telefonnummern einiger Schüler nach, mit denen ich später noch reden wollte. Wäre ich ein bißchen weniger paranoid gewesen, hätte ich am Freitagnachmittag eine Liste gemacht und sie bei mir behalten, aber so ist das eben. Als damals in Chicago dieser korsische Lohnkiller meinen Kopf und meine Schultern mit dem Muster seiner abgesägten Schrotflinte tätowieren wollte, lag das nur daran, daß ich ein Stück Papier im Portemonnaie hatte, welches ich hätte zu Hause lassen oder verbrennen oder fressen sollen.

Ich parkte also am Samstagmorgen gegen 10:30h vor meinem Büro, fühlte mich, alles in allem, ziemlich gut, winkte Mrs. Morales zu, schloß auf, trug den Abfall hinten raus und wollte gerade den Safe öffnen, um Betsy herauszuholen, als ich das Vorderfenster splittern hörte. Ich steckte den Kopf aus dem Klo, um zu sehen, was zum Teufel überhaupt los ist, und dachte noch, der Versager Mick ist wieder mal am Werk, als das ganze Büro mit lautem Rauschen in Flammen aufging, als wäre es von einer Ladung Napalm getroffen worden. Vielleicht stimmte das sogar. Ich roch, wie mein Haar brannte. Ich hatte zwar einen Feuerlöscher, aber der hing vorne neben der Tür, so daß ich sowieso nicht an ihn ran gekommen wäre. Der hätte mir auch echt viel genützt.

Es schien unmöglich, daß sich ein Feuer so schnell ausbreiten konnte; ich tränkte ein Handtuch unter dem Wasserhahn mit Wasser, tat es mir auf den Kopf, kroch zur Hintertür und hinaus, kroch wie in der schlechten alten

Zeit auf dem Hindernis-Parcours von Fort Meyers, als sadistische Kommißköppe mit scharfer .30-30-Munition knapp über unser Rectum hinwegschossen. Gottseidank war Mülltag, und ich hatte bereits die Hintertür aufgeschlossen.

Ich lag hinten eine Minute lang auf dem Asphalt. Ich sah, daß meine Hosenbeine rauchten und rollte mich immer wieder auf dem Boden herum. Wahrscheinlich habe ich auch ein bißchen geschrien, denn vor Angst schied der räudige Kater von nebenan seine Würmer aus, und dieses sich ständig häutende feline Wunder hat sich noch nie vor etwas gefürchtet. Dann hörte ich jemand anderen schreien und dann eine Sirene. Ich humpelte um das Haus herum und durch die Glasscherben am Rande des leeren Grundstücks vorbei. Als ich zur Vorderfront kam, schossen Flammen aus der Öffnung, wo früher das Tafelglasfenster gewesen war. Mr. Amoyan versuchte, mit seinem Spielzeugfeuerlöscher zum Brandherd vorzudringen, aber jemand hielt ihn zurück.

»Ihr Freund ist hineingegangen«, sagte er, als er mich sah, aber ich wußte nicht, was er meinte. Dann sprach er weiter, über etwas anderes, aber was er damit meinte, wußte ich ebenfalls nicht. Es muß jedoch eingesunken sein, denn später erinnerte ich mich daran.

Plötzlich setzte ich mich auf dem Parkplatz hin; irgendein freundlicher Bürger zog mich weiter von den Flammen weg; Mrs. Morales gab mir einen Pappbecher mit etwas, was ich nicht trank. Ich sah, wie die Nus ihrem Cousin halfen, Kartons aus dem Haus zu schleppen, als wäre die Ware noch nicht heiß genug. Mr. Amoyan sagte etwas auf armenisch, was ich nicht verstand. Dafür sagte ich dann etwas, was er nicht verstand.

Die erste Feuerwehr kam um die Ecke, und einige der Feuerwehrmänner sprangen schon vom Wagen und machten sich ans Werk, bevor sie angehalten hatte. Ich bemerkte, daß auf einer der Türen *Class One* stand. Immer nur vom Besten.

Es war in erstaunlich kurzer Zeit vorbei, vielleicht nach sechs bis sieben Minuten. Da war das Feuer komplett aus; nicht mal mehr viel Rauch war übrig. Mein Laden war der einzige, den es erwischt hatte. Ein Brandmeister, der in einem leuchtend roten Pontiac gekommen war, betrat vorsichtig die Ruine.

»Hier drin haben wir einen Todesfall«, rief er nach draußen. »Männlich.« Ich bemerkte Timmys Einkaufswagen, der vor dem Imbiß der Nus auf der Seite lag; ein paar seiner Habseligkeiten waren vom Löschwasser an Mrs. Morales' Taco-Shop vorbeigespült worden. Eine Strahlenpistole aus Plastik schwamm wie ein Boot auf dem Wasser. Irgendwie fiel mir ein, daß Mr. Amoyan etwas über meinen Freund gesagt hatte, der hineingegangen war, und da erriet ich, daß mein Freund Timmy hineingegangen war; mein Freund Timmy war hineingegangen, um seinen Freund zu retten: mich. Verdammt nochmal, verdammt nochmal, verdammt, verdammt, verdammt nochmal.

Die Sanitäter kamen. Der Sanitäter, der nicht der Fahrer war, schmierte mir etwas kühlendes Gel aufs Gesicht, schnitt das, was von meiner fast neuen, piekfeinen Karottenhose noch übrig war, ab und begann, an meinen Beinen zu arbeiten. Aua. Der Brandmeister kam heraus und sah ärgerlich aus. Ich bat den Fahrer, ihn zu mir zu bringen; er brachte ihn zu mir.

»Mein Büro«, sagte ich, so gut ich konnte. »Ich war da drin. Was ist passiert?«

»Sieht aus wie ein Pflasterstein und dann eine Flasche Benzin«, sagte der Brandmeister und wandte sich ab, um gepflegt zu spucken. »Brennt ein paar Minuten lang wie verrückt, und dann geht es wieder aus.«

»Fahren Sie ihn jetzt bitte ins Krankenhaus«, sagte Mrs. Morales. Die Sanitäter hatten die Tragbahre bereits geholt; ohne Mühe hoben sie mich drauf.

»Wann kommen Sie mich besuchen?« flüsterte ich Mrs. Morales zu.

»Sie sollten jetzt nicht sprechen, Kumpel«, sagte der Fahrer.

»Warum sollte ich einen verrückten Mann wie Sie besuchen?« fragte Mrs. Morales.

»Ich kann Ihnen sagen, was Sie bei Ihren Tacos falsch machen«, sagte ich.

Die Sanitäter klappten die Beine der Tragbahre herunter, rollten mich zum Krankenwagen und schoben mich rein, wobei einer mit mir hineinsprang und der andere hinter mir die Tür zumachte. Dann begann der im Wagen, mir Sauerstoff zu geben.

»Nur für den Fall«, sagte er.

»Für den Fall, daß was?« fragte ich, aber er antwortete nicht.

Der Fahrer fuhr los. Ich konnte fühlen, wie mit meinen Beinen Schreckliches geschah; ich stellte mir vor, ich könnte fühlen, wie meine Haut Blasen warf und sich ablöste, langsam und eklig, blubb und plopp, wie im Gruselfilm. Der Sanitäter, der mir das meiste meiner Hose abgeschnitten hatte, hatte, wie sich das für ein Mitglied des Ärztestandes gehört, die Taschen für künftigen Gebrauch drangelassen; ich zeigte auf die Tasche mit dem Portemonnaie drin. Der Sani holte es heraus. Ich hörte lang genug mit dem Einsaugen von Sauerstoff auf, um ihm zu sagen: »Privat versichert.«

Er nickte, fand meine *Kaiser*-Karte und dirigierte den Fahrer um. Ich wäre schön blöd gewesen, wenn ich mich ins Gemeindekrankenhaus hätte fahren lassen; da war ich schon mal gelandet, als ich angeschossen, ausgeraubt, zusammengetreten, ein paarmal gerollt und noch alles mögliche worden war, in der Innenstadt, beim Blumenmarkt, und sechs Stunden hatte es gedauert, bis sie sich mich endlich vornahmen. Nicht weil sie mich nicht mochten oder weil ich was gesagt hatte, sondern weil es, wenn man langsam an einer Bauchwunde verblutet, auf ihrer Notfall-Liste ganz unten steht; sie hatten Dutzende schwererer Fälle, die sie sich vorher ansehen mußten, und regelmäßig kamen neue zur Tür herein. Später habe ich herausgefunden, daß sie etwa 400 Notfälle pro Tag hatten, und etwa die Hälfte davon war kritisch, niedergestochen, zerschossen, aufgeschlitzt, zusammengeschlagen, vom Auto oder vom Leben überfahren.

Naja, irgendein Samariter sah mich schließlich ohnmächtig auf dem Fußboden und schrie laut genug, so daß man auf mich aufmerksam wurde. Ich wachte in der Intensivstation auf und fühlte mich gar nicht gut. Die Männer links und rechts von mir waren mit Handschellen an ihre Betten gefesselt; beiden hatte man im Rahmen voneinander unabhängiger versuchter Raubüberfälle in den Bauch geschossen. Und obwohl ich weiß, daß dieser Teil nicht die Schuld vom Gemeindekrankenhaus war, fand am zweiten Tag ein Erdbeben statt, und Flaschen und Infusionsbehälter zersplitterten im ganzen Saal. Glücklicherweise hatten sie mich dermaßen mit Schmerzmitteln zugestopft, daß ich high war wie ein Papierdrachen.

Eine komische Sache passierte, als ich im Gemeindekrankenhaus war; zumindest kam sie mir damals komisch vor. Die meisten Patienten auf der Station durften aus dem einen oder anderen Grund nur begrenzte Mengen zu sich nehmen, so daß sie (und ich) während der ersten Tage alle vier Stunden nur einen Fingerhutvoll Wasser zu trinken bekamen. Wir kamen alle ziemlich gut damit zurecht, nur ein Blödmann gegenüber von mir, der ein perforiertes Magengeschwür hatte, nörgelte und jammerte und quengelte non-stop, weil er angeblich verdurstete. Er konnte sich jedoch nicht bewegen, um irgendwas daran zu ändern, denn ein Schlauch kam ihm aus dem Arsch, ein zweiter aus dem Pimmel, einer aus der Nase, die Infusionskanüle steckte in seinem Arm, und ein fünfter Schlauch kam aus einem Loch in seinem Brustkorb.

Na gut. Eines Nachts wachten wir auf und sahen, wie das dämliche Arschloch auf der Bettkante saß und heiße Hühnersuppe schlürfte. »Aaah, ist das gut«, sagte er immer wieder. Irgendwie hatte er sich zwei seiner Schläuche herausgezogen, die anderen zwei und das Gestell für den Infusionsbehälter mitgenommen und war zu dem Kaffee-, Suppen- und Kakao-Automaten einen Stock höher geschlurft. Was diese gräßliche salzige Instant-Gülle seinem Magen angetan hat, muß reiner Mord gewesen sein, denn am folgenden Tag hatte er einen Rückfall, und eine sehr ungehaltene Schwester rollte ihn zurück in den OP. Es bestand allgemeine Einigkeit darüber, daß es dem blöden Scheißkerl recht geschah. Soviel zum Gemeindekrankenhaus. Aber sie haben mich wieder hingekriegt, noch dazu umsonst, und es gibt nicht viele Einrichtungen, von denen man das heutzutage sagen kann.

Na gut. Sie fuhren mich ins Kaiser-Hospital auf dem Hollywood Boulevard, ohne irgendwo anzuecken, und eine Stunde später lag ich im Bett, milde und gar nicht mal unangenehm mit Drogen vollgedröhnt. In der Notaufnahme hatten sie mich mit noch mehr Gel und frischen Verbänden versorgt und mir gesagt, ich würde überleben. Die andere gute Nachricht war, daß ich nur Verbrennungen 1. Grades hatte, die mit der Zeit heilen würden, ohne einen Makel auf meiner glatten Säuglingshaut zu hinterlassen. Die schlechte Nachricht war, daß es noch ein paar Tage dauern würde, bevor ich vor die Tür konnte, um selbst das eine oder andere in die Luft zu sprengen.

Die Nacht verstrich, denn Nächte neigen zum Verstreichen.

Sonntagmorgen.

Sonntagmorgen bei Kaiser.

6:3oh an einem Sonntagmorgen bei Kaiser. Eine alte Vettel, die sich als Lernschwester verkleidet hatte, sagte, ich soll mich zum Frühstück fertigmachen. Ich sagte, ich will kein Frühstück, ich will weiterschlafen. Sie sagte, es ist Sonntag. Ich sagte, ich weiß. Sie wollte wissen, ob ich den Besuch eines Pastors, Priesters oder Rabbiners der Glaubensgemeinschaft meiner Wahl wünsche. Ich sagte, einen Lama würde ich mir durch den Kopf gehen lassen, aber eigentlich will ich weiterschlafen. Außerdem wollte ich ein »Bitte nicht stören«-Schild an die Tür, denn man brauchte nicht die Königin der Zigeuner zu sein, um vorauszusagen, daß ich in der nahen Zukunft über einen kurzen Weg im selben Haus mit viel neugierigem Besuch zu rechnen hatte.

Der erste kam um 10:01h, eine Minute nach Beginn der amtlichen Besuchszeit. Es war mein Bruder. Er heißt Anthony. Genannt Tony. Er kam rein und starrte traurig auf mich herab. Ich starrte traurig zu ihm hinauf. Viele Leute finden, daß wir uns ähnlich sehen. Vielleicht sehen wir uns ähnlich. Seine Frau Gaye fand das nie. Wir kommen ziemlich gut miteinander aus, wenn man bedenkt, was er mir schuldete. Er trug Shorts, Turnschuhe, Sweatshirt und eine Papiertüte.

»Hast dir dein Mittagessen mitgebracht?«

»Nein, ich hab uns unser Frühstück mitgebracht.« Er nahm zwei große Pappbecher mit Kaffee aus der Tüte und gab mir einen. Ich konnte den Schnaps schon riechen, bevor ich den Deckel abgefummelt hatte.

»Darfst du sowas trinken?«

»Klar«, sagte ich. »Die haben mir gesagt, ich hätte eine Lunge wie ein Neugeborenes; sie hat keinerlei Schaden genommen, weil ich so schlau war, nicht zur Unzeit zu atmen.«

»Mit dem Ding auf dem Kopf siehst du aus wie Sabu, der Elefantenboy«, sagte mein Bruder. »Und wie geht es allem übrigen?«

»Alles klar«, sagte ich. Wir pusteten auf unsere Getränke. »Wie hast du mich so schnell gefunden?«

Er nahm einen Schluck und schüttelte sich. »Polizeiroutine«, sagte er lässig. »Ein Freund von mir; kennst du Lew Marks? Er hat deinen Namen im Polizeibericht gesehen und mich angerufen. Ich hab die Sanis angerufen. Was ist denn passiert; hast wiedermal zu nah am Grill gestanden?« Er bezog sich auf einen Vorfall in unserer Kindheit, als mein neues Geburtstagshemd Feuer fing, weil er mich aus Versehen mit Absicht gegen den Gartengrill geschubst hatte, auf welchem Vati unser Abendessen bereitete.

Ich sagte ihm, was passiert war. Er pfiff.

»Da hast du aber Glück gehabt, Vic. Schon eine Ahnung, wer's war?« Er saß auf dem leeren zweiten Bett des Zweibettzimmers.

»Das kannste aber annehmen«, sagte ich. »Soviele Feinde hab ich nicht, daß ich nicht wüßte, wer sie alle sind. Ich werd's dir irgendwann mal erzählen.«

»Bitte vielmals um Entschullllldigung!« Er tat, als wäre er zutiefst gekränkt; ich wußte, und er wußte, daß ich wußte, daß er sämtliche Details von dem mit der Untersuchung betrauten Beamten kriegen konnte, der zweifellos auf dem Flur darauf wartete, dem armen Invaliden zusetzen zu können.

»Wie geht es Mom?« fragte ich, nachdem etwas Zeit verstrichen war.

»Wie immer. Ich hab ihr noch nichts gesagt.«

»Dann laß es auch«, sagte ich und schlürfte und spürte, wie der warme Brandy eine dankbare Kehle hinunterglitt, die Kurve kriegte und nach Hause fand. »Macht es dir was aus, sie noch eine Woche zu behalten?«

Er winkte ab. »Keine Hürde.« Es ging Mom nicht gut. Ich sorgte immer drei Wochen lang für sie, daher das zusätzliche Schlafzimmer in meiner Wohnung, und daher der Umstand, daß ich überhaupt im Tal des Todes wohnte; dann waren Tony und Gaye wieder an der Reihe. Für sie war das ganz in Ordnung, für mich oder Gaye manchmal nicht so sehr; Gaye konnte sie nicht leiden, und was das betraf, war ich voll auf ihrer Seite, aber wir alle, die wir damit zu tun hatten, hatten auf die mühsame gelernt, daß alle anderen Möglichkeiten noch mühsamer waren. Der Austausch hätte heute nachmittag stattfinden sollen, und jetzt hatte ich noch eine Woche, um mich zu berappeln. Die Woche bekäme ich auf meine nächsten drei Wochen draufgeschlagen; dafür würde Gaye sorgen.

»Ich muß los«, sagte mein Bruder und erhob sich stöhnend vom Bett. »Ich spiele Fußball mit den Gören.«

»Wird dir guttun«, sagte ich. »Richte ihnen aus, ihr Onkel hat sich das Rauchen abgewöhnt; er glimmt nur noch.«

»Wenn ich sonst was für dich tun kann, jederzeit, sag Bescheid, Kleiner.« Das »Kleiner« gefiel mir besonders. Ich war zwei Jahre älter als er.

»Komisch, daß du das gerade jetzt sagst«, sagte ich. Wieder stöhnte er. »Mir fällt nämlich prompt was ein. Ich muß da jemanden checken lassen; kostet dich keine Minute; einen Anruf.«

»Kann das nicht warten? Ich muß los.«

»Nein.« Ich drückte ihm das Telefon in die Hand. Er seufzte tief auf und begann zu wählen.

»Es wäre eine große Hilfe, wenn ich den Namen hätte.« Ich gab ihn ihm, sowie eine Autonummer, die er an wen auch immer auf dem Präsidium weitergab.

»Wie geht es Betsy?« fragte er, während wir warteten.

»Prima«, sagte ich. »Und wie geht's deiner?« Sein Computer hatte im Gegensatz zu meinem keinen Namen.

»Prima«, sagte er. Wir warteten. Dann gab er mir das Telefon. Ich hörte zu, bedankte mich bei dem Mann und legte auf. In der guten, alten Zeit hätte das eine Woche gedauert.

»Wer war das?« fragte ich meinen Bruder.

»Morrie«, sagte er. »Du kennst ihn nicht. Er spinnt. Er raucht eine Maiskolbenpfeife wie Popeye.«

»Dann spinnt er.«

»Na, man sieht sich.« Mein Bruder schmiß seinen leeren Becher in den Papierkorb und ging zur Tür. »Richte nichts allzu Dummes an, okay?«

»Du kennst mich doch, Tony.«

»Ja. Ich ruf dich morgen an.« Weg war er. Ich trank mein Frühstück aus, schmiß meinen Becher dem Becher meines Bruders hinterher und verfehlte den Papierkorb um eine Meile. Vielleicht hätte ich mir doch einen Pastor, Priester oder Rabbiner der Glaubensgemeinschaft meiner Wahl kommen lassen sollen.

Achtes Kapitel

»Na, Sie sehen aber schrill aus!« sagte mein nächster Besucher. »Und den Turban zahlt die AOK.«

»Gehen Sie weg«, sagte ich.

Er ging nicht weg. Er kam rein, machte die Tür sorgsam hinter sich zu, näherte sich auf Zehenspitzen, barg den Pappbecher, verstaute ihn dort, wo er hingehörte, und strahlte dann fröhlich auf mich herab. »Und wie fühlen wir uns heute morgen, na?«

»Bis eben ging es noch«, sagte ich. Er kicherte und hüpfte auf seinen kleinen Zehlein auf und ab. Ich weiß nicht, welche Mindestgröße Bullen heutzutage haben müssen, aber wenn man ihn so ansah, konnte es nicht viel sein; plötzlich machten sich lauter Trolle in meinem Leben breit. Dieser war im Johnny-Carson-Look gekleidet: taubenblaues Jackett, zu eng in der Hüfte und zu breit in den Schultern, hellbraune Hose, schmaler Schlips, Krawattennadel.

Toll.

»Lieutenant Maynard Conyers, West Valley«, sagte er. »Ausweis auf Wunsch.«

»Lassen Sie ihn stecken«, sagte ich. »Ein Blick auf Ihr Foto, und ich kriege einen Rückfall. Außerdem müssen Sie ein Bulle sein, wenn Sie keiner wären und behaupteten, Sie wären einer, wer würde Ihnen glauben?«

»Sind wir heute ein bißchen unwirsch aufgewacht?« fragte er. Er sah sich ein wenig im Zimmer um, ging hinaus und kam sofort wieder mit einem Stuhl zurück. Er stellte ihn neben mein Bett, setzte sich drauf und nahm dann ein großes, neu aussehendes, in gelbes Lederimitat gebundenes

Notizbuch aus der Brusttasche. »Denkmütze anlegen«, sagte er. »Und nun frisch ans Werk.« Mich konnte er nicht täuschen, obwohl ihm das wahrscheinlich bei vielen Leuten gelang. Tarnfarbe nennt man das, glaube ich; er war so vertrauenswürdig wie ein siamesischer Kampffisch vor dem Abendessen und etwa genauso groß.

»Mr. Daniel. Ich habe Ihr Krankenblatt gelesen. Ich habe den Polizeibericht gelesen und mit den beiden Polizisten gesprochen, die als erste am Tatort eintrafen. Ich habe mit dem Brandmeister telefoniert. Ich habe gesehen, was von Ihrem Büro übriggeblieben ist, und es ist ein ziemlicher Saustall. Ich habe mit einer Mrs. Morales gesprochen, mit einem Mr. und einer Mrs. Nu und einem gewissen Robbie Brunner, mit einigen persönlich, mit anderen bisher nur telefonisch.«

»Wer ist Robbie Brunner?« fragte ich ihn, damit er annahm, ich hörte ihm zu. Ich wollte ihn fragen, was aus meinem *Bowman & Larens*-Safe geworden war, aber ich wollte nicht, daß er den Eindruck gewinnt, es wäre irgendwas Interessantes drin.

»Ein Passant«, sagte der Lieutenant. »Ein hilfsbereiter Passant, der Sie von der Brandstelle weggezerrt hat. Meine Gespräche haben mich auf den Verdacht gebracht, daß irgendwo auf dieser grausamen Welt eine oder mehrere unbekannte oder bekannte Personen existieren, die nicht gerade vernarrt in Sie sind.«

»Gute Arbeit, Lieutenant«, sagte ich. »Prima mitgedacht.«

»Danke«, sagte er. »Schon eine Ahnung, wer's war?«

Zufällig hatte ich an jenem Morgen bereits ein wenig nachgedacht, hauptsächlich, weil man ab 6:30h an einem Sonntagmorgen in einem Krankenhausbett, wenn man ehrlich ist, kaum etwas anderes tun kann, als aufrichtiges Mitleid mit sich selbst zu empfinden. Ich hatte nicht mal

Weintrauben, die ich hätte schälen können. Ich hatte folgendes gedacht: Erstensmal konnte ich gar nicht davon ausgehen, daß das Feuer gelegt worden war, um meine Person Schaden nehmen zu lassen, da ich zum fraglichen Zeitpunkt unsichtbar auf dem Klo gewesen war, weshalb die Sache lediglich als Warnung gedacht gewesen sein konnte. Es war natürlich auch möglich, daß der Irre, der es getan hatte, auf der anderen Straßenseite im Auto gesessen und darauf gewartet hatte, daß ich den Laden aufmache, was ich aber am Wochenende selten tue. Außerdem wußte ich nicht, ob man einen Ziegelstein und eine Flasche durch eine Fensterscheibe plus eine heruntergezogene Jalousie werfen konnte; falls nicht, hätte der dringend der Tat Verdächtige, wie ihn die Bullen genannt hätten, warten müssen, bis die Jalousie oben war, was sie nur war, wenn ich mich im Büro aufhielt.

Warum, so höre ich Sie fragen, hat oben erwähnter dringend der Tat Verdächtige seinen Ziegelstein nicht durch das hintere Fenster geschmissen? Weil ein Gitter vor dem Fenster war, deshalb, darum, weil. Aber selbst von vorne war es nicht sehr riskant; zwischen dem Parkplatz und meiner Vorderfront war nur ein schmaler Bürgersteig; man konnte schmeißen, was man wollte, ohne auszusteigen, und die Ausfahrt des Parkplatzes war nur wenige Meter von meiner Tür entfernt, und hinterm Haus befand sich zu allem Überfluß auch noch ein praktisches Gäßchen.

Über all dies hatte ich also nachgegrübelt. Außerdem hatte ich über Mr. Lowenstein und seinen geliebten Menschenzoo nachgegrübelt und darüber, was ihm wohl geschehen würde, wenn alles in die Hose ging, und mit »alles« meine ich wirklich alles, und mit »Hose« meine ich jede nur irgend verfügbare Hose. Ferner grübelte ich über ein Wort mit fünf Buchstaben, in der Mitte ein C (R-A-C-H-E), nach und versuchte, nicht zuviel über Timmy nachzugrübeln.

So geschah es, daß ich zu Lieutenant Conyers sagte: »Ja, ich habe eine Ahnung, wer mich nicht mag.«

Ich berichtete ihm von dem versuchten Raubüberfall in der Oasis draußen auf dem Ventura Boulevard vor ein paar Wochen, von Martha, dem Hippy und seinem Amigo. Scheiße, ich berichtete ihm sogar von dem Gartenmöbelvertreter mit dem großen Durst. Ich sagte ihm, ich glaubte, einen flüchtigen Blick auf den Anglo geworfen zu haben, direkt vor meinem Büro, in einem grünen Chevy, kurz bevor es passierte. Ich sagte ihm, bevor er mich fragen konnte, daß der Junge mich ganz leicht hätte finden können, da mein Name nach dem durchkreuzten Überfall in der dortigen Zeitung gestanden habe. In diesem Zusammenhang sei sogar das Wort »Held« gefallen, informierte ich ihn zaghaft.

»Wirklich wahr?« sagte er. »Na! Da wird mein Frauchen Augen machen.«

Ich hatte eine detaillierte Beschreibung des dynamischen Duos, so informierte ich ihn weiter, den Bullen gegeben, und dort mußte sie irgendwo zu den Akten genommen worden sein. Ich erzählte ihm eine beträchtliche Menge glaubhafter Scheiße, die ich vielleicht sogar selbst geglaubt hätte, wenn ich nicht gewußt hätte, daß ich sie ganz persönlich erfunden hatte. Dann muß mir die Anstrengung doch etwas zuviel geworden sein, weil mir plötzlich ganz komisch wurde. Ich plinkerte mit den Augen und klingelte nach der Krankenschwester.

»Es bricht mir das Herz«, gnatzte der Gnom. Ob er sich damit auf meine Imitation der Kameliendame bezog oder auf das Oasis-Garn, werde ich nie erfahren.

Die Schwester kam erstaunlich schnell herein; ich hatte gar nicht genug Zeit, mir einen Grund für mein Klingeln auszudenken. Glücklicherweise brauchte ich auch keinen, denn sobald sie das auf meine bleichen Züge geätzte Leiden sah, legte sie voll los.

»Haben Sie Mr. Daniel geärgert, Wachtmeister? Das können wir aber nicht dulden.«

»Geärgert? Ich hab ihm den 3. Grad verpaßt; bevor Sie reinkamen, hab ich noch schnell den Gummischlauch versteckt«, sagte der Schluck Wasser. »Können Sie mir vielleicht zwei Elektroden borgen?«

Ich stöhnte schwach und schloß die matten Augen. Der Lieutenant stand auf, steckte sein Notizbuch weg und ergriff den Stuhl. »Welches Baujahr war der Chevy?« fragte er mich.

»Es war ein '63er«, sagte ich. »Große Beule in der Fahrertür. Und ein Aufkleber mit dem Spruch ›Polizisten sind auch Menschen – Bestich heute noch einen Schutzmann!‹«

»Vielleicht komme ich morgen noch mal wieder, wenn die Wunder der modernen Medizin Gelegenheit hatten, ihre wohltätige Wirkung zu entfalten«, sagte er zu mir. Zur Krankenschwester sagte er: »Tschüs, Florence.« Er nahm seinen Stuhl und ging. Bullen. Vielleicht sind sie ja wirklich Menschen. Das ist eben die Sauerei.

Die Schwester fragte mich, warum ich geklingelt hatte. Ich sagte, ich hätte gern ein Brötchen mit Roastbeef und Zwiebeln und ganz wenig Senf und vier Mogadon. Zwei Aspirin könnte ich haben, sagte sie und tapste hinaus, um sie zu holen. Nach ein paar Minuten kam sie damit zurück. Ich sagte ihr, ich hätte Schmerzen und wollte kein großes Baby sein, aber etwas Stärkeres wäre mir schon lieber; sie sagte, keine weiteren Drogen, bis der Doktor mich nochmal begutachtet hat, und der käme gegen zwei Uhr zur Visite.

Sie ging; ich rief Benny an. Es war Zeit, allmählich mal vom Topf runterzukommen.

Benny war mein Kumpel. Wir spielten etwa einmal die Woche bei ihm zu Hause Schach; ich hatte dies überaus irritierende Spiel in einem Gästehaus für ungezogene Männer in Louisiana gelernt. Ich hatte viel Zeit dafür gehabt; drei Jahre sind viele Tage und etwa doppelt soviele Nächte. Mein Zellengenosse Herbie, ein rundherum netter Kerl, der seine Schwester für kurze Zeiträume an seine Freunde zu vermieten pflegte, hat es mir beigebracht; es dauerte nur ein Jahr, um die Züge zu lernen, dann nochmal ein Jahr, um ihm ein Spiel bieten zu können, das länger dauerte als fünf Minuten. Ich wurde aber immer besser; ich konnte Benny schon ein ziemlich gutes Spiel liefern, solang er mir ein bißchen Vorsprung gab. Also rief ich ihn an; es war inzwischen 11:30h, die beste Zeit, ihn zu erreichen, weil er nie vor vier oder fünf ins Bett ging.

Ich habe irgendwo vorher erwähnt, ich sei gelegentlich eine Zwei-Mann-Agentur; Benny war für gelegentlich zuständig. Einstmals, bevor er platzte, der Hollywood-Traum, hätte ich beinahe seine Tante Jessica geheiratet. Als wir uns trennten, war er durch einen boshaften Streich des Schicksals alles, was mir blieb, bzw. die Obhut, in welche ich ihn nahm. Benny war einer der erfolgreichsten Anschaffer auf Erden, und ich sage das nicht leichtfertig, da ich zu meiner Zeit mehr als einen kennengelernt, noch mehr rühmen gehört und über noch mehr gelesen habe. Er hatte einen derartigen Nerv, daß Sergeant York, der höchstdekorierte Soldat des ersten Weltkriegs, verglichen mit ihm wie eine Memme wirkte. Seine Mutter mogelte für ihn beim Sechsundsechzig, seine Schwestern mogelten für ihn beim Schnippschnapp. Mexikaner, total loco und vom Suff angestachelt, machten für ihn in »Nur für Mexikaner«-Bars in East L.A. beim »eight ball«-Billard die große Kohle. Er verdiente mit Fluglinien (Fundbüro), Autovermietungen (falscher Personalausweis und eine schnelle Fahrt nach Tijuana), Fotoläden und Teppicherías. Als in Humboldt County die reiche Ernte plötzlich ausblieb, belieferte er eine ausgewählte Klientel mit hochklassigem Gras. Er besaß viereinhalb Häuser in Anaheim, von denen er eins die letzten sechs Monate an RD-Fahnder vermietet hatte, die es benutzten, um die Mietskaserne gegenüber zu überwachen, in welcher sie Drogengeschäfte vermuteten. Er lief gern Ski, aber die meiste Zeit war seine fabelhaft teure Ausrüstung irgendwo versteckt, weil er sie als gestohlen gemeldet hatte und darauf wartete, daß die Versicherung endlich mal mit dem Geld herüberkam. Es gibt eine List, wie sie von den Bewohnern großer Städte zunehmend angewandt wird, um Straßenräuber zu foppen: Sie tragen zwei Geldbeutel bei sich, einen schicken mit wenig Geld, den sie, falls nötig, aushändigen, und einen zweiten, in dem das richtige Banknotenbündel verstaut ist. Benny arbeitete nach demselben Prinzip und hatte zwei Geldschränke in seiner Wohnung.

Ich erzählte ihm meine traurige, traurige Geschichte.

Er lachte.

Ich sagte ihm, was ich wollte und wann ich es wollte.

Er lachte.

Ich sagte ihm, warum ich es wollte, und legte auf, solange ich noch ein Hit war. Dann tätigte ich einen winzigkleinen Anruf in Immobilienangelegenheiten. Dann tätigte ich einen weiteren Anruf in Immobilienangelegenheiten; ich rief meinen Hausbesitzer an, etwas, was ich vor mir hergeschoben hatte, weil ich nicht unbedingt mit den Neuigkeiten aufwarten konnte, auf die ein Hausbesitzer an einem Sonntagvormittag versessen ist.

Der Hausbesitzer sah sich gerade das Spiel Raiders gegen Chargers an; ich konnte es im Hintergrund hören.

»Rate mal«, sagte ich.

»Mein Hauptdarsteller, mein Star, mein Lieblingsmensch!« sagte er. »Bleib dran; ich stell mal leiser.« Ich blieb dran. »Wie fühlt man sich so ausgeräuchert?«

»Ausgeräuchert«, sagte ich. »Woher weißt du denn davon?«

»Vom Brandmeister, und gleich danach von einem Señor Gregor Amoyan«, sagte er.

»Gregor heißt der? Wußte ich gar nicht.«

»Es gibt so vieles, was du nicht weißt, mein Guter«, sagte der Hauswirt mit Jubel in der Stimme. »Pause für einen Zug.« Er nahm einen Zug und behielt ihn etwa eine Viertelstunde lang bei sich. Ich war froh, daß er stoned war; wenn er schlecht drauf war, war er ein guter Hauswirt, aber wenn er bekifft war, war er wunderbar tolerant. Er hieß Elroy und war zweiundzwanzig. Seine beiden Eltern und eine ganze Reihe von Onkeln waren kurz nach Weihnachten bei einem Unfall auf der 405 umgekommen, als ein Besoffener den Mittelstreifen überquert hatte, und er, König der Aussteiger, Kifferfürst, Planetarischer Befehlshaber der Weltraumkadetten, hatte nicht nur das Einkaufszentrum geerbt, in welchem sich das befand, was von meinem Büro übrig war, sondern noch zwei ähnliche Anlagen, alle in derselben Gegend, plus ein bis zwei Lagerhäuser, sowie das eine oder andere Häuschen. Er fuhr einen DeLorean, trug immer einen Packen Eindollarnoten bei sich, die er während des Tages an die Bedürftigen verteilte (hauptsächlich die durstigen Bedürftigen) und gab pro Jahr etwa einen Endbetrag von $ 3,50 für seine Garderobe aus, die hauptsächlich aus T-Shirts und Gummilatschen bestand. Er war mit anderen Worten reich genug, um die weltlichen Anliegen von uns gewöhnlichen Sterblichen zu ignorieren, aber anderseits hatte er das immer schon getan. Das traf jedoch nicht auf das Geschäftliche zu; darum kümmerte er sich; zweimal pro Woche ging er in die University of California Los Angeles, wo er Abendkurse in Buchführung, Steuergesetzgebung und dergl. belegt hatte.

»Was ist denn all das Viele, was ich nicht weiß?« fragte ich ihn.

»Du weißt null«, sagte er. »Du nix sabe nada. Du nix

comprende, daß Sam heute morgen auf meine Bitte deine Suite untersucht hat.« Sam war ein bekümmerter schwarzer Handwerker, der Elroy sowohl mit Reparaturen, als auch mit Stoff versorgte. »Er sagt, die Wände sind alle noch heil, das Klo ist auch in Ordnung, ebenso dein, wie er es nennt, Kohlekoffer, aber das Dach ist futsch, macht aber nichts, war sowieso nur billiges Asbestzeug, das macht er heute, und für morgen habe ich diese törichte armenische Volkstanzgruppe bestellt, weshalb ich gern wüßte, welche Farbe du für deine Auslegware haben möchtest, du kriegst nämlich, Augenblick, du kriegst Tundra, mein Lieber, my darling, mi corazón. Ich bin nämlich versichert, und zwar unter anderem gegen Erdbeben, Brandstiftung, Hochwasser, Termiten, von Walen verursachte Schäden und die Invasion der Leichenräuber; das ist einer der beiden Punkte, die ich von meinem alten Herrn gelernt habe.«

Ich unterbrach seinen Redefluß lange genug, um zu fragen: »Welcher war der zweite?«

»Hab ich vergessen«, sagte Elroy. »Ich glaub, er hatte was mit Mädels zu tun.«

»Danke, Kumpel«, sagte ich.

»Laß man, Baby. Für meinen Lieblingsmenschen tu ich alles«, sagte er. Er pausierte, um einen weiteren Monster-Zug zu nehmen. »Sam hat mir von dem Typ erzählt, den es erwischt hat; Scheiße.«

»Timmy«, sagte ich.

»Genau«, sagte er. »Wie war seine Geschichte?«

Ich berichtete ihm das Wenige, was ich von Timmys Geschichte wußte.

»Was hatte er denn um Gottes willen da drin zu suchen? Blöder Sack.«

Ich berichtete ihm, daß jener blöde Sack sich höchstwahrscheinlich dort aufgehalten hatte, um diesen blöden Sack zu retten. Dann sagte er etwas über die Beerdigung;

ich sagte, ich übernehme das, wenn niemand von der Familie auftaucht. Dann sagte er noch etwas, was ich nicht kapierte, und legte auf. Ich fragte mich, was mit Timmys Leiche geschehen war und nahm mir vor, nächstesmal den Lieutenant zu fragen, wo man sie hingeschafft haben konnte und wie die weitere Prozedur jetzt aussehen sollte.

Die Schwester kam mit etwas auf einem Tablett herein, was sie Mittagessen nannte. Ich bin kein Gourmet, aber darauf wäre selbst ich nicht reingefallen. Als sie ging, führte ich eine kleine Debatte mit mir selbst. War dies ein Notfall, oder war es keiner? Ich beschloß, daß es einer war und rief Miss Shirley zu Hause an.

Neuntes Kapitel

Miss Shirley war zu Hause.

D. h., sie war im Hintergarten, in welchen hinein sie Tomatensämlinge pflanzte, sagte sie mir, aber außerdem sagte sie mir, sie habe ein neues Telefon ohne Strippe, und sie sei ganz wild darauf, es zu benutzen, und tatsächlich spreche sie in diesem Augenblick mit mir und gieße gleichzeitig ihre Pflanzen, und was ich davon hielte?

Ich hielt das für ganz schön heiß und für einen Triumph des modernen Kommunikationswesen und sagte ihr das, dann erwähnte ich meine jüngsten Abenteuer und den beklagenswerten Zustand, in den sie mich versetzt hätten. Miss Shirley war so entsetzt, daß sie fast eine ganze Reihe Sämlinge ersäuft hätte oder so; zumindest stelle ich mir das gern so vor. Als sie damit fertig war herauszufinden, ob es mir wirklich gut ging, wollte sie wissen, ob die Brandstiftung irgendwas mit dem zu tun hatte, was ich in ihrer Schule trieb.

»Nie und nimmer«, sagte ich, aber mit gekreuzten Fingern, teils in der vagen Hoffnung, es könne tatsächlich nichts miteinander zu tun haben, teils um Gott wegen dieser Lüge milde zu stimmen. »Ich glaube, ich habe die Polizei ebenfalls davon überzeugt, zumindest erstmal.«

»Na, das ist immerhin schon mal was«, sagte sie.

Der Meinung war ich auch. »Können Sie Ihrem Boß die Neuigkeiten übermitteln und ihm ausrichten, er soll mich nicht besuchen und sich keine Sorgen um mich machen, und ich werde meinen Job sobald wie möglich wieder aufnehmen, und ich hatte diesbezüglich auch schon ein paar, wenn ich selbst so sagen darf, blendende Ideen.«

»Natürlich«, sagte Miss Shirley. »Das ist ja wohl das mindeste, was ich tun kann.«

»Es gäbe noch eine weitere Kleinigkeit«, sagte ich. »Ich möchte, daß Sie mich heute abend besuchen und noch jemanden mitbringen.«

Sie wollte wissen, wen und warum. Ich sagte ihr, wen, sagte ihr aber, ich könne ihr nicht sagen, warum, aber wenn sie sehr, sehr artig wäre, könnte ich ihr sagen, warum ich es ihr nicht sagen konnte.

»Sagen Sie's mir auch so«, sagte sie.

»Weil Sie, wenn Sie es wüßten, so tun müßten, als wüßten Sie's nicht, und Frauen sind, ganz im Gegensatz zur herrschenden Meinung, lausige Lügner, besonders wenn sie schön sind. Dicke, häßliche sind besser, aber ich möchte zu diesem Zeitpunkt nicht darüber spekulieren, woran das liegt.«

»Ich auch nicht«, sagte sie. »Männer sind die allerlausigsten Lügner, besonders große Männer mit Übergewicht.«

»Und nun, ungelogen, wieder etwas aus der Reihe ›Erweitern Sie Ihren Wortschatz‹«, sagte ich. »Das erste Wort ist ein Adjektiv und bedeutet schwierig, verwickelt, verzwickt, zusammengesetzt, komplex, verflochten, kunstvoll, kunstreich, vertrackt, verschlungen, verstrebt, beziehungsreich, verzweigt, kraus, unverständlich, unübersichtlich, unklar, tiefsinnig, schwer zugänglich, verworren, problematisch. Das zweite Wort ist ein Substantiv, mit dem ersten Wort verwandt und der juristische Ausdruck für einen Teilnehmer an oder Mitwisser bei einer illegalen Handlung, und die ganze Sache ist so siehe erstens, daß ich Sie nicht zu siehe zweitens machen möchte; davon natürlich ganz abgesehen, daß ich keinerlei illegale Handlung vorhabe.«

»Natürlich nicht. Gott behüte. Sie sind mir doch ein ganz Gesetzestreuer, sind Sie mir doch, oder?«

Wir schäkerten noch ein bißchen, was mir sehr lieb war, dann widmete sich Miss Shirley wieder ihrer Gartenarbeit, und ich versuchte, ein Nickerchen zu machen. Es war nicht leicht, da mir der Kopf vor lauter Ideen, Plänen und, was eine bestimmte Salatanbauerin betraf, Phantasien nur so schwirrte, aber schließlich gelang es mir doch noch einzuduseln, gerade rechtzeitig für Florence, damit sie mich wecken und für den Doktor hübschmachen konnte. Kurz darauf erschien er, und in seinem Kielwasser erschienen mehrere dieser katzbuckelnden, servilen Typen, die die meiste Zeit ihres Lebens damit verbringen, Medizinern auf den Fersen zu folgen. Ich glaube, es hat etwas mit Geld zu tun. Einer aus dem Gefolge schob einen Wagen mit den unerquicklichen Geräten seines Gewerbes vor sich her.

Der Arzt war ein müde aussehender älterer Mann, der einen kurzen weißen Kittel über seiner Zivilkleidung trug. Er sagte: »Guten Tag, ich bin Dr. Franklin.«

Ich sagte: »Guten Tag, ich bin Victor Daniel und habe Schmerzen.«

Er nahm das Klemmbrett vom Fußende des Bettes, warf einen Blick darauf, gab es Florence, nahm dann eine Schere mit stumpfen Enden und schnitt sauber die lockersitzende Gaze entzwei, die meine einst eines Apoll würdigen Beine umschloß. Seine ganze Bande drängelte näher heran, um besser sehen zu können.

»Gut«, sagte der Doktor. »Wollen Sie jetzt bitte die Knie ein wenig beugen.«

Ich hob sie sehr behutsam. Es tat ziemlich weh, aber es blieb alles dran. Er sah die Messernarbe innen auf meinem Oberschenkel.

»Woher ist das?«

»Aus dem Krieg.« Den Spruch habe ich aus einem Buch, das ich mal gelesen hatte.

»Aus welchem Krieg?«

»Aus dem Krieg, der letzten Monat tobte«, sagte ich.

»Und aus welchem Krieg ist das?« fragte er und tippte auf die alte Einschußwunde über dem rechten Knie.

»Hab ich vergessen«, sagte ich. »Ich glaube, aus dem Krieg der Geschlechter.«

»Aha«, sagte er. Dann wickelte er mir den Turban ab. Wieder spähte alles.

»Ich glaube, auf den Kopfputz können wir jetzt verzichten, Schwester«, sagte er.

»Ja, Herr Doktor«, sagte sie. Schade. Mir hatte der Effekt ganz gut gefallen.

»Machen Sie alle vier Stunden mit dem Dingsbumsobenzokain weiter, und immer einen frischen Verband anlegen«, sagte er, »und außerdem setze ich ihn auf Antibiotika.« Die Schwester machte sich eine Notiz auf dem Klemmbrett.

»Was ist Dingsbumsobenzokain, wenn die Frage erlaubt ist?« fragte ich.

»Fluoro«, sagte er. »Antiseptisch, analgetisch, hält feucht und hält die Luft ab. Ich möchte, daß Sie weiterhin die Knie krumm machen und die Beine bewegen, obwohl sie möglicherweise noch empfindlich sind.«

»›Möglichweise‹ können Sie vergessen«, sagte ich. »Wie wär's mit ein paar Schmerzpillen, wo Sie gerade so schön dabei sind?«

»Sie können ihm soviel Anacin geben, wie er will«, sagte er zur Krankenschwester, »solange es sich in Grenzen hält.«

»Vielen Dank für gar nichts«, sagte ich.

»Morgen könnten Sie ein paar Schritte gehen«, sagte er. »Guten Tag.«

»Ihnen allen ebenfalls einen guten Tag«, sagte ich. Der Doktor führte seine Entourage an und ging hinaus. Florence nahm eine Tube vom Wagen und trug vorsichtig Dingsbumso-wie-heißt-es-noch auf die runzlichten Teile auf und wickelte meine Beine dann wieder in frische Gaze ein. Dann kleckste sie mir etwas Salbe auf den schmerzenden Kopf, rechts oben, und pappte ein Pflaster drauf. Dann schüttelte sie drei Anacin, falls sie das überhaupt waren, aus einer großen Flasche und gab mir aus einer kleinen Flasche zwei Kapseln, die, wie ich annahm, die Antibiotika waren, und paßte auf, daß ich sie auch nahm. Hätte ich doch sowieso getan, schon in der Hoffnung, daß jemand aus Versehen einen echten Wirkstoff reingemischt hat.

Der Nachmittag verging, wie jeder Nachmittag vergeht, sogar auf dem 2. Stock von Kaiser.

Mr. Lowenstein rief mich besorgt an, und ich sagte ihm ausschließlich Sachen, die gut und richtig waren; dann rief ich Mae an und sagte ihr fast ausschließlich Sachen, die gut und richtig waren. Sie laberte mir zehn Minuten Brandblasen ins Ohr, während ich »Kann ich doch nichts für« sagte und »Ich hab doch gar nichts getan« und »Was kann ich denn dafür, wenn ich doch gar nichts getan habe?« und ganz allgemein auf meiner absoluten Unschuld beharrte. Stocksauer (oder doch zumindest eingeschnappt) legte sie auf. »Ach, die Damen, ach, die Damen, ach, die Damen, sie sind ja so süß«, wie mein Alter zu singen pflegte. »Ohne Damen, ohne Damen wär die Welt, wie sie ist, nämlich mies.«

Am selben Abend gegen 7:30h materialisierte sich Benny in meinem Zimmer, genau zu der Zeit, zu der die Happy Hour in den vielen dunklen, kühlen und gastlichen Herbergen des Tales vom Hl. Ferdinand bedauerlicherweise ein Ende findet. Perfekt abgestimmt; ich hatte bereits mein »Abendessen« eingenommen – Tomatensuppe aus der Dose, Kekse, Hacksteak, Sahnespinat, Götterspeise mit Bananen –, und das gab uns eine halbe Stunde, bevor Miss Shirley und noch jemand fällig waren.

Benny. Benny, mein Kumpel. Er betrat das Zimmer mit der ruhigen, rotwangigen Unschuld des wahrhaft Amoralischen. Bei ihm war der Chorknaben-Look immer in. Sauber gestutzter rötlicher Bart. Schütter werdendes bzw. bereits gewordenes rötliches Haupthaar und er ein Jüngling noch Anfang Dreißig. Unnötige randlose Brille. Jackett aus Harris-Tweed, graue Flanellhose mit Aufschlag, dunkelgrüner (Tundra?) Rollkragenpullover, schwarze Halbschuhe mit Bommels an den Schnürsenkeln. In einer Hand einen Blumenstrauß, in der anderen einen kleinen Leinwandkoffer.

»Bin ich froh, dich zu sehen«, sagte ich. »Das bist du doch, oder?«

»Persönlich.« Er drehte sich langsam um sich selbst, damit ich seinen Anblick voll auf mich einwirken lassen konnte.

»Frisch den Seiten von *Esquire* entronnen«, sagte ich.

»Na, wie geht's, Onkelchen?«

»Du sollst mich doch nicht so nennen«, sagte ich ihm zum millionstenmal. In Wirklichkeit war es mir völlig wurscht, ob er mich Onkelchen, Tantchen oder Omi nannte, aber ich wußte, daß er enttäuscht gewesen wäre, wenn die erwartete Reaktion ausgeblieben wäre. »Also los, pack aus. Wir haben nicht die ganze Nacht Zeit. Hast du einen Fluchtweg gefunden?«

»Am Ende des Ganges«, sagte er. Er holte Flaschen und Schläuche und verschiedene andere Gegenstände aus seinem Koffer und legte sie säuberlich auf dem anderen Bett zurecht. »Da geht's hinaus; dann die Feuertreppe hinunter, zwei Etagen, und dann führt der Notausgang aufs hintere Ende vom Parkplatz. Kapiert?«

Ich sagte, ich hätte es kapiert. Dann zog er einen weißen Arztkittel hervor und hielt ihn sich vor den mickrigen Brustkasten. »Hmmm, hübsch. Ach, ich hab ja noch was mitgebracht.«

»Ja, ich hab's schon gesehen. Schönen Dank für die Petunien.«

»Die Petunien meine ich nicht.« Er fischte in seiner Jakkentasche und warf mir ein Röhrchen Demerol zu.

»Wurde aber auch Zeit«, sagte ich undankbar, pfiff mir zwei sofort rein und verstaute den Rest unter meiner Matratze. Dann begannen wir, das Bühnenbild für unseren Acht-Uhr-Besuch zu bauen.

Miss Shirley erschien wie gewünscht um Punkt acht, und zwar mit Dev, ebenfalls wie gewünscht. Sie sah mit ihrer weißen, ausgestellten Hose, dem blauen Blazer und der dazu passenden, verwegen schief aufgesetzten blauen Seemannsmütze so einnehmend aus wie Alle-Mann-an-Deck. Mit seiner Khakihose und der roten Reißverschlußwindjacke sah er weniger einnehmend aus. Ich sah am wenigsten einnehmend von allen aus, d. h. ich sah aus, als läge ich auf der Schwelle des Todes und die Tür wäre weit offen. Eine Sichtblende verdeckte mein Bett fast völlig; durch eine wohlweislich offengelassene Lücke erblickten die schockierten Besucher das wenige, was von mir Armem noch übrig war. Ein Gummischlauch, mit Klebeband an meinem Arm befestigt, führte zu einer Infusionsflasche an einem Gestell, ein anderer kam aus meiner Nase und verschwand in der Dunkelheit unterm Bett. Ein dritter roter Schlauch schien aus meinem Wasserwerk unter der Bettdecke zu kommen und führte unters Bett in eine überdeutlich sichtbare Bettpfanne. Mein Schädel war zum größten Teil mit Gaze umwickelt. Und eine Hand war bandagiert. Nur eine; man soll's ja auch nicht übertreiben. Es war nur die Notbeleuchtung an, und die gab dem ganzen Arrangement ein angemessen düsteres Aussehen.

Draußen schob Benny Wache, bereit, Florence oder jeder anderen Person, die zufällig vorbeikam, zu sagen, ich sei mit meinem Mädel zugange und wäre für ein paar gestohlene Momente Privatlebens zutiefst dankbar.

»Wie geht es Ihnen, Vic?« fragte Dev, nachdem er die Szenerie in sich aufgenommen hatte.

»Sind . . . Sind Sie das, Dev?«

»Und Miss Shirley«, sagte er. »Geht es einigermaßen voran?«

»Ach, ich bin hier in nullkommanix wieder draußen«, bluffte ich.

»Sie armer Schatz!« sagte Miss Shirley. Wenn sie irgendwelche Verdächte hegte, so behielt sie sie für sich. Sie kam näher und legte ihre kühle Handfläche gegen meine Wange. Roch ich eine flüchtige Spur frisch umgegrabener Lehmerde, von süßen, sonnengereiften Tomaten und vielleicht eine Andeutung, einen Hauch nur von Johnson's Babykrem? Wohl eher nicht.

»Sie brennen ja!« sagte sie.

»Das ist bei Feuern so üblich«, sagte ich sanft. »Übrigens, wir glauben, wir wissen, wer die Bösis waren.«

»Ach ja?« sagte Dev Devlin.

»Ja.« Ich berichtete ihnen kurz von meinem kleinen Mißgeschick, was ein vornehmer Ausdruck für »versuchte Kastration« ist, in der Oasis draußen auf dem Ventura Boulevard, und erwähnte, ich glaubte, einen der verhaltensgestörten jungen Leute, was ein vornehmer Ausdruck für »vollgedröhnte Nachwuchs-Arschgesichter« ist, am Samstagvormittag vor meinem Büro gesehen zu haben, und zwar kurz, bevor es passierte.

»Diese Schweinehunde«, sagte er. »Samstagvormittag. Ich wünschte, ich wäre da gewesen, anstatt beim Fußballspiel Biertrinker rauszuschmeißen.«

»Ja, das wäre mir auch lieber gewesen«, sagte ich. »Hören Sie, Dev, der Grund, weshalb ich Sie gebeten habe, mich zu besuchen – übrigens vielen Dank, daß Sie gekommen sind –, ist, daß ich, wie der Spezialist sagt, längere Zeit von keinem großen Nutzen sein werde, und deshalb könnten Sie mir vielleicht einen Gefallen tun.«

»Klar, Vic«, sagte er. »Schießen Sie los.«

»Behalten Sie die Lagerräume im Auge, ja? Mein Gesicht – oder das, was davon übrig ist – ist vielleicht morgen in der Zeitung abgebildet, und jemand von der Schule könnte anfangen zwei und zwei zusammenzuzählen, verstehen Sie? Ich spreche davon, daß vielleicht ein weiteres Feuer gelegt wird, um von irgendwelchen Fehlbeständen abzulenken, vielleicht von jemandem, der über den Computer Zugang zu den Akten hat, ja? Lassen Sie einfach ein paar Tage lang niemanden dran.« Dev war nicht der Einzige in der Stadt, der Beinarbeit beherrschte.

»Schon so gut wie passiert«, sagte er.

»Miss Shirley«, sagte ich, »Ihnen möchte ich ebenfalls herzlich für Ihr Kommen danken. Können Sie den Computer irgendwie so programmieren, daß Sie merken, wenn jemand daran herummacht, der das nicht soll?«

Sie zuckte die Achseln. »Ich bin keine Expertin, aber ich kann's versuchen.« Ich wünschte mir, daß sie nochmal meine Wange berührt, oder wenigstens meinen Fuß, durch die Bettdecke hindurch.

Nachdem das Geschäftliche erledigt war, schmiß ich sie raus, bevor Flo oder die Bibliothek auf Rädern oder sonstwer seine oder ihre Nase hereinsteckte. Das eben von mir erwähnte Geschäftliche bestand natürlich darin, Dev einen gründlichen Blick auf mich in meinem völlig unbeweglichen, behinderten und rundherum mitleiderregenden Zustand zu gewähren, so daß ich wirkte wie der Blödmann mit der Hühnersuppe, der sich nicht bewegen konnte (und es trotzdem tat).

Sobald sie weg waren, kam Benny wieder hereingestürzt, und innerhalb von fünf Minuten hatten wir das Zimmer und mich wieder auf Normal; Sichtblende und Infusionsgestell standen wieder da, wo sie hingehörten, Schläuche und Pullen waren verpackt, Kopfverband ab, Licht an. Dann verschwand er, um einen Happen zu schnappen und ein happiges Schnäppchen zu machen, in diesem Fall zwei Gros *Ray Ban*-Sonnenbrillen. Er ließ mir den Koffer da, weil er ein paar Artikel enthielt, die ich später noch brauchte.

Später bedeutete, nachdem Florence mich für die Nacht zugedeckt hatte, und das war so gegen zehn. Ich ließ noch eine Stunde verstreichen, pfiff mir noch zwei Demerol rein, gab ihnen Zeit, einzusinken und die Botschaft auszustrahlen, alles sei prima und aasig easy, und dann raffte ich mich vorsichtig auf. Benny hatte dunkle Klamotten mitgebracht, die mehr oder weniger meine Größe waren, dito dunkle Turnschuhe, eine dunkle Kappe, um möglicherweise noch vorhandene Kopfbandagen zu verdecken, sowie einen weißen Arztkittel, der alles verbergen sollte, falls mich jemand beim Hinaus- und wieder Zurückschleichen sehen sollte.

Beim Hinausschleichen wurde ich jedenfalls nicht gesehen, aber das Gehen war Mord; alles, was ich hinkriegte, war eine Art steifes Frankensteins-Monster-Getorkel. Ich stopfte etwas zusammengefaltetes Papier zwischen Tür und Türstock des Notausgangs, damit sie nicht hinter mir zufällt, stieg in Bennys wartenden Ford, und schon fuhren wir los, um Sachen in die Luft zu sprengen. Naja, zu Beginn erstmal eine Sache, eine ganz bestimmte Sache, eine gewisse B&B's (inzwischen Art's) Hamburger-Bude. Art als solcher konnte warten.

Zehntes Kapitel

Die Fahrt war angenehm, das Demerol war ein Labsal, die Beine waren erträglich, und Benny war ein amüsanter Gefährte, wie immer. Wie fast immer.

»Ein angenehmer Abend«, bemerkte ich.

»In der Tat. Wie geht es dir, Onkelchen?« Wir fuhren die nördlichen Hänge des Laurel Canyon Drive hinunter und dann auf die Talsohle vom Hl. Ferdinand.

»Es ging mir schon mal schlechter«, gab ich zu. »Dank sei dem Herrn für pharmazeutische Präparate, die wirken, und zwar wirklich wirken.«

»A-men«, sagte er. »Du wirst feststellen, daß ich absichtlich sehr gesittet fahre, es wäre meinen Absichten aber dienlich, wenn ich wüßte, wo zum Teufel wir hinfahren.«

»Rechts abbiegen«, sagte ich. »Und tu mir einen Gefallen; es ist doch schließlich nicht zuviel verlangt; sag nicht Onkelchen zu mir!« Er lächelte und plierte mich virtuos durch seine runde Opa-Brille an.

»Benny, du bist doch ein weitgereister Mensch; du kommst doch herum; erzähl mir was über Drogen. Drogen in L.A.«

»Über illegale Drogen?«

»Nein, über den Bandenkrieg, der um das Lebertran-Monopol entbrannte.«

»Gemach, gemach«, sagte er. »Wie sieht das aus, wenn ein Mann deiner Größe sarkastisch wird. Ein Typ namens Reese . . .«

»Tootie Reese?«

»Tootie Reese hatte die meiste Action in South-Central L.A. unter sich, bis er in einer weniger brillanten Stunde etwas Koks an RD-Typen verdealte; nächsten Monat ist seine Verhandlung, und man rechnet mit zwanzig Jahren bis lebenslänglich. Sein Geschäft ist also jetzt zu haben; wir sprechen da von etwa hundert, vielleicht hundertfünfzig Häusern; du kannst dir also vorstellen, was da fällig ist.«

Ich sagte, das könne ich allerdings.

»Ein Typ namens Whitey – weil er schwärzer ist als eine Schallplatte um Mitternacht im tiefsten Flöz einer Zeche – hat für Tootie gearbeitet, jetzt ist er auf Kaution draußen, ich glaube, wegen der Schießerei irgendwo in einer Pizzeria oder wie?«

»Letzten Januar«, sagte ich. »Ich erinnere mich. Damals machte ich deiner feenhaften, falls das der richtige Ausdruck ist, Tante Jessica den, falls das der richtige Ausdruck ist, Hof.«

»Genau den hast du ihr gemacht. Wir haben hier also etwas, was man als Whitey's Enterprises bezeichnen könnte, und eine Bande von Ex-Knackis, die wir einmal als Dritte Welt bezeichnen wollen, die den Markt in L.A. aufspalten wollen.«

»Nächste links«, sagte ich. »Kennst du einige dieser dubiosen Charaktere?«

»Ich habe den einen oder anderen mal zufällig getroffen«, sagte Benny. »Es heißt sogar, und ich erröte, wenn ich dies zugebe, ich hätte bereits das eine oder andere kleine Geschäft mit den Betreffenden abgewickelt.«

»Dann erröte mal«, sagte ich.

»Aber sie sind nicht nur dubios, alter Kumpel mio, sie sind Killer. Man kann in diesem Jahr bereits von zwanzig, dreißig, vierzig Morden, die sie untereinander begangen haben, ausgehen, und jetzt ist erst Mai. Sie killen, um Revierfragen zu klären, sie killen, wenn sie übers Ohr gehauen werden, sie werden gekillt, wenn sie selbst jemanden übers Ohr hauen wollen, säumige Zahler killen sie am allerliebsten, und außerdem killen sie gern, wenn sie mit dem Auto vorüberfahren. Es ist ihr Markenzeichen.«

»Nächste links«, sagte ich.

»Ein Haufen Gören hat eine Party, sie sitzen im Vorgarten, um zu zeigen, wie cool sie sind, anstatt sicher oder wenigstens sicherer im Hintergarten oder im Haus zu sitzen. Ein Auto fährt vorbei und fängt an zu schießen, und wer sonst noch getroffen wird, ist allen wurscht.«

»Jetzt sprichst du von Kindern.«

»Jetzt spreche ich von Kindern, von Hunderten von Kindern, die auf der Straße dealen. Eins kannte ich in der West 54th Street, genannt Gonzo, hatte noch nie einen Job. Als er erschossen wurde, hatte er vier Riesen plus Kleingeld in der Tasche; seine Mutter konnte es nicht glauben. Einige haben Banden-Tätowierungen, die Schlaueren haben keine. Sie versuchen, andere Banden gottesfürchtig zu machen, indem sie sich Namen geben wie ›The Bloods‹, ›The Crips‹; ›The Schoolyard Crips‹ ist besonders gut. Dann gibt es noch die ›Piru Killers‹. Mir persönlich gefallen die ›Van Ness Gangsters‹: keine Übertreibung, einfach, zack, der Tatbestand.«

»Jetzt rechts«, sagte ich. »Was meinst du, wieviele Gangs gibt es?«

»Quién sabe, vierzig, fünfzig? Und wieviele Kinder machen mit, quién sabe, Hunderte. Aberhunderte. Weißt du, wieviel da unten ein Haus, und das ist soviel wie ein Großhändler, pro Tag umsetzt? Zwanzig Riesen. Damit meine ich nur Koks, verstehst du, und vielleicht ein bißchen PCP für den Hausgebrauch.«

Wir hatten inzwischen die Laredo Avenue verlassen und fuhren mit sehr gedrosselter Geschwindigkeit die Del Mar Avenue entlang, an dem alten Bahnhof vorüber, wo seit vierzig Jahren kein Zug mehr gehalten hatte. Ein paar Penner, die auf dem Bewuchs eines Abstellgleises saßen, ließen eine Flasche kreisen. Wenn die auf den Null-Uhr-Sonderzug nach San Diego warteten, sollten sie sich lieber noch ein paar Flaschen besorgen.

»Erzähl mir von den Häusern.«

»Sie heißen *rock houses*, weil dort hauptsächlich kristallines Koks in Steinchenform verkauft wird, und das pushen dann die Kinder in Papiertüten für einen Viertel- bis zu vierzig Dollar, wenn sie's kriegen können. Klumpen oder Steine sind bei Koks ein Zeichen dafür, daß das Zeug stärker ist, weil die Kristalle intakt sind; ist natürlich kompletter Quatsch. Alles wird kristallin, wenn man es anfeuchtet, besonders der Milchzuckerkram, mit dem sie es verschneiden. Es zieht also eine Frau ein, sieht respektabel aus, hat ein paar Babys dabei, und mietet ein Haus. Dann zieht sie pronto wieder aus, und die Jungs ziehen ein und beginnen mit ihrem Kunststück, Stahltüren, splitterfreie Fenster, feuerfeste Stoff-Bunker, Zahlungen an die Nachbarn, einmal mit allem. Manche haben eine Art Kabine, wie einen Schalter, im Flur oder im Wohnzimmer, da legt man sein Geld in eine Drehtür oder Drehscheibe, und schon kommt die Ware. Unglaublich, wenn ich jetzt so daran denke; ich meine den Umfang der Geschäfte und wie öffentlich alles ist; ein wildfremder Mensch könnte sich in dieser Stadt in zehn Minuten für tausend Dollar Koks besorgen. In fünf Minuten, wenn er einen Schutzmann nach dem Weg fragt.«

»Gras?«

»Das läuft hauptsächlich über Leute, die *Variety* als *indie-*, also unabhängige Verteiler bezeichnen würde, obwohl auch auf unterster Ebene viele Gruppen mitmischen. Mexikaner, Puertorikaner, unsere lieben Cubanos, aber die meisten der richtig großen Jungs sind Schwarze, yessir. Soviel zur 1. Lektion.«

»Langsam, Bennyboy, wir sind fast da«, sagte ich. Er fuhr langsamer; wir bogen in die Greenview Avenue ein, die Straße, in der Art seine mediokren Frankfurter verschließ. »Laß uns einfach erstmal ganz beiläufig dran vorbeifahren und dann einmal um den Block.«

»Ja, laß uns einfach«, sagte Benny, »und laß uns einfach unserem Neffen Benny berichten, was er hier überhaupt treibt und warum.«

Ich sagte es ihm, während wir langsam durch die stille, von Bäumen gesäumte Straße fuhren.

»Es gab einmal«, sagte ich, »in der guten, alten, längst vergangenen Zeit, in der Zeit von *Liberty* und der *Saturday Evening Post*, der Himbeersirup-Brause und der Zeitung zu drei Cent, da also gab es den freundlichen alten Furzer, der einen Süßwarenladen oder eine Limoschwemme unterhielt und manchem gewinnbringenden Nebenerwerb nachging; säuische Comics . . .«

»›Mutt & Jeff in Tijuana‹«, erinnerte sich Benny. »Der war toll.«

»Genau wie ›Popeye in Olive Oyl‹«, sagte ich. »Außerdem Lotterielose, Pferdewetten, Verhütungsmittel, Zigaretten an Kinder, dies und das. Du wirst fragen: Wohin gehen die Kinder jetzt?«

»Wohin gehen die Kinder jetzt?«

»Autokinos, mein Junge, und heutztage haben sie viel mehr Geld. Die miese Frittenschmiede, an der wir eben vorbeigefahren sind, wird von einem Typ namens Art betrieben. Art hat ein schönes, neues Auto mit Telefon, nichts Auffälliges, aber neu. Außerdem hat er eine Zulassung für ein Wohnmobil. Seine Frau hat ebenfalls ein Auto, nichts Auffälliges, kein Telefon, aber neu. Seinen Nachnamen habe ich von der gesundheitspolizeilichen Genehmigung, und mein Bruder hat bei der Zulassungsstelle angerufen. Sie haben eine Eigentumswohnung auf dieser Seite vom Griffith Park, Mann, da oben gibt es Pferde und alles; das weiß ich, weil ich sie heute nachmittag angerufen habe, und du kannst dir vorstellen, wieviel er die Woche mit dem Verkauf von Hotdogs einnimmt, die zu sechzig Prozent Fleisch enthalten müssen.«

»Die Sache beginnt, sich bei mir zu einem Bilde zu runden«, sagte Benny.

»Gut!« sagte ich. »Art, der übrigens mit Nachnamen Wetmore heißt, hat ein Register, und damit meine ich nicht, daß er eine Orgel ist. Einmal Unbefugtes Führen einer Waffe, einmal vor zwei Jahren Verhaftung und Anklage wegen Drogenhandels, Anklage wegen Kronzeugenregelung fallengelassen und Freilassung auf Bewährung. Dann erschien er einmal in der Notaufnahme der Uni-Klinik, weil ihm zwei Finger fehlten. Er wollte nicht sagen, wie es passiert war, aber der Doc meinte, sie seien mit einer Walzblechzange abgeschnitten worden, und ließ eine Polizeiakte über ihn anlegen. Na, wie hört sich das alles an?« Wir hielten an und parkten in einer Seitenstraße, etwa zwanzig Meter von Arts Hintereingang entfernt.

»Das hört sich an, als hätte er Glück gehabt, daß sie ihn nicht umgebracht haben«, sagte Benny.

»Außerdem hat ihn mein Nachbar, Mr. Amoyan, gesehen. Das ist mir im Krankenhaus wieder eingefallen. Er sagte: ›Rotes Gesicht, Kinderauto.‹ Er saß auf seiner Bank und beobachtete die Mädels, als es passierte.«

»Was ist ein Kinderauto?«

»Weiß ich nicht, aber ich wette, er hat es vom Schulparkplatz ausgeborgt. Wahrscheinlich mit Wimpeln, Waschbärenschwänzen und Pelzwürfeln behängt.«

Benny pfiff und sah sich um.

»Dann wollen wir mal«, sagte er. »Die Luft ist rein.«

»Du nicht«, sagte ich. »Du bleibst hier und kuckst unschuldig.«

»Und wenn du Hilfe brauchst?«

»Kommt nicht in Frage«, sagte ich. »Ist sowieso ein Kinderspiel; ich hab den Laden durchgecheckt, als ich mir einen Zahnstocher besorgte. Alles gut gebaut, luftdicht und gemütlich. Gasgrill. 08/15-Schloß, keine Alarmanlagen. Nichts deutet auf einen Freßnapf oder Hundefutter hin. In einer Sekunde bin ich wieder da.«

»Bis die Tage«, sagte Benny. »Oh. Der Schlüssel. Dumm von mir.« Er gab mir mehrere Schlüssel an einem Micky-Maus-Schlüsselring. »Oh. Dumm von mir. Die Handschuhe.« Er gab mir ein Paar billige Arbeitshandschuhe, die ich ohne Kommentar entgegennahm und anzog. Der weiße Kittel lag bereits zusammengefaltet auf dem Rücksitz. Ich nahm die Kappe aus dem Handschuhfach und setzte sie auf. Wir sahen die Straße einmal hinauf und einmal hinunter; alles war ruhig.

»Geh mit Gott, aber geh, verdammtnochmal«, sagte Benny. Er fluchte selten. Ich ging.

Es dauerte dann doch länger als eine Sekunde, aber nicht sehr viel länger; es hilft eben, wenn man sich gewaltsam Zutritt verschafft und vorher weiß, was für ein Schloß man aufschließen muß, denn dann kann einem jemand wie Benny den passenden Schlüssel geben. Das Bestimmen von Schlössern ist nicht so leicht, wie die Unterhaltungsliteratur uns glauben machen will, geschweige denn das Öffnen derselben mit Hilfe einer Kreditkarte oder eines anderen Stücks steifen Plastikmaterials. Ich hatte drei Schlüssel zur Auswahl; der zweite paßte, und ich war drin wie Flynn. An dem Schlüsselbund war auch eine winzige Taschenlampe befestigt, und ich sah mich ganz schnell in dem Laden um. Dann blies ich die Flämmchen unter Grill und Friteuse aus und ließ nur die unter der Wärmplatte an.

Ein Auto kam auf der Greenview Avenue näher. Ich knipste die Taschenlampe aus; das Auto fuhr vorbei. Ich hatte mit Benny verabredet, daß er diskret hupt, wenn sich jemand von hinten nähert, wo ich nichts sehen konnte, aber bisher war alles glattgegangen. Ich knipste die Taschen-lampe wieder an, löste mit meinem zu Recht berühmten schweizer Armeemesser die Zwinge, mit welcher der Gas-schlauch an der Rückseite des Grills befestigt war, und ließ den Schlauch frei baumeln. Ich wollte keine der Gasdüsen anlassen; vielleicht hätten sie die (sehnlichst erhoffte) kata-klystische Explosion überlebt und wären bemerkt worden. Dann nahm ich meinen Abschied, schloß hinter mir ab wie ein vorbildlicher Mitbürger, und Benny und ich hauten in gesittetem Tempo so schnell wie möglich ab. Ein Hund bellte uns vom benachbarten Vorgarten ein Lebewohl zu.

Während wir uns auf die Socken machten, puhlte ich die Schlüssel vom Schlüsselbund, stopfte sie in einen der Hand-schuhe, verfuhr mit der Garnitur von Dietrichen, die Benny vorsichtshalber mitgebracht hatte, ebenso; wir hat-ten nicht einbrechen wollen, weil alles wie ein Unfall aussehen sollte, was wahrscheinlich inzwischen einigerma-ßen klar geworden ist. Im Handschuhfach war eine dicke Jiffy-Tüte, fertig frankiert und an Ihren sehr Ergebenen adressiert; dorthinein mit den Handschuhen und den Ei-senwaren, und als wir an einem Briefkasten vorbeikamen, hinein mit der Jiffy-Tüte. Die Kappe nahm ich dankbar ab und steckte sie unter den Rücksitz.

Man kann nie wissen, hat mal jemand gesagt. Ich glaube, es war Ödipus. Bullen lieben ihren Beruf. Es brauchte nur ein Rücklicht nicht zu funktionieren, oder ein Suffkopp streifte uns seitlich, oder wir kamen an einem wildgewor-denen, d. h. pflichtbewußten Motorradpolizisten vorbei, der sein Soll erfüllen mußte, und wir hätten ganz schön zu tun gehabt: Nein, das ist gar keine profimäßige Garnitur von Dietrichen. Sobald ich den Umschlag losgeworden war, stieß ich einen leichten Seufzer der Erleichterung aus; noch waren wir nicht ganz zu Hause, aber doch eindeutig auf dem Heimweg.

»Ffff«, sagte ich. »Nächste links.«

»Ich weiß«, sagte Benny. Später sagte er: »Wie geht es dir, Onkelchen?«

Ich sagte ihm, es gehe mir ziemlich gut. Stimmte sogar. Ich hatte mir Sorgen gemacht, daß jemand Unschuldiges zu Schaden kommt, wenn der Laden hochgeht, aber vor Arts Parkplatz war eine Kette, so daß keine Spätfummler reinkonnten, und außerdem stand der Imbiß sowohl von der Seitenstraße, als auch von der Greenview Avenue weit genug zurückgesetzt, daß Passanten keine Gefahr drohte, hoffte ich. Ferner hoffte ich, daß der Hund nebenan keinen zu großen Schreck kriegte.

Ziemlich gut? Scheiße, mir ging es prächtig. Alles, was ich brauchte, damit es mir noch prächtiger ging, war von irgendwo hinter uns das wohltuende Geräusch einer lauten Explosion. In einer wirklich gütigen Welt würde die Explosion sogar ein paar saftige Kotelettknochen in den Freßnapf des bellenden Hundes befördern.

Wir fuhren weiter. Ich war hungrig, ich war durstig, und ich war so aufgekratzt wie ein Roadrunner auf LSD. Ich weiß nicht mehr, welcher Macho-Schriftsteller gesagt hat, wenn du was für deine Adrenalinpumpe tun willst, Alter, spreng was in die Luft. Es schien jedoch nicht allzu klug zu sein, irgendwo einzukehren, um ein paar Getränke und ein Neun-Gänge-Menü zu verputzen, denn es bestand die wenig wahrscheinliche Möglichkeit – eins zu einer Million –, daß ein Engel der Barmherzigkeit im Krankenhaus einen Blick in mein Zimmer wirft, um zu sehen, ob ich noch lebe, weshalb wir unseren Weg zu Kaiser stetig, aber ohne alle unangebrachte Hast weiter verfolgten.

»Da wären noch ein paar Dinge, die zu klären wären«, sagte ich, als wir vor einer Ampel auf Grün warteten. »Ich glaube, ich schulde dir Geld.«

»Geld ist immer willkommen«, sagte Benny. »Hat aber

keine Eile. Morgen nehm' ich's auch noch. Ich werde dir meine Auslagen auflisten; die Pillen und das kundige Chauffieren gehen auf mich. Und die Petunien.«

Ich sagte, das fände ich ziemlich nett von ihm.

»Laß man, du gehörst doch zur Familie, Onkelchen«, sagte er.

»Benny, als du noch klein warst, was hast du da auf Toiletten getan, außer gepinkelt?«

»Mich angetörnt«, sagte er. »Tu ich immer noch.«

»Und wenn die Toilette riecht wie eine Chlorfabrik, macht dich das dann eher argwöhnisch oder eher weniger argwöhnisch?«

»Nächste Frage«, sagte er.

»Warum stiehlt ein Mädchen, ein hübsches Mädchen, welches sich weder Ketchup auf seinen Hamburger, noch auf seine Pommes tut, warum stiehlt ein solches Mädchen, frage ich dich, zusätzliche Ketchupbeutel?«

»Weil sie umsonst sind«, sagte er. »Ein bekannter Zusatzartikel zu Murphy's Gesetz lautet: ›Wenn es geklaut werden kann, wird es geklaut, ungeachtet seines tatsächlichen Wertes oder Unwertes.‹ Was für eine Frage war das?«

»Nur Small Talk«, sagte ich. »Warum gibt jemand ungefragt ein Alibi an?«

»An wen denkst du da?«

»An jemanden namens Dev.«

Es entstand eine Pause.

»Und weiter?«

»Ich hab ihm strikte Geheimhaltung zugesichert«, sagte ich vertraulich. »Mann, geht's mir gut.«

»Mir geht es auch recht gut«, sagte Benny. »Und um deine letzte Frage zu beantworten: Entweder ist er schuldig und möchte, daß du glaubst, er wäre unschuldig, oder, was wahrscheinlicher ist, er ist unschuldig und möchte, daß du glaubst, er wäre tatsächlich unschuldig, aber ganz so unschuldig ist er denn doch nicht, oder warum kommt er ungefragt mit sowas an?«

»Genau«, sagte ich. »Gut gemacht, Schwager.«

Wir bogen in den hinteren Krankenhausparkplatz ein; Benny hielt, ließ aber den Motor laufen. Ich zog mir den weißen Kittel an. Wir warteten, bis eine Krankenschwester, die ihren Dienst beendet hatte, in einem dieser kleinen Buicks weggefahren war, dann stieg ich aus, ohne unauffällig wirken zu wollen, winkte Benny zum Abschied zu und ging steif zur Tür des Notausgangs, welche, wie ich mit Freude vermerkte, immer noch einen Spalt offenstand. Hinein, mit einiger Mühe die Treppe hoch und in mein Zimmer. Klamotten runter, Klamotten in den Koffer, ich ins Bett. Ich seufze froh, nehme noch ein Demerol und spüle es mit einem tiefen, tiefen Schluck abgestandenen Wassers hinunter. Ich fragte mich, wo Krankenhäuser ihr abgestandenes Wasser beziehen; das scheint nirgendwo sonst erhältlich zu sein. Dann strahlte ich noch froh Bennys Petunien an, die sonstwas waren, aber keine Petunien, und Florence hatte sie hübsch in einer Vase auf dem Nachttisch arrangiert.

Ich hätte gern jemanden angerufen, um mich so richtig auszuquatschen, aber mir fiel niemand ein, dem um 1:30h nach einer ausführlichen Labersitzung gewesen wäre.

Ich hätte außerdem gern den Zimmerservice angerufen und ein getoastetes Club-Sandwich bestellt, plus Zwiebelringe und eine Cherry-Cola.

Ich hätte gern einen Hund gehabt, der am Fußende schläft und meine armen, alten Beine bedrängt.

Elftes Kapitel

Ich bin kein Zyniker, egal, was manche Leute denken. Zeigen Sie mir einen Zuhälter, der in Wirklichkeit ein ganz prima Typ ist, und ich werde glauben, daß sowas vorkommen kann. Zeigen Sie mir eine griechische Zwanzig-Piaster-Nutte mit einem Herzen aus purem Golde, und ich werde glauben, daß sowas vorkommen kann. Zeigen Sie mir ein Wunder, und ich werde für alle Zeit und immerdar an Wunder glauben.

Der Montagmorgen begann mit letzterem, einem Wunder, oder doch mit etwas, was einem Wunder so nahekommt, wie ich Ungläubiger je eins zu sehen kriegen werde. Es begab sich nämlich, daß man mich durch irgendeine organisatorische Sauerei bis beinahe sieben Uhr schlafen ließ. (Und während ich schlief, verbrannte Art's Imbißbude; zumindest hoffte ich das.) Als ich dann doch aufwachte, ratterte Florence die Jalousie hoch und summte vor sich hin. Dies war ein neueres Modell von Florence, klein und schwarz mit großer rosa Brille und knuffigen Knöcheln. Sie sah, daß ich sie beobachtete, und kam zum Bett herüber, um mich anzugrinsen.

»Warum sind Sie denn so fröhlich?« fragte ich sie.

»Weil ich Sie sehe«, sagte sie. »Da wird mir ganz warm ums Herz. Ich hoffe, es geht Ihnen besser, als Sie aussehen.«

»Das sag ich Ihnen in einer Minute«, sagte ich. »Ich habe von einigen meiner freiliegenden Nervenenden noch nichts gehört.« In Wirklichkeit ging es mir lausig. Sie nahm ein Thermometer heraus, das an ihrer Brusttasche befestigt war, warf einen Blick drauf, schüttelte es, wie sie es immer schütteln, rammte es mir in den wartenden Mund und ging dann, wobei sie die Wasserkaraffe mitnahm. Ich hoffte, daß sie gegangen war, um mir eine Gallone Kaffee und reichlich warmes dänisches Gebäck mit einem Extraklacks Butter zu holen; stattdessen kam sie eine Minute später mit frisch abgestandenem Wasser und einem Tablett voller Dinge zurück, mit denen sie mir wehtun wollte. Sie nahm das Thermometer an sich, warf einen Blick drauf, notierte etwas auf dem Krankenblatt, hängte es zurück ans Fußende, schüttelte das Thermometer und steckte es weg.

»Wie hoch ist unsere Temperatur?« fragte ich sie.

»Über normal«, sagte sie, »aber ich glaube nicht, daß wir schon den OP buchen müssen. Wenn Sie sich waschen möchten, mache ich Ihr Bett.«

Ich lüftete meinen benommenen Leichnam und schaffte es langsam, aber stetig bis zum Waschraum rechts von der Tür, um die Teile zu waschen, an die ich rankam und die nicht mit Bandagen bedeckt waren. Dann, obwohl ich wußte, daß es ein Fehler war, konnte ich nicht widerstehen und riskierte einen Blick in den Spiegel. Das Glas splitterte nicht, aber das war auch schon alles. Ich mußte mich rasieren, aber zuallererst mußte ich duschen, und das versprach, eine Prüfung für meine Brillanz zu werden. Die Beine schmerzten nicht allzu arg; vielleicht wirkte das Schmerzmittel immer noch nach . . . Oha, meine Pillen. Ich begab mich schleunigst zurück zum Bett, aber zu spät.

»Raten Sie mal, was ich gefunden habe, als ich die Matratze umdrehte«, sagte Flo.

»Wanzen?«

»Diese hier.« Sie hielt das Fläschchen mit den Demerols empor.

»Ach, jene dort«, sagte ich. »Gut; ich dachte schon, ich hätte die kleinen Teufel verloren.«

»Was ist das?«

»Calcium«, sagte ich und versuchte, sie ihr abzunehmen. »Wissen Sie? Für die Knochen.«

»Ja, ich weiß, daß Calcium für die Knochen ist, unter anderem«, sagte Flo. »Ich weiß aber nicht, ob das wirklich Calcium ist, denn dies sind Kapseln, und Calcium wird meist in Form von großen Tabletten verabreicht.«

»Aha«, sagte ich. »Multivitamine sind vielleicht auch dabei?« Sie lachte und schüttelte die Kissen auf; nur Krankenschwestern und Mütter schütteln Kissen auf; ich habe mein Lebtag noch kein Kissen aufgeschüttelt.

»Vitamin D«, sagte sie, »D wie Demerol.« Sie schlug mit einem Kissen in meine Richtung. »Gehen Sie zurück ins Bett; dann wechsel ich Ihnen die Verbände.«

Ich ging, sie wechselte und machte dabei mitfühlende Grimassen, wenn sie die klebrigen Bandagen un-end-lich vorsichtig abpuhlte, anstatt sie mit einem schnellen Ruck abzureißen, was offenbar alle Schwestern schon an ihrem ersten Schultag lernen. Ich beschloß, daß ich sie liebte. Unsere Hochzeit wäre ein Schock für Mom, das wußte ich, aber das ließ sich nun nicht mehr ändern. Flo begann, frischen, kühlen Schleim aufzutragen; es war wie im Himmel.

»Die Nachtschwester hat mir eine Notiz hinterlassen«, sagte sie nach einer gewissen Zeit.

»Ach ja?«

»Ja.«

»Will sie sich mit Ihnen und mir und noch einem Herrn zu einem *double date* verabreden?«

»Nein, sie schreibt, Sie wären nicht hier gewesen, als sie ihre Mitternachtsrunde machte.«

Na, darauf hatte ich ja nur gewartet, aber sowieso, denn so oft geht der gute alte Vic nicht in die Falle, und deshalb sagte ich: »Hat sie unter der Bettdecke nachgesehen?«

Flo nickte. Sie war so hübsch wie ein *cheerleader* der Dallas Cowboys. Vielleicht *war* sie ein Cowboys-*cheerleader*, der sich heimlich ein bißchen was dazuverdiente.

»Besonders unter der Bettdecke«, sagte sie. »Wo waren

Sie, Freundchen? Lassen Sie sich was Schönes einfallen; ich muß nämlich entscheiden, ob ich das melde oder nicht.«

Sie knüllte die ekligen alten Verbände zusammen und stopfte sie in einen kleinen Abfallbeutel aus Papier, der aussah wie eine Kotztüte.

»Ich hab nur versucht, mir Hühnersuppe aus dem Automaten zu holen«, sagte ich. »Ich hab neulich gelesen, das ist gut gegen Verbrennungen und alles andere. Das stand, glaube ich, in *Cosmopolitan*.«

Sie nickte, als wäre sie mit der Erklärung sehr zufrieden. Warum auch nicht?

»Bald kommt das Frühstück«, sagte sie. »Roggentoast oder Croissants?«

»Pfannkuchen, bitte«, sagte ich. »Mit Buchweizenhonig.«

Sie räumte die Folterinstrumente zusammen und ging zur Tür.

»Der Doktor kommt um zehn. Brauchen Sie sonst noch was?«

»Einen Rasierapparat. Fernsehen. Etwas zum Lesen.«

»Ich schicke den Pfleger vorbei. Übrigens, Freundchen, in unseren Automaten gibt es Kaffee, Tee, Kakao und Tomatensuppe. Keine Hühnersuppe.«

»Ja«, sagte ich. »Hab ich auch gemerkt. Hat mir das Herz gebrochen. Ich hasse Tomatensuppe. Die haben wir dreimal pro Woche gekriegt, mit Wasser hergestellt.« Wo das war, habe ich nicht dazugesagt.

Der kleine Liebling ging. Ich beschloß, daß Yucatán der perfekte Ort für unsere Flitterwochen war. Wir könnten nach Chichen Itzá fahren und zusehen, wie sie Jungfrauen opfern, obwohl nur Dios weiß, woher sie die heutzutage kriegen.

Tja, da war ich nun, angezogen, aber nirgends eingeladen, und es war bereits viertel nach sieben. Das Frühstück

kam und ging, reizlos wie ein Mauerblümchen beim Wohl-
tätigkeitsball. Etwa eine Stunde später kam ein ebenholz-
schwarzer Pfleger in einem langen blauen Morgenrock mit
einem Teewagen, auf dem ein Fernseher stand, stöpselte den
Fernseher ein, warf die Fernbedienung so ans Fußende des
Betts, daß ich nicht rankam, verfuhr genauso mit ein paar
zerfledderten Zeitschriften und einem Wegschmeiß-Rasier-
apparat in einem winzigen Plastikbeutel und ging wieder,
ohne ein Wort zu sagen, geschweige denn einen Worksong
zu singen. Ich fragte mich, was er für ein Problem hatte,
aber nicht lange, denn ich wußte, was für Probleme ich
hatte, und die waren viel interessanter.

Es gelang mir, den Fernseher anzuwerfen, aber in den
Frühnachrichten war nichts über eine geheimnisvolle Explosion im San Fernando Valley, nichts über einen plattge-
machten Imbißstand oder darüber, daß geheimnisvolle,
unheilverkündende fliegende Buletten gesichtet worden
wären; ich knipste den Apparat aus und griff zu den Zeitschriften. Eine hieß *Handarbeit heute*, eine hieß *Ohne Fleisch
genießen & sparen!*, aber die letzte war ein seltenes, drei Jahre
altes Exemplar von *Mechanix Illustrated;* das war doch
gleich was ganz anderes.

Der Vormittag verging fast so langsam wie im Gefäng-
nis, obwohl mir das nichts ausmachte; ich ruhte mich
richtig aus, spülte mir den Sprit aus dem Gewebe, und es
gab viel zum Nachdenken, z. B. Sonnenuntergänge in Ja-
lisco, den perfekten Pkw, das Altern.

Der Doktor kam und ging und sagte, ich könnte morgen
raus; das hatte ich sowieso vorgehabt. Ich war gerade in
einen faszinierenden Artikel über Laubsägearbeiten vertieft, als zwei Pfleger, die sich über Football unterhielten,
mir einen schlafenden Zimmergenossen hereinrollten; sie
luden ihn sauber in das leere Bett und stellten den Wand-
schirm auf. Als einer der beiden auf dem Weg hinaus am

Fernseher vorbeikam, deutete er auf den Schläfer, schüttelte den Kopf und zog den Stecker heraus. Leck mich am Arsch, Charlie, ich hab sowieso nicht gekuckt. Außerdem gibt es inzwischen Kopfhörer.

Ich wandte mich wieder meiner Laubsägearbeit zu. Mae würde Augen machen, wenn sie von mir zu Weihnachten alles in laubgesägt kriegt! Ich hoffte zu Gott, daß Art's wie geplant in die Luft geflogen war; das wollte ich nicht alles nochmal machen; ich war auch nicht sicher, ob ich es gekonnt hätte. Nein, nicht weil ich ein Feigling war, sondern vielleicht war es doch keine so sehr gute Idee gewesen; vielleicht war es genauso dumm und potentiell tödlich wie der Brandanschlag auf mein Büro, und vielleicht, ein noch schrecklicherer Gedanke, hatte Art ohnehin gar nichts damit zu tun gehabt. Unglücklicherweise gilt der Verkauf mediokrer Würstchen als solcher in L.A. noch nicht als hinreichender Grund für die Sprengung eines Gebäudes. Auf jeden Fall schien es, als schliche die Wirklichkeit – die toll für einen kurzen Aufenthalt ist, aber leben möchte ich nicht dort – in mein Leben zurück, obwohl ich mich so angestrengt hatte, sie in Schach zu halten. Und als hätte es eines Beispiels dafür bedurft, klingelte genau in dem Augenblick das Telefon, und etwas Wirklicheres gibt es ja gar nicht, außer man klemmt sich die Vorhaut in den Reißverschluß. Es klingelte eigentlich gar nicht, sondern es blitzte, damit niemand anderer im Zimmer davon gestört wird, aber es läuft auf dasselbe hinaus. Die Wirklichkeit ist die Wirklichkeit, ob sie nun klingelt oder blitzt, und wenn Sie wissen wollen, wer das gesagt hat: Ich habe das gesagt.

Es war Benny.

»Kaputt«, flüsterte er dramatisch. »Abgerissen. Flach wie ein Pfannkuchen. Weggeputzt.«

»Du bist früh aufgestanden«, sagte ich. »Woher weißt du das?«

»Ich habe nachgesehen«, sagte er.

»Benny . . .«

»Ich habe nicht angehalten, ich bin nicht mal langsamer gefahren. Ich kenne doch auch den alten Mythos, daß der Verbrecher immer an den Ort des Verbrechens zurückkehrt.«

»Einen Mythos, den du mit Leben erfüllst«, sagte ich.

»Ich bin nicht mal mit meinem eigenen Auto gefahren«, sagte er selbstgerecht.

Ich fragte ihn vorsichtshalber nicht, wessen Auto er benutzt hatte.

»Noch weitere Schäden?« Ich hielt die Stimme gesenkt, falls der Schläfer in Wirklichkeit ein hellwacher Polizeispion war, der sich alles notierte.

»Zwei bis drei Bäume«, sagte er. »Ein Stückchen Parkplatz. Ein Stückchen Zaun. Ein parkendes Auto. Hoffentlich ist er versichert; die halbe Welt wird ihn verklagen wollen.«

»Zu schade«, sagte ich. »Ich frage mich, wieviel eine zwölf Meter hohe Eiche in diesen inflationären Zeiten kostet.«

Dies fragten wir uns eine Minute lang, dann sagte Benny, er muß mit einem Typ reden, dem er etwas Geld abkaufen will, und legte auf. Ich machte ein Nickerchen. Als mein Bruder später anrief, sagte ich ihm, er braucht nicht vorbeizukommen, weil ich am nächsten Tag entlassen werde. Irgendwie hatte ich gehofft, daß Juanita Morales mit einer Mariachi-Kapelle und einem CARE-Paket voller Piña Coladas aufkreuzt, aber so ist das nun mal.

Am nächsten Tag ging es nach Hause. Meinen Zimmergenossen habe ich nie kennengelernt, er schlief die ganze Zeit, wenn er nicht sowieso tot war und niemand das merkte. Doktor Franklin kam vorher noch und sagte, alles, was meine Beine jetzt brauchten, sei Luft und Zeit.

»Wie wär's mit einem Jungbrunnen?« sagte ich.

»Und halten Sie sie trocken«, sagte er. »Und nehmen Sie getrost soviele Anacin, wie Sie wollen, während die Beine heilen.«

Ich sagte, das mache ich gern, und zwinkerte Flo zu.

Ich hatte Benny vorher am Telefon gesagt, ich nehme mir eine Taxe und fahre zu meinem Büro, wo, wie ich hoffte, mein Auto stand, aber er kam sowieso gegen elf und bestand sogar darauf, den Koffer zu tragen. Die Petunien ließ ich für meine Verlobte da.

Benny hatte einen *Herald-Examiner* vom selben Morgen in seinem Auto; es stand ein bißchen über V. Daniel drin, sowie eine kurze Meldung über Art's. In dem Artikel über mich stand, die Polizei untersuche einen Fall möglicher Brandstiftung durch Gebrauch einer Feuerbombe. Mir gefiel das »möglich«; ich hätte es *Brandstiftung quod erat mucho demonstratum* genannt; es war wie die Andeutung, daß Adolf möglicherweise Vorurteile gegen Angehörige der mosaischen Glaubensgemeinschaft gehegt haben könnte, oder daß eine entfernte Möglichkeit bestehe, einen Sohn Erins aus der Grafschaft Clare am St. Patrick's Day dazuzukriegen, daß er ein Gläschen trinkt, wenn man ihm den Arm umdreht. Ich erfuhr, daß Timmy mit Nachnamen Flexner geheißen hatte. Außerdem hatte er eine Mutter, der ein Haus in der St. Agnes Street gehörte, einer kurzen Straße, ein paar Blocks westlich von meinem Büro. Ich hoffte, daß Mae die Zeitung nicht gesehen hatte; sie hätte sich doch nur erneut vor Angst vollgepinkelt. Ich wußte, daß mein Bruder die Zeitung vor meiner Mutter verstecken würde, falls sie einen ihrer seltenen guten Tage hatte, an denen sie etwas mitkriegte und normal reagierte.

Die Meldung im *Herald* über Art's besagte, daß die Brandmeisterei ein mögliches Leck in der Gasleitung untersucht; dieses »möglich« gefiel mir sogar noch besser als das erste.

An der Ecke Victory Boulevard/Orange Grove schien erfreulicherweise alles wie gehabt zu sein. Auch mein Auto stand erfreulicherweise noch da, mit Streifen vom Löschwasser, aber immerhin. Benny ließ mich direkt daneben aussteigen.

»Willst du Geld?« fragte ich ihn.

»Da sag ich nicht nein«, sagte er.

»Wieviel ist es denn?«

»Äh, fünfzig für die Klamotten und so, nochmal fünfzig, damit mir ein Mädchen, das ich kenne, die Schlüssel leiht. Den Koffer brauche ich vielleicht irgendwann mal zurück; den hab ich von meiner Schwester ausgeborgt.«

Ich gab ihm fünf Zwanziger aus meiner Brieftasche, und, als er sich vorbeugte, um sie in Empfang zu nehmen, ein paar Tätscheleinheiten auf seine kahle Stelle.

»Dann bis nächstesmal, wenn dir wieder nach Gewalttaten ist, Onkelchen«, sagte er. »Wie ich dich kenne, wird das nicht lange dauern.« Er machte huup-huup und fuhr davon. Mrs. Morales sah uns aus ihrem Fenster an; ich winkte ihr wie üblich zu. Sie winkte zurück, aber ein bißchen halbherzig, fand ich. Vielleicht war es Schuldbewußtsein. Vielleicht war es an der Zeit, sie aus meiner engeren Wahl zu streichen; ich hatte ihr weißgott genug Chancen gegeben.

Mein Büro war immer noch mit Brettern vernagelt, aber die Tür war offen. Die Explosion hatte die Tür sauber aufgesprengt, so daß die Schlösser noch intakt waren. Sie mußte nur abgeschmirgelt und frisch gestrichen werden. Wer nicht? Ich sagte »Poch poch« und trat ein.

Die Innenausstatter, bzw. die törichte armenische Volkstanzgruppe, wenn Sie so wollen, gaben gerade in der vorderen Büroecke dem Teppich den letzten Schliff, und dazu benutzten sie eins dieser Spanngeräte, die so gut funktionieren, wenn man weiß, was man tut, die aber Gift für die Knöchel sind, wenn man es nicht weiß. »Tundra«, wie ich geargwöhnt hatte, da ich ja kein völliger Analphabet bin und zu meiner Zeit das eine oder andere Buch gelesen habe, wenn auch nur Taschenbücher, war ein dunkles Grün.

»Hmm-hmm, soso«, begeisterte ich mich. »Sagenhaft, Jungs.« Die Wände waren schon fertig, mit neuen Gipsplatten drunter, vermutete ich mal, und dann in dem gedeckten Weiß gestrichen, in dem sie vorher gewesen waren. Der Kater von nebenan saß auf seinem Hintern, leckte sich den Bauch und sah ganz besonders dämlich aus. Das Klo war völlig unversehrt; ich öffnete den Safe, und innen sah alles prima aus. Na, habe ich Glück gehabt? Gebrauchte Möbel für hundert Dollar, ein Besuch von Ma Bell, der Telefongesellschaft, und ich war wieder im Geschäft.

Als ich aus dem Klo zurückkam, wartete einer der beiden Innenausstatter, der ältere, höflich auf mich.

»Sam hat gesagt, neues Glas kommt morgen«, sagte er. »Sicherheitsglas, wissen Sie? Mit Metall drin.«

Ich sagte, ich wisse Bescheid.

»Sam hat gesagt, Elektriker kommt morgen«, sagte er. »Telefon auch.«

»Gott segne Sam«, sagte ich. »Und euch törichte armenische Volkstanztruppe ebenfalls, weil ihr mit allem so schnell fertiggeworden seid.«

»Mpf«, sagte er. Ich nahm einen Zwanziger und gab ihn ihm.

»Vielleicht möchten Sie Ihren Kindern ein Geschenk kaufen.«

»Der faule Tunichtgut, der mir hilft, ist meine Kinder«, sagte er, »und das einzige Geschenk, das ihm gefällt, ist eine Flasche Haig's-mit-dem-Grübchen.« Er verstaute den Schein in einem altmodischen Geldbeutel. Ich sagte, er soll, wenn sie gehen, die Tür einfach hinter sich zuziehen; die Schnappschlösser machen das dann schon. »Haben wir gestern schon gemacht«, sagte er und schrie dann seinen Sohn an, er soll aufhören, Mist zu bauen und allmählich mal ein bißchen was getan kriegen. Der Junge sah mich an und grinste. Was soll's; ich grinste zurück. Ich sah den Poststapel bei der Vordertür an und beschloß, ihn zu lassen, wo er war.

Der Geruch nach wochenaltem Katzenstreu, den frische Farbe verströmt, begann, mir auf den Geist zu gehen, und ich war froh, wieder in das hinauszukommen, mit dem Los Angeleños sich als Luft begnügen. Das Auto sprang sofort an; es hatte nur drei Tage gestanden und eine Batterie, die einen Centurion-Panzer in die Gänge bringen könnte. Ich fuhr rückwärts bei Mr. Amoyan vor und ließ den Motor laufen, während ich auf einen kurzen Klatsch vorbeischaute. Er saß an der Schwabbelwalze und bearbeitete die Ränder einer neuen Halbsohle; als er mich sah, schaltete er den Schwabbler ab.

»Wie geht's und steht's bei Ihnen?« wollte er wissen und gab mir die Hand.

Ich sagte ihm, bei mir gehe und stehe es bestens, dankte ihm für all seine Hilfe, lehnte sein Angebot ab, etwas flüssiges armenisches Gift zu mir zu nehmen, drückte ihm nochmal die Hand, nahm meinen Abschied, stieg ins Auto und machte mich auf ins traute Heim und zu einem großen, kalten Brandy mit Ginger und dann einem weiteren Brandy mit Ginger und dann, da konnte auf der ganzen Welt nicht der geringste Zweifel bestehen, einem weiteren Brandy mit Ginger. Dann wollte ich mich von Mae beschimpfen lassen, und dann war es auch schon wieder Zeit für einen weiteren . . . Vielleicht fiel mir, wenn ich besoffen genug war, eine Methode ein, wie ich duschen konnte, ohne naß zu werden. Irgendein Harnisch, vielleicht, oder eine wasserdichte Strumpfhose.

Ich war etwa zwei Blocks weiter auf meinem Weg zum

ersten Brandy mit Ginger gediehen, als ich eine bessere Idee hatte: Ich wollte mal Timmys Mutter besuchen. Ich hatte mir die Straße gemerkt, wo sie wohnte, St. Agnes, aber nicht die Hausnummer, also hielt ich bei einem *Seven-Eleven*-Allesladen an, um mir eine Zeitung zu kaufen, und las den kurzen Artikel nochmal durch, wobei ich eine Orangenlimo durch zwei Strohhalme zutzelte.

Ich war schon immer ein 2-Strohhalme-Mann gewesen. Bildete ich mir das ein, daß das Zeug nicht mehr soviel Geschmack hatte wie früher, oder hatte gar nichts mehr soviel Geschmack wie früher? – Ich hoffte, es war die Schuld der Orangenlimo. Ich kaufte noch ein paar *Mars*-Naschriegel für den Nachttisch, gab einem bettelnden Penner einen Vierteldollar und ging dann mit dem Antibiotika-Rezept, das mir der Doc gegeben hatte, zum Drugstore.

Mrs. Flexners Haus war, wie sich herausstellte, ein größeres Stuck-Teil, wahrscheinlich fünfzig Jahre alt und angemessen weit von der Straße entfernt. Die Fensterrahmen konnten mal wieder gestrichen werden. Vor dem Vorgarten stand ein hoher Maschendrahtzaun, für Haustiere, dachte ich. Fälschlicherweise, wie sich bald herausstellte. Das Tor ging nicht so ohne weiteres auf, aber für einen Profi wie mich ist sowas natürlich eine der leichteren Übungen. Die Dame, die die Haustür öffnete, war groß, korpulent, kraushaarig, wütend und schwarz. Auf einem Arm hatte sie ein stramm aussehendes Kind, und zwei weitere hielten sich an ihren Beinen fest und spähten zu mir herauf.

»Ist Mrs. Flexner da?«

»Ja. Worum geht es?«

»Um ihren Sohn«, sagte ich. »Ich bin Victor Daniel. Er starb in meinem Büro.«

»Dann kommen Sie mal lieber rein.« Sie führte mich in ein schäbiges Vorderzimmer, in dem ein viertes, älteres Kind auf dem Fußboden lag und Sachen aus Buntpapier ausschnitt.

»Setzen Sie sich irgendwo hin.«

»Danke.« Ich setzte mich auf ein plastikbezogenes Sofa neben eine große, kahle Puppe, der ein Bein fehlte. Aus dem Flur kam ein Köter mit einer Erektion sowie einer roten Schleife um den Hals hereingewandert, um an meinen Schuhen zu schnüffeln. Ich schnüffelte zurück. Er setzte sich auf einen meiner Füße, blickte auf und wackelte hoffnungsfroh mit seinem Stummelschwanz. Ich war so gut und kratzte ihn einmal kurz hinter dem Ohr. Aus Dankbarkeit ließ er einen sagenhaften Furz frei, den außer mir niemand zu bemerken schien.

»Mary-Lou, hol dem Mann was zu trinken«, sagte die Dame. Eins der Mädchen, das sich um ihre Beine gewickelt hatte, riß sich widerstrebend los und rannte dann hinaus.

»Das bin ich«, sagte die Dame und ließ sich schwer auf einen uralten Dämmersessel sinken. Das Kind auf dem Fußboden hob heimlich eine Hand und bediente einen Schalter an der Lehne des Sessels; der Sessel begann sanft zu vibrieren. Die Frau tat, als wolle sie nach dem Mädchen schlagen, was sie aber eindeutig nicht wollte, und stellte den Sessel wieder ab.

»Ich weiß, ich seh nicht so aus, aber ich bin es. Kinder, entfernt euch. Elmira, du nimmst Donald mit.« Sie gab das Baby weiter. »Und laßt das Tor geschlossen; hört ihr mich laut und deutlich?«

Die Kinder entfernten sich. Mary-Lou kam zurück; vorsichtig trug sie in der einen Hand ein Glas *Kool-Ade*, welches sie mir schüchtern überreichte.

»Elmira hat es gemacht«, flüsterte sie. »Sie macht nie genug Zucker rein.« Dann klappte sie die andere Hand auf und gab mir einen Vanillekeks.

»Danke, mein Schatz«, sagte ich.

»Gern geschehen«, sagte sie und lief zu den anderen hinaus. Ich beobachtete ihren Abgang. Ich weiß nicht. Manchmal sieht man ein kleines Mädchen, und es ist eine solche Pracht, daß in einem kurz die Hoffnung aufwallt. Mrs. Flexner schloß kurz die Augen, im Vorgarten bellte aufgeregt der Flohbus.

»Nette Kinder.« Ich nahm einen Schluck von meiner *Kool-Ade*. Es war Limone, nicht gerade mein Lieblingsgeschmack, aber bei *Kool-Ade* hatte ich sowieso keinen Lieblingsgeschmack.

»Ziemlich nett«, stimmte mir Mrs. Flexner zu. »Ist die *Kool-Ade* in Ordnung? Ich mag das Zeug auch nicht.« Ich sagte, sie sei ganz toll und aß meinen Keks.

»Mrs. Flexner, wissen Sie, was Timmy tat, als er starb?«

»Nicht genau«, sagte sie. »Irgendwas Verrücktes.«

»Jemand hat eine Feuerbombe in mein Büro geworfen. Timmy sah das Feuer und dachte, ich wäre drin, und er ist ins Büro gegangen, um mir zu helfen. Er hielt mich für einen Freund, weil ich ihm den Job im Schnapsladen besorgt habe.«

»Tja, davon hatte er nicht viele, Freunde oder Jobs, und das ist die Wahrheit, die arme Seele«, sagte sie. Wir saßen eine Minute lang still herum. Draußen flüsterte Mary-Lou dem Köter etwas ins Ohr. Dann sagte Mrs. Flexner: »Er war das Kind meiner besten Freundin, sie hat zwei Häuser weiter gewohnt, sie hatte nie einen Mann, es ist ihr zuviel geworden, sie ist einfach eines Tages weggegangen. Hab seit sechzehn Jahren kein Wort von ihr gehört. Da hab ich ihn adoptiert. Bisher hab ich sechs adoptiert. Diese vier Ungeheuer hab ich noch.«

»Mrs. Flexner, kann ich irgendwas tun, um zu helfen? Ich will Ihnen nicht zu nahe treten, aber wenn eine Beerdigung stattfindet, könnte ich die vielleicht bezahlen, wenn Sie mich lassen.«

»Nein, danke«, sagte sie kurz. »Wir kommen schon zurecht.« Wieder warf sie einen Blick aus dem Fenster, um zu sehen, was die Kinder machten. »Ich weiß nicht, wie der Hund damit fertig wird.«

»Warum hat er diese ganzen Sachen ständig vor sich her gerollt?«

»Ich weiß nicht«, sagte sie. »Er war nur ein Kind. Vielleicht hatte er Angst, sie sind weg, wenn er nach Hause kommt. Vielleicht hat er damit angegeben.« Sie sagte mir, wann und wo der Gottesdienst für Timmy stattfinden sollte; ich sagte, ich versuche es einzurichten.

»Überfüllt wird es nicht sein«, sagte sie. »Wir und die Kinder, und vielleicht noch ein bis zwei Leute.«

Ich trank die *Kool-Ade* aus und stand etwas mühselig auf.

»Sind Sie auch verletzt?« fragte sie. »Außer im Gesicht?«

»Nicht sehr; ich hab Glück gehabt. Ich bin gerade hinten rausgerannt, als Timmy vorne reingekommen sein muß. Das war sehr tapfer.«

»Nett, daß Sie das so sehen«, sagte sie müde. Sie brachte mich an die Tür. Wir gaben uns die Hand. Ich winkte den Kindern und dem Köter zum Abschied zu und fuhr weg.

Zwölftes Kapitel

Das Autofahren tat meinen Beinen wohl nicht gerade gut, aber immerhin schaffte ich es. Als ich nach Hause kam, fuhr ich in die Einfahrt und parkte hinter dem Mietlieferwagen. Feeb – Hausbesitzerin, blaues Haar, Parterrewohnung – erwartete mich an der Tür.

»Was ist passiert, was ist passiert?« wollte sie wissen.

Ich wußte nicht, was ich ihr sagen sollte. Wenn sie uns rausschmeißen wollte, was dann? Ich konnte es ihr nicht verdenken; wer wußte denn, ob ihr Haus nicht als nächstes dran war und gebraten wurde . . . oder eins der Autos in der Einfahrt? Ich bekam jedoch eine Gnadenfrist; sie erwähnte das Feuer gar nicht.

»Wo ist Lillian? Sollte sie nicht Sonntag kommen?«

Lillian heißt meine Mutter; die beiden alten Mädchen kamen ziemlich gut miteinander aus. Feeb hat Mom mal zu einem Hockeyspiel der Kings ins *Forum* mitgenommen, aber in der 3. Runde gab es etwas Ärger, als die Kings mit 6:2 übel durchhingen und Mom es nicht rechtzeitig bis zur Toilette schaffte; deshalb sind sie nie wieder hingegangen. Feeb hatte Dauerkarten; ich glaube, sie kannte da jemanden.

Ich erzählte ihr eine Geschichte; mein Bruder wollte später, wenn er Ferien hatte, eine Extra-Woche, und deshalb behielt er Lillian jetzt eine Extra-Woche lang. Gott weiß, was ich Feeb erzählen sollte, wenn sie die Zeitung gelesen hatte oder wenn einer ihrer freundlichen Nachbarn die Sache mit meinem Büro weitergetratscht hatte.

»Herrje«, sagte sie. »Ich muß eilen, hab eine Makkaroni-Kass' in der Mikrowelle. Möchten Sie was ab?«

Ich sagte nein. Ich hasse Makkaroni, besonders in einer Kasserole mit Kartoffelchips und ganz besonders besonders in einer Kasserole mit Kartoffelchips und Champignoncremesuppe.

Wir gingen unserer getrennten Wege. Ich konnte mein Telefon klingeln hören, als ich mich die Treppe hoch quälte, aber ich nahm mir Zeit, nur teilweise wegen meiner schlappen Beine; mir fiel einfach keine gute Nachricht ein, die sich hinter dem Klingeln verbergen mochte. Außer Miss Shirley, die sich fragte, wie es ihrem großen Jungen ging und auf deren Hintergartengrill ein zweipfündiges T-Bone-Steak brutzelte . . . Ich setzte meinen Arsch in Bewegung. Ist Liebe nicht etwas Wunderbares?

Es war Mae. Bei ihr brutzelte kein überzähliges T-Bone auf dem Grill, bei ihr brutzelte es mit Macht im Kopf, und den Überdruck bekam ich voll zwischen die Augen.

Wußte ich, welche Sorgen sie sich machte?

Wußte ich.

Wußte ich, wie dumm ich war?

Wußte ich.

Wußte ich, daß ich dabei hätte sterben können?

Wußte ich.

Warum hatte ich sie nicht angerufen, um Bescheid zu sagen, daß ich aus dem Krankenhaus entlassen werde?

Das wußte ich nicht, d. h. vielleicht wußte ich es doch. Endlich legte sie auf, und ich konnte mir einen Drink mixen. Es ist schön, wenn sich jemand Sorgen macht, glaube ich; das bedeutet doch, daß sie einen mögen, glaube ich. Nörgeln ist eine Form von Mögen, glaube ich.

Der Drink war köstlich. Schweigend prostete ich Mr. Papanikolas zu und fragte mich, was er ohne Timmy machen würde. Vielleicht setzte er einen aus seinem Klan auf den Heißen Stuhl, oder er bot allen potentiellen Bösewichtern eine Scheibe von Tante Stef'nies Halwah an.

Später rief ich die Autovermietung an und sagte ihnen, daß ich ihren Lieferwagen nicht gestohlen hatte; ich würde ihn mañana zurückbringen, und eine Kreditkartennummer gab ich ihnen obendrein, um sie ruhigzustellen. Ich bemerkte, daß mein Glas schon wieder leer war –; das ist in diesem Tal immer schon ein Problem; da können Sie jeden Obstfarmer fragen. Verdunstung. Also machte ich mir einen neuen Drink, mit diesem guten, etwas rauhen *Christian Brothers*-Brandy. Für manche kann Brandy mit Ginger ein ganz klein wenig zu süß sein und ein ganz klein wenig *pukkah sahib* für andere, aber ich hatte noch nie Schwierigkeiten damit. Mir fallen, offen gesagt, überhaupt nicht allzu viele Getränke ein, mit denen ich Schwierigkeiten hätte.

Noch etwas später wanderte ich ins Schlafzimmer, um die Naschriegel zu verstauen; sie gehörten in dieselbe Nachttischschublade wie meine zweite .38er Police Positive. Ich zielte gerade auf mein Spiegelbild, als mich der Vize von St. Stephen's anrief.

»Empfangen Sie?«

»Kaum noch«, sagte ich.

»In zehn Minnies bin ich bei Ihnen«, sagte er und legte gewaltsam auf. Ich schaffte die Pistole wieder fort; ich wußte nicht, warum ich sie überhaupt hervorgeholt hatte. Ich wußte, daß sie da war, weil sie immer da war; ich wußte, daß sie geputzt war, aus demselben Grund, und ich wußte, daß sie geladen war, dito. Ich hatte insgesamt vier. Eine im Büro, eine beim Bett und eine mit Klebeband unter den Fahrersitz im Auto gepappt. Ich weiß, das macht nur drei. Mein Bruder hat sie mir mal zu Weihnachten besorgt, unter Zwang. Es ist viel Philosophie über Schußwaffen in Umlauf, mündlich und schriftlich. Ich fand, sie rochen angenehm, wie eine Autowerkstatt oder eine Schreinerei. Seltsamerweise ist es mir in diesem gesetzlosen, gewalttätigen, wahnsinnigen und waffennärrischen Wilden Westen namens Kalifornien gestattet, eine Schußwaffe an meinem Arbeitsplatz, zu Hause und in meinem Kfz, nicht aber an meiner wertvollen Person zu führen, nicht einmal in Verfolg der mir obliegenden gefährlichen Pflichten, ohne eine diesbezügliche Lizenz zu besitzen, welche ich nicht besaß und welche nicht leicht zu beschaffen war. Was ich dagegen normalerweise an meiner Person mit mir führte, wenn ich es nicht blöderweise vergessen hatte wie in jener Nacht in der Oasis, war ein Ledersäckchen voller Kugellager. Es war ein länglicher Beutel, etwa so lang wie ein Hotdog und von doppeltem Umfang, von einem Lederriemen zusammengehalten, der lang genug war, daß man sich das Ding um den Hals oder an den Gürtel hängen konnte. Es war eine Art nachgemachtes indianisches Motiv draufgemalt; Hippies benutzten sie früher für Zigaretten und Feuerzeuge und ihren Gras- oder Shit-Vorrat. Den Beutel hatte ein Mädchen erfunden, das ich mal gekannt hatte – ich glaube, ich kenne sie immer noch, ich weiß nur nicht, wo sie ist –, aber damals war sie in Sacramento und studierte auf Förster. Ihr Beutel war voller Schrotkugeln, aber der modifizierte V.-Daniel-Mark-2 nutzte Kugellager, um mehr Schmackes zu erzielen. Er leistete gute Dienste als Briefbeschwerer, wenn ich ihn nicht durch die Gegend schleppte.

Es klingelte unten an der Tür; ich spähte aus dem Fenster, und da stand Mr. Lowenstein mit einer Tüte in der Hand. Ich ging hinunter und ließ ihn herein. Er sagte nichts, als wir hinaufstapften, aber dann sagte er:

»Haben Sie Majo?« Ich ging in die Küche und brachte ihm ein großes Glas *Best Foods*, ein Messer und einen Teller.

»Eine Stunde Mittagspause«, sagte er und zog zwei dicke Sandwiches aus der Tüte. »Thunfisch mit Sojabohnensprossen auf Vollkornweizen. Möchten Sie etwas abhaben?«

»Nein. Möchten Sie was zu trinken?«

Er gab zu, unter Umständen ein Bier zu wollen, und ich holte ihm eine Flasche *Corona* und ein Glas. Er aß, ich trank. Ich wartete ab. Im Abwarten konnte ich ihn leicht schlagen; er hatte nur seine Mittagspause vor sich, ich dagegen die gesamte Lebensspanne, die mir noch vergönnt war. Er trank einen Schluck Bier, rülpste nicht allzu feinfühlig und sagte dann:

»Waren Sie das?«

»Nein.«

»Nein?«

»Nein. Was es auch war.«

»Ich kann es mir auch nicht vorstellen, wenn ich den Zustand bedenke, in welchem Miss Shirley Sie angetroffen hat, aber ich glaube trotzdem, daß Sie es waren, denn wenn Sie es nicht waren, wer war es dann?«

»Ich nicht«, sagte ich fest und blickte ihm direkt ins Auge. Er strich sich eine unglaubliche Menge Mayonnaise auf das zweite Sandwich.

»Besser als bei Art's«, sagte er verschlagen. Ich blickte unschuldig.

Er seufzte. »Erinnere ich mich oder erinnere ich mich nicht an einen Vertrag, in welchem sich der zweite Endunterfertigte, nämlich Sie, dazu verpflichtet, dem ersten Endunterfertigten, nämlich mir, unterstrichen und hervorgehoben alles von seinen Aktivitäten, seien sie nun verwerflich oder nicht, mitzuteilen?«

»Nein, Sir«, sagte ich fest. »Nicht alles, erinnern Sie sich? Außerdem, Mr. Lowenstein, weiß ich nicht, wovon Sie reden.«

Er seufzte. »Na schön, Mr. Daniel, na schön«, sagte er und leckte sich einen Finger ab. »Ich gehe mal davon aus, daß Ihre Motive so rein sind wie noch nicht gefallener Schnee, denn wenn ich das nicht täte, wäre der ganze Schlamassel noch schlimmer als sowieso schon, und Gott weiß, er ist schon schlimm genug. Aber bitte, bitte, auf gebeug-tem Knie flehe ich Sie an, sagen Sie mir nicht, irgendein Geist aus Ihrer düsteren Vergangenheit habe zufällig Ihr Büro zerstört, und zwar genau einen Tag, nachdem ich Sie angeworben hatte; nicht einmal die köstliche Evonne hat das geglaubt.«

»Evonne?«

»Für Sie immer noch Miss Shirley.« Ich kannte zwar aus ihrem Anstellungsvertrag die Anfangsbuchstaben ihrer beiden Vornamen, E. B., aber Evonne ...

»Zwei Tage später«, fuhr er fort und unterbrach rück-sichtslos den Flug meiner Gedanken, der von Sekunde zu Sekunde angenehmer wurde, »nur zwei Tage später fliegt Art's in die Luft, oder, das trifft es genauer, es bricht zu-sammen, oder, das trifft es noch genauer, es wird zu Zahnstochern atomisiert. Sie können doch einem kleinen Schulmeister nicht weismachen, daß diese beiden Ereignisse nicht miteinander in Verbindung stehen, einer Verbindung, die ein sehr viel größerer Privatdetektiv hergestellt hat.«

»Sie brauchen ja nicht gleich persönlich zu werden«, sag-te ich. »Außerdem nehme ich für mich die gleichen Rechte aus dem Fünften Zusatzartikel zur Verfassung in Anspruch wie bereits für Evonne, für mich immer noch Miss Shirley, in welchem das Recht Unschuldiger darauf, nicht belastet zu werden, paragraphiert – oder heißt es ›paraphiert‹? Ich muß wirklich mehr lesen – abgehandelt wird.«

»Meine Güte, das ist mir doch auch alles klar«, sagte der Vize. »Andernfalls säße ich nicht hier, und Sie läsen jetzt die Stellenangebote. Ich will nur wissen: Was kommt als näch-stes? Wird es eskalieren? Wird die ganze verdammte Schule in die Luft gesprengt?«

»Nie im Leben«, sagte ich zuversichtlich. »Man schiebt doch der Gans, die die goldenen Eier legt, keine Stange TNT in den Arsch.«

»Anschaulich ausgedrückt«, sagte Mr. Lowenstein. »Aber doch zu verschwommen, um beruhigend zu sein.«

»Mr. Lowenstein«, sagte ich, »haben Sie einen Augenblick Zeit?«

Er sah auf die Uhr.

»Ja, ich habe einen Augenblick Zeit, sogar ziemlich genau.«

Ich berichtete ihm die Höhepunkte oder eher Tiefpunkte von Bennys Einschätzung des Umfangs, den der Drogenhandel in und um L.A. erreicht hatte und reicherte sie um ein wenig Selbstangelesenes an. Ich sagte, von seinen knapp 900 eingeschriebenen Schülern könne er bei denen, die fünfzehn und älter seien, davon ausgehen, daß sie zu 50 Prozent mehr oder weniger regelmäßig die eine oder andere Droge nahmen. Von den lieben, süßen, zurückgebliebenen Dreizehn- bis Vierzehnjährigen waren es wohl nur 10 bis 20 Prozent. Oder dreißig.

»So ist nun mal das Leben, wie es im Jahre 1984 im San Fernando Valley geführt wird, Vize«, sagte ich. »Jemand zieht pro Woche einen Riesen, anderthalb Riesen aus Ihrer Bildungsanstalt heraus, und das ist zwar kein Vermögen, wenn es aufgeteilt ist, aber ein angelutschter Salmi ist es auch nicht. Verglichen mit der Innenstadt, ist es natürlich gar nichts. Aber unsere Möglichkeiten sind begrenzt. Wir können die Quelle oder die Quellen nicht verstopfen, wenn wir keinen Weg finden, sowohl die Habgier als auch die Habgierigen aus der Welt zu entfernen, und das haben bereits Bessere als ich – *noch* Bessere als ich – versucht. Nun können wir aber, zumindest vorübergehend – einen Zwischenhändler aus dem Kreislauf entfernen, indem wir, sagen wir mal, beispielsweise, rein hypothetisch einen Namen ins Spiel bringen . . .«

»Art«, sagte Lowenstein, »ist ein Name.«

»Ideen muß man haben!« sagte ich. »Und dadurch kehrt

dann eine bis zwei Wochen lang Ruhe ein, aber das war's dann auch schon, liebe Leute, denn dann macht das Wort die Runde, wie Worte das so an sich haben, daß der gute, alte Fred von der freundlichen Autowaschanlage um die Ecke die richtige Adresse ist.«

»Bei Nichtgefallen Schmutz zurück«, sagte Mr. Lowenstein. »Den Spruch habe ich mal an einer Waschstraße gesehen.«

»Ich auch«, sagte ich. »Nachdem wir uns also nun darüber einig sind, daß wir die Welt nicht ausmisten können, bleibt uns nur eins, und zwar was?«

»Wir misten das aus, was wir ausmisten können, sowieso«, sagte er und trank sein Bier aus. »Schmeckt gut. Aber können wir das überhaupt? Das frage ich mich allmählich.«

»Ist alles schon mal gemacht worden«, sagte ich.

»Von Ihnen?«

»Naja, nicht direkt von mir«, mußte ich zugeben. »Aber ich beherrsche die Theorie.«

»Sie beherrschen die Theorie«, sagte er. »Grundgütiger.« Er schüttelte den Kopf. »Es bricht einem das Herz, wenn eine Schule den Bach runtergeht. Ich habe das schon einmal erlebt, in Inglewood, da war ich Leiter des sogenannten Naturwissenschaftlichen Zweiges, und plötzlich fiel alles auseinander. Die Kinder waren in Banden, nicht mehr in Mannschaften; der Schulbesuch sank auf Null, wir hatten rund um die Uhr acht bewaffnete Sicherheitsleute, und sie konnten nichts tun, niemand konnte etwas tun, die guten Schüler gingen weg, und die guten Lehrer gingen weg . . . Mir wird schlecht, wenn ich daran denke.«

»Mir nicht«, sagte ich. »Ich glaube, wir können ausmisten und einigermaßen den Deckel draufhalten, aber dazu wird Action nötig sein. Haben Sie die Macht, eklig zu sein, wenn Sie müssen?«

»Zum Beispiel?«

»Zum Beispiel verhaften lassen, Kinder rausschmeißen, Lehrer ersetzen, vielleicht den Laden für ein paar Tage dichtmachen?«

»Nicht ohne Grund«, sagte er.

»Och, den werden Sie haben«, sagte ich. »Reichlich.«

»Ach ja?« Er spitzte ein wenig die Ohren und schürzte die Augenbrauen.

Es klingelte an der Haustür.

»Erwarten Sie jemanden?« fragte ich ihn.

»Ja«, sagte er verdrossen. »Das Technische Hilfswerk. Bei Ihnen gibt's bestimmt was zum Entschärfen.«

Ich ging ans Fenster und sah hinaus. Unten stand, gleißend und quengelig in all seiner pfauenhaften Pracht und Gala, Lieutenant Conyers.

»Fast«, sagte ich. »Es ist ein Bulle.«

»Wie schön«, sagte der Stellvertretende Schulleiter von St. Stephen's. »Nach allem, was ich bisher durchgemacht habe, werden mir ein paar Jahre Alcatraz guttun.«

Dreizehntes Kapitel

Mir hat mal jemand gesagt, Filmkulissen, besonders die Kulissen für Western, seien nur neun Zehntel so groß wie im richtigen Leben, um den Helden überlegener erscheinen zu lassen; Lieutenant Conyers brauchte sieben Zehntel. Mr. Lowenstein kam zu mir ans Fenster und sah hinunter.

»Er?«

»Er.«

»Was machen wir?«

»Wir gehen hinunter, wir verabschieden uns, Sie gehen weg, und wenn Sie Ihr Auto in der Nähe stehen haben, kommen Sie später wieder und holen es, wenn er nicht kuckt. Und ich höre mir an, was er will.«

»Wahnsinn«, sagte Mr. Lowenstein. »Wie im Film.«

Wir gingen nach links ab; auf dem Weg treppab steckte ich seinen Scheck in meine Gesäßtasche. Es wäre nicht so furchtbar klug gewesen, den kleinen Häuptling Großes Auge einen Blick auf einen Wechsel über $ 750,– werfen zu lassen, zahlbar an mich und ausgestellt von einer gewissen St. Stephen's Highschool, einer Schule, die, wie Sie sich erinnern werden, genau gegenüber von Art's liegt, Art's, wo nicht nur die Buletten angebrannt sind.

Durch Feebs Tür konnten wir hören, daß sie eine Mittags-Seifenoper kuckte, ein harmloser Zeitvertreib, wenn man seine Sedativa gern elektronisch nimmt.

Ich öffnete die Haustür und sagte »Man sieht sich!« zum Vize. Er sagte ebenfalls »Man sieht sich!« und schritt die Straße hinunter.

»Wer war das?« fragte der Lieutenant beiläufig.

»Alter Schulfreund. Gehen Sie schon mal vor.«

Ich folgte ihm die Treppe hinauf, was mir genügend Zeit gab, sein zweifarbiges geflochtenes Schuhwerk zu bewundern. In der Wohnung angekommmn, brachte ich das dreckige Geschirr in die Küche, während er sich mit großem Interesse umsah, als hätte er noch nie eine Wohnung mit Möbeln drin gesehen. Als ich zurückkkam, überprüfte er ein Foto auf dem Beistelltisch neben dem Fernseher; es war eines lang, lang vergangenen Sommers aufgenommen worden, als mein Bruder und ich noch Kinder waren, und wir saßen vor einem Touristenbungalow am Lake Kiwana in Nord-Minnesota auf dem Gras. Mutter und Vater, Arm um die Schultern, beide in Shorts, standen hinter uns. Tony hielt stolz den kleinsten Fisch der Welt in die Luft.

»Wo ist sie hin, all die vergangene Zeit; beantworten Sie mir das«, sagte der Lieutenant und schüttelte traurig den Kopf.

»Da bin ich überfragt, Kumpel«, sagte ich und schüttelte meinen Kopf ebenso traurig. »Setzen Sie sich, machen Sie sich's bequem. Der Stuhl da drüben am Fenster müßte klein genug sein, wenn Sie sich nicht zurücklehnen.«

Er bedachte mich mit einem Blick, setzte sich auf die Armlehne des Plaste-Sofas, zog sein gelbes Notizbuch hervor, blätterte es durch, bis er die Seite gefunden hatte, die er brauchte, seufzte dann tief und gab eine Art Pfeifgeräusch von sich. Dann wippte er ein paarmal mit dem Fuß, rückte seinen bereits penibel sitzenden schokoladenbraunen superschlanken Schlips zurecht und brachte mich in den Genuß eines weiteren zweck- und ziellosen Pfeifgeräuschs. Ich hörte, wie draußen ein Auto anfuhr, und hoffte, daß es der Herr Lehrer auf der Flucht war.

»Wenn Sie mich für irgend etwas brauchen sollten, Lieutenant: Ich bin in der Küche und wasche ab«, sagte ich schließlich.

»Wir haben diese Typen gefunden«, sagte er.

»Welche Typen?« Als wüßte ich das nicht.

»Diese Typen«, sagte er. »Diese Typen, die so böse zu Ihnen waren. Wir glauben es zumindest. Letzte Nacht haben sie wieder versucht, eine Kneipe zu überfallen, nein, gar nicht wahr, es war vorgestern nacht.« Wieder konsultierte er sein Notizbuch. »Haben Sie schon mal vom Elbow Room gehört, San Vicente Boulevard 11873?«

»Nein.«

»Ich auch nicht. Ich bin kein großer Trinker, ich meine, natürlich, dann und wann ein Tropfen hat noch niemandem geschadet, aber ich muß aufpassen, Alkohol übt eine eigentümliche Wirkung auf meinen Stoffwechsel aus. Wie ist das bei Ihnen?« Er lächelte mich freundlich und entwaffnend an.

»Ich gestehe, daß ich auch dann und wann einen Tropfen zu mir nehme, Lieutenant«, sagte ich. »Gewöhnlich mit Mutter. Zu Weihnachten.« Er nickte höflich. »Einen Sherry.«

»Sie sehen, ich hatte an diesem Wochenende ein volles Programm, Mr. Daniel«, beugte er sich vertraulich vor. »Für mich gab es sie nicht, die Freuden der städtischen Randbezirke, Barbecue und Cocktails auf der Veranda, noch die Wonnen, wie sie das Zelten in Gottes herrlicher freier Natur bietet, zu schweigen auch nur von einem still verbrachten Sonntag mit Zeitungslektüre und Sportschau, die lieben Kleinen zu meinen Füßen hingelümmelt, zankend, wer den ersten Blick auf die Comic-Beilage wirft . . .«

Soweit kommt's noch, dachte ich.

»Also . . . Nach unserem kleinen Schwatz im Krankenhaus bin ich – darf ich sagen im Namen der gesamten Polizei des westlichen San Fernando Valley? – froh, Sie so wohlauf anzutreffen.«

»Dürfen Sie gern«, sagte ich. »Sie dürfen auch allmählich mal loslegen.«

»Warum, ach, warum sind Sie immer so aggressiv, Mr. Daniel?« in gekränktem Tonfall.

»Tja, ich weiß auch nicht«, sagte ich. »Vielleicht wecken Sie die Bestie in mir.«

Er sah mich vorwurfsvoll an.

»Allmählich mal loslegen, ja. Nach unserem kleinen Schwatz nahm ich mir die Zeit, die Beschreibungen, die Sie Wachtmeister Lyam O'Ryan war es, glaube ich, gegenüber von diesen beiden jugendlichen Kriminellen gegeben haben, die versucht hatten, die Oasis auszunehmen. Stellen Sie sich mein Erstaunen und Entzücken vor, als ich am nächsten Morgen in aller Frühe auf meinem vollgeräumten Schreibtisch ebenjene Beschreibungen wiedersah, und zwar nahezu Wort für Wort identisch. Noch dazu auf einem vollstreckten Haftbefehl.«

Das konnte ich mir sehr gut vorstellen. Was ich mir dagegen gar nicht erst vorstellen wollte, war, was auf mich zukam, wenn es wirklich dieselben beiden jugendlichen Kriminellen waren. Den einen, den Weißen, hatte ich ohne jeden Zweifel als denselben identifiziert, der sich am Sonntagvormittag vor meinem Büro herumgetrieben hatte, da ich nie angenommen hatte, es könnte auch nur die leiseste Hoffnung bestehen, daß das Gesetz ihn jemals zu fassen kriegt. So sicher, wie Gott den Tod und die Steuer erschaffen hat, hatte der natürlich an jenem fraglichen Vormittag im Bett gelegen, zusammen mit zwanzig engen Verwandten und ein paar Mormonen, die gerade zu Besuch hereingeschaut hatten, um das beschwören zu können, und wie sah ich nun aus? Ganz beschissen sah ich aus, so sah ich nämlich aus. Brandstiftung wird heute einigermaßen ernstgenommen, besonders wenn sie von einem Todesfall begleitet wird; schied der Junge als Verdächtiger aus, dann wollte dieser zu kurz geratene Kleiderständer bestimmt ein paar Antworten hören. Die kriegte er von mir nicht. Bevor ich noch sagen konnte »Da hat mir wer was angehängt«, war er bereits knietief in meinen Bändern und Disketten, und die waren leider nicht auf Selbstzerstörung geschaltet wie in dieser langweiligen Serie; wie hieß sie noch.

Wenn es aber anderseits dieselben zwei waren, und ich sagte, es waren nicht dieselben zwei, dann wurde die Anklage wegen des versuchten Raubüberfalls auf die Oasis wahrscheinlich fallen gelassen, ganz bestimmt aber wurde die Anklage wegen des tätlichen Angriffs auf mich fallen gelassen, denn wenn der Typ, dem sie beinahe das Scrotum abgesägt hatten, sie nicht wiedererkannte, wer erkannte sie dann wieder? Da war ich ja in was hineingeraten, wie Tricia Nixon zu sagen pflegte. Meine einzige Hoffnung war, daß sie es vielleicht doch nicht gewesen waren oder daß Lieutenant Conyers einen plötzlichen Anfall von *petit mal* hatte und auf meinem Sofa umkippte.

»Ein ziemlich seltener Fall«, hätten sie dann bei der Autopsie gesagt. »Er starb daran, daß er zu klein war.«

»Wer hat sie denn geschnappt?« fragte ich, bevor die Pausen zwischen seinem Gerede und meinen Antworten allzu lang wurden; lange Pausen werden von Polizisten, Zoll- und Finanzbeamten und ähnlich allwissend veranlagten Menschen wie Psychiatern oder Proktologen mit erheblichem Argwohn betrachtet, und das, zumindest in meinem Fall, völlig zu Recht.

»Sie gerieten an sechs Albaner, die in der Joghurtfabrik arbeiten, und da sind sie an die richtigen sechs Albaner geraten . . .« und wieder konsultierte er sein Notizbuch, ». . . und zwar befindet sich die Joghurtfabrik am San Vicente Boulevard 11871.«

»Ich wußte gar nicht, daß sich am San Vicente Boulevard 11871 eine Joghurtfabrik befindet«, sagte ich.

»Oh doch«, sagte er. »Außerdem werden dort saure Sahne, Speiseeis, Joghurt-Eis und Buttermilch hergestellt.«

»Das muß man sich mal vorstellen«, sagte ich. »Ich habe mal auf einer Farm gearbeitet, wo Buttermilch hergestellt wurde. Sie war ekelhaft. Wäßrig.«

»Das muß man sich mal vorstellen«, sagte er.

»Aber so ein Glück, was?« sagte ich und versuchte, begeistert zu klingen. »Darf ich Sie eins fragen? Haben Sie schon einen Bericht vom Brandmeister, in dem zum Beispiel etwas über Fingerabdrücke auf der Flasche steht?«

»Aber klar«, sagte er froh. »Seit gestern. Diese Jungs sind wirklich von der schnellen Truppe. Aber leider überleben Fingerabdrücke selten Temperaturen über dem Siedepunkt, obschon sie bei Temperaturen unter dem Gefrierpunkt eher konserviert werden; wußten Sie das?«

Ich sagte, das hätte ich nicht gewußt, es führe aber auch nicht wirklich weiter, da der junge Mensch, soweit ich wisse, nichts in meiner Tiefkühltruhe berührt habe und ich, davon abgesehen, keine Tiefkühltruhe besitze.

»Wir haben eine«, sagte der Lieutenant. »Sie steht auf der hinteren Terrasse, leer. Meine Frau bewahrt Farbe darin auf.«

»Das muß man sich mal vorstellen«, sagte ich.

Es entstand eine Pause. Dann sagte ich: »Hat noch jemand aus der Oasis den Buben identifiziert?«

Er schüttelte den Kopf.

»Sie möchten wahrscheinlich, daß ich mal einen Blick auf ihn werfe, stimmt's?«

»Stimmt.«

»Also los«, sagte ich. »Ich lasse diese kleinen Schweinehunde ungern warten.« Ich erhob mich steif vom Sessel und streckte behutsam mein Bein. Der Lieutenant sah mitfühlend zu.

»Ich habe mich mal verbrannt, als ich einen Feuerwerkskörper anzündete«, sagte er. »Goldregen. Das hat vielleicht wehgetan. Beim nächsten Feuerwerk haben meine Eltern gesagt, ich soll auf meinem Zimmer bleiben und es von dort

aus betrachten.« Ich wußte, wo ich bei ihm einen Goldregen eingeführt und zur Explosion gebracht hätte, und ich
konnte ihm garantieren, daß das noch viel weher getan
hätte.

»Kommen Sie mit?« sagte ich.

»Hat keine Eile«, sagte er und sah aus irgendeinem Grunde etwas verlegen aus. Ich setzte mich wieder, und ein
wenig, ganz matt noch, begann die Hoffnung zu schim-
mern, das Schicksal könne mich wieder einmal verschonen,
wie es das bereits bei Feeb getan hatte. Trotzdem war ich
neugierig auf die nächste Entwicklung und empfand die
gleiche Faszination, mit der man einen Brief vom Schei-
dungsanwalt der Gattin öffnet.

»Ist das Ihr Lieferwagen?« fragte er. »In der Einfahrt?«

»Gemietet«, sagte ich. »Ich helfe einem Freund beim Um-
zug.«

»Ihrem Schulfreund?«

»Nö«, sagte ich. »Einem Arbeitskollegen.«

»Ihr Schulfreund«, sagte er. »Woher, sagten Sie, kennen
Sie ihn?«

»Aus der Schule«, sagte ich. »Noch aus dem Osten.«
Gerissener kleiner Mistkerl. Ich glaubte zwar, daß er nur im
Trüben fischte, aber ein gerissener kleiner Mistkerl war er
doch.

»Hat er ein Auto?«

»Jeder hat ein Auto, Herr Leutnant«, sagte ich. »Sie wissen das; Sie sind Kriminalist.«

»Mein Sohn hat keins«, sagte er. »Ich hab's ihm abgenommen. Wissen Sie, was er gemacht hat?«

»Bevor oder nachdem Sie's ihm abgenommen haben?«

»Vorher, vorher«, sagte er. »Praktisch der Grund dafür.«

»Ich komm nicht drauf«, sagte ich.

»Er hat vergessen, den Aschenbecher auszuleeren.«

»Naja«, sagte ich, »so geht's ja auch nicht.«

»Er hat den Aschenbecher nicht ausgeleert, und es befanden sich zwei Kippen drin.« Er bedachte mich mit einem breiten Lächeln. Oder doch zumindest mit einem Lächeln, das so breit war wie nur irgend möglich, wenn man einen Mund von der Größe eines Wo-herauseine-Schlange-A-A-macht hat. »Wissen Sie, was in den Kippen war?«

»Ich komm nicht drauf«, sagte ich. »Gras?«

»Gras mit kleinen weißen Flecken«, sagte er.

»Ich kann mir denken, was das für kleine weiße Flecken waren«, sagte ich.

»Des Polizisten Los ist kein leichtes«, stimmte er an.

»Sehen Sie mal«, sagte ich. »Ich will ja nicht fühllos erscheinen, aber ich habe selbst auch ein paar Probleme, und deshalb könnten wir vielleicht mal aufbrechen, falls wir das überhaupt vorhaben.«

»Wir haben es nicht vor«, sagte er. »Ich habe alles erfunden.«

Ich gaffte ihn mit klaffendem Munde an. »Alles? Den Elbow Room, die sechs Albaner?«

»Nein, nur die Identitäten«, sagte er. »Niemand kann sechs albanische Joghurtmacher erfinden. Die beiden Verhafteten waren Schwarze.«

»Warum? Warum die Mühe?«

»Der Generationskonflikt; ja, da liegt's. Wenn man mit Molotow-Cocktails um sich wirft, dann mag das ja bei Rassenkrawallen und Politkram gut und schön sein, aber es ist nicht mehr up to date, falls Sie verstehen, was ich meine, es hat sowas Altmodisches an sich, fast etwas Unschuldiges.«

»Wie das Valentinstag-Massaker«, sagte ich. »Altmodisch, unschuldig. Aus längst vergangenen Zeiten wie Knöpfstiefeletten und herzförmige Pralinenschachteln.«

»Genau.« Er seufzte tief, als sehne er sich nach einer besseren, freundlicheren Welt. »Also mutmaßte ich, daß es doch nicht die jüngere Generation war, die ein Freudenfeuer aus Ihrem Büro gemacht hat, und daraufhin fragte ich mich, wer es stattdessen gewesen ist, woraufhin ich zu denken begann, es könnte möglicherweise etwas mit etwas zu tun haben, mit dem Sie in jüngster Zeit befaßt waren und daß ich möglicherweise herausfinden könnte, worum es sich da handelt. All das natürlich nur, wenn Sie angesichts der Identifizierung des jungen Mannes Nerven gezeigt hätten.«

»Glücklicherweise bin ich ein wahrheitsliebender und wahrhaft hilfsbereiter Bürger«, sagte ich.

»Ja«, sagte er. Er sah auf eine Armbanduhr von der Größe eines Damen-Diskus und stand auf. »Nun, ich kann nicht den ganzen Tag hier herumsitzen und mit Ihnen schwatzen, so angenehm es auch war, denn ich habe – würden Sie das für möglich halten? – noch ein Feuer, um das ich mich kümmern muß. Ein Schuhgeschäft in der Cranston Avenue, und dessen Anblick gefällt mir auch ganz und gar nicht. Ein Nachbar hat in der Nacht vor dem Brand rege Betriebsamkeit beobachtet. Ware kam herein, Ware ging hinaus.«

»Teure Kollektionen gingen hinaus, Schund kam herein.«

»Und eine kleine Aufmerksamkeit für den Inspektor von der Versicherung, falls er sich überhaupt die Mühe macht, genauer hinzusehen. Tja.« Er ging zur Tür. »NDTE. Wissen Sie, was das heißt?«

»Nein.«

»Na, dann tschüs einstweilen.«

Schließlich ging er, dem Himmel sei Dank; er war nicht nur klein, er war auch verrückt, fand ich allmählich. Ich nahm eine von Bennys Pillen und ein paar Aspirin und meine tägliche Dosis Antibiotika, obwohl ich immer eine Tablette vor den Mahlzeiten nehmen sollte, und bald hatte ich mir überlegt, daß ich sogar ein Bad nehmen konnte, wenn ich die Beine über den Badewannenrand baumeln ließ, weshalb ich mir noch einen schwachen Brandy mit Ginger herstellte und es einfach mal versuchte. Als ich erstmal drin war, fühlte es sich ganz prima an, wie der Bischof zur Schauspielerin oder dem Chorknaben sagte. Dampf stieg auf; ich duselte vor mich hin. Das Telefon klingelte, während ich weichte; ich ließ es klingeln; es war mir egal.

»Meine Schlösser sind aus Luft, und bald sind sie zu Rauch verpufft«, pflegte mein Vater zu sagen, wenn er Rauchringe blies, um seine Söhne zu amüsieren. Er starb, als ich sechzehn und Tony vierzehn war; ich frage mich, was er sagen würde, wenn er uns heute sähe. Wahrscheinlich dasselbe.

Vierzehntes Kapitel

Am nächsten Morgen fuhr ich mit dem Lieferwagen zur Arbeit. Mein Kater fuhr mit. Ich mag Kater – zumindest die milden. Sie verlagern den Kopf leicht seitlich in eine etwas törichte Ist-doch-mir-so-wurscht-Grundstellung, in der Illogismen streunen und witzige Redensarten tanzen und singen.

Ich hielt unterwegs bei Blumenfeld's Bürobedarf an, Neu & Gebraucht, Magnolia Boulevard Ecke Colfax Street, wo ein Verkaufsgenie namens Syd erregt einen Schreibtisch plus Drehstuhl (beides aus 2., aber selber Hand), einen Extrastuhl, einen Aktenschrank und einen Karteikasten auf mich ablud. So günstig wie nie wieder in meinem Leben bot er mir eine große, gerahmte 3-D-Fotografie von Reagan im Oval Office an, aber ich beherrschte mich. Syd und ich packten den Schrott auf den Lieferwagen, dann wechselte Geld den Besitzer.

Der nächste Halt war Mrs. Martels Laden neben dem Postamt. Ich brauchte, wie sie entzückt vernahm, alles, neues Briefpapier mit Briefkopf und Umschläge mit Absender, etwas zur Überbrückung, bis es gedruckt war, Notizblöcke, Stifte, das gesamte unnötige Gepäck des jungen Aufsteigers. Ich machte mir im Geiste eine Notiz; ich wollte meinen Hausbesitzer fragen, ob dieser ganze Kack auch von seiner Versicherung abgedeckt ist. Mrs. Martel machte mir ein sensationelles Angebot – eintausend Kugelschreiber mit meinem Namen drauf –, aber wieder gelang es mir irgendwie, an mich zu halten.

»Darf es . . . sonst noch was . . . sein?« fragte sie mich mit Bühnenflüstern, als sie mir mein Wechselgeld gab. »Etwas . . . Spezielles? Werden Sie auch weiterhin Briefe für die Einwanderungsbehörde schreiben oder für die Staatliche Park-, Wild- und Forstverwaltung oder für die Bau- und Aufsichtsbehörde Fern- und Schnellstraßen Bereich Orange County?« Ich errötete, was mir sehr gut stand, trat von einem Bein aufs andere und sagte, ich würde ihr Bescheid sagen. Dann nach nebenan, Briefmarken holen. Ich stehe gern Schlange auf dem Postamt; das gibt mir so ein demütiges Gefühl.

Mein Büro war leer; ich machte auf und begann abzuladen. Mrs. Morales war nicht zu sehen, aber die konnte sowieso der Teufel holen. Ganz ehrlich, wo ich doch jetzt ein Aufsteiger war, wäre sie bei Anlässen wie den Picknicks vom Rotary Club und den Diners des Jungunternehmerverbands doch nur hinderlich gewesen. Mein Büro hatte immer noch diesen Ammoniakgeruch nach billiger Tünche, aber es war sonst ordentlich und sauber, Auslegware war ausgelegt, was angestrichen gehörte, war angestrichen. Ich stellte die neuen alten Möbel dorthin, wo die alten alten Möbel gestanden hatten, arrangierte meine zehn Siebensachen auf dem Schreibtisch, öffnete die Hintertür, um den Raum zu lüften, hob den Stapel Post bei der Tür auf, setzte mich auf meinen neuen alten Drehstuhl und begann, mich meiner Korrespondenz zu widmen. Betsy und die Schreibmaschine ließ ich, wo sie waren, für den Fall, daß ich sie nicht brauchte.

Ganz oben lag ein Zettel von den Inneneinrichtern: »Nicht vergessen!!! Telefon & Strom und Glas & Licht morgen«, was heute war. Ich hatte es nicht vergessen. Darunter stand: »Haben der Katze Milch gegeben. Nochmal vielen Dank!« Haig's-mit-dem-Grübchen hättet ihr dem Vieh geben sollen, dachte ich, das ist eher sein Stil.

Vom Botendienst gab es eine Nachricht. Sie seien Montag und Dienstag mit einer Lieferung da gewesen, und nun kämen sie nicht eher wieder, als bis sie von mir, dem Adressaten, etwas über meinen zukünftigen Aufenthaltsort erfahren hätten. Stimmt ja. Glatt vergessen. Ich ging zum Öffentlichen Fernsprecher vor den Nus und rief den Botendienst an. Sie sagten, sie sind schon unterwegs. Dann schaute ich bei den Nus persönlich vorbei, um mit dem umtriebigen Cousin der Familie, Nyom Pnung, etwas Geschäftliches zu bereden; ich wußte nie, ob er so hieß oder daher kam oder beides. Ich wartete, bis er einer Dame in Shorts und in den besten Jahren ein paar knackharte Schweinevideos verkauft hatte. Dann, nachdem wir Nettigkeiten ausgetauscht hatten, fragte ich ihn, ob er auch Telefone habe.

»Welche Farbe, ist wichtig?«

»Nein, ist nicht wichtig.« Er verkaufte mir ein knallrotes, federleichtes *Touch-tone*-Teil zu einem haarsträubend niedrigen Preis und legte noch vier Meter Schnur drauf. Er versuchte, mich zu einem Telefonbeantworter zu verleiten, der so ziemlich alles konnte außer Mutter nach Hause schreiben, und zum drittenmal an jenem Tage, und es war noch früh, blieb ich hart. Ich hasse diese Dinger sowieso mehr als Mundduschen, elektrische Tranchiermesser und tiefgekühlte Schnapsgläser.

Ich schlenderte zurück durch den Mittagsdunst zu Büro und wartender Post. Weg mit etwas vom *Reader's Digest*, das mich zu einem sehr reichen Mann gemacht hätte. Weg mit etwas von Johnny Carsons Gaglieferanten, welches mich zu einem sehr, sehr reichen Mann gemacht hätte. Weg mit etwas, dessen Beginn »Der Fluch des Ramses wird Sie auf ewig verfolgen, wenn Sie diese Kette unterbrechen« lautete. Weg mit einer beleidigenden Broschüre, die mit den Worten »Sie sind uns als einer von 24000000 amerikanischen Männern benannt worden, die ein Problem mit Haarausfall haben« begann. Weg mit »Lieber Nachbar, Robert F. Zucker, Amerikas führender Maler von Clowns, hat soeben in einer begrenzten Auflage . . .« Ich machte mir im Geiste eine Notiz: Papierkorb kaufen.

John D. vom Valley Bowl hatte mir das Gewünschte geschickt: Einstellungsunterlagen der drei Mädchen und seine Quittungen für den letzten Monat. Ich sah das durch und hoffte auf einen Blitzschlag. Die Namen der Damen lauteten, in keiner bestimmten Reihenfolge: Maria Citron, ledig, Barbara Herbert, ledig, und (Mrs.) Martha F. Nazarof. Ihr jeweiliges Alter betrug neunzehn, vierundzwanzig und siebenundzwanzig Jahre. Sie wohnten jeweils in East L.A., Van Nuys und La Crescenta. Alle drei hatten eine Sozialversicherungskartennummer. Alle drei hatten eine Autonummer. Sie hatten für John D. Sklavenarbeit geleistet, und zwar seit (jeweils) drei Wochen, neun Wochen und dreieinhalb Jahren. Soso.

Zurück in die Telefonzelle. Mein Bruder hatte gerade keinen Dienst, aber ich erwischte einen seiner Mitarbeiter, diesmal nicht den Seltsamen Morrie, sondern einen verdrießlichen älteren Mann namens Larry, den ich schon ein paarmal getroffen hatte, einmal auf der Wache und einmal bei der Beerdigung einer, tja, angehenden Polizistin, mit der Tony und ich sehr befreundet waren, Teufel, das mußte auch schon wieder drei Jahre her sein. Larry grummelte wie immer ein bißchen, kam aber dann wie immer mit dem Kram rüber: Maria besaß einen zehn Jahre alten Ford, auf dieselbe Adresse zugelassen, vier Übertretungen, Zwangsfahrschule. Barbara hatte einen uralten Käfer, auf dieselbe Adresse zugelassen, keine Übertretungen. Martha fuhr einen ziemlich neuen Toyota, auf den Namen des Ehegatten eingetragen, Adresse korrekt angegeben, keine Übertretungen.

»Noch was?« sagte er sarkastisch. »Ich hab ja weißgott nichts anderes zu tun. Seit Wochen ist in L.A. kein Verbrechen mehr begangen worden.«

»Nein. Danke, Larry«, sagte ich.

»Paß auf dich auf, Blödi«, sagte er und legte auf. *Blödi* . . . Ich glaube, mein Bruder hatte mal wieder im Kollegenkreis mein Lob gesungen.

Die Quittungen, die mir John D. geschickt hatte, bestanden aus Streifen, die in Fünfergruppen zusammengeheftet waren, eine Gruppe für jeden Tag. Es waren Teilsummen von der Bar, vom Snacktresen, von den Bowlingbahnen, vom allgemeinen Warenverkauf, und auf dem fünften Streifen stand die Endsumme. Alle zwei Wochen gab es zusätzliche Einträge, wenn abgebucht wurde, was die Flipper und Video-Automaten ausgeworfen hatten, und einmal pro Monat die Zahlungen der Bowlingklubs, die auf diese Weise abrechneten. Das half mir alles nicht weiter.

Ich las noch einmal alles durch, falls ich etwas übersehen hatte, z.B. *Hobbys: Kauft gern teuren Schmuck* oder *Hält junge Männer aus*, hatte aber kein Glück. Da aber alles sowieso dasselbe ist oder doch zumindest mehr oder weniger dasselbe, dachte ich, ich fange mal mit Barbara Herbert an, ledig, wohnhaft in der Wohnhaft von Van Nuys, gleich hier um die Ecke.

Meine Beine juckten wie verrückt, und ich stand auf, um mich abzulenken. Ich hatte zwar ein Spray für die Beine, aber das hatte ich klugerweise zu Hause gelassen. Der verdammte Kater saß diesseits der offenen Hintertür und belauerte einen Vogel, der im Müll herumhüpfte; ich sagte dem Kater, er soll abhauen und wegbleiben, denn sonst, und zwar nicht zu knapp. Er haute tatsächlich ab und nahm sich dafür entsprechend viel Zeit. Der sich ständig mausernde Mäusefänger gehörte einem alternden Hippy, der mit seiner Freundin in einem baufälligen Speicher auf der anderen Seite der Hintergasse wohnte. In seinen Blumenkästen wuchsen große Pot-Büsche, die er gerissen mit roten Weihnachtsbaumkugeln als Tomatenpflanzen getarnt hatte;

ein blinder Bulle vom Rauschgiftdezernat hätte sich, glaube ich, ein paar Sekunden lang täuschen lassen.

Dann erschien auch der Glaser, und ich gaffte ihm und seiner Assistentin bei der Arbeit zu. Sie installierten mein neues bruchsicheres Vorderfenster in etwas weniger als zehn Minuten, wobei sie die ganze Zeit hysterisch über etwas lachten, das sich meiner Tscheckung entzog. Dann erschien Funki-der-Elektriker und verdrahtete mich frisch. Dann halfen mir der Lacher und seine Freundin, die nunmehr überflüssig gewordenen Bretter, welche die Vorderfront bedeckt hatten, hinten hinaus zu schleppen, damit der Kater und seine Bande darauf spielen konnten, und dann verpißten sie sich. Dann hatte der Telefonmensch von Ma Bell (Oder heißt das hier Pacific Bell? Wahrscheinlich.) seinen Auftritt. Er lachte nicht hysterisch; er lachte gar nicht; er tat, was er tun mußte, überreichte mir ein illustriertes Merkblatt über Gebrauch und Pflege des Telefons und fügte noch einen schlampig gedruckten Traktat über Wiedergeburt bei. Dann ging er wieder. Notiz im Geiste: Noch größeren Papierkorb anschaffen.

Ich stöpselte mein neues Telefon ein und lauschte dem beruhigenden Geräusch des Frei-Zeichens. Als ich noch viel jünger war, habe ich mir das manchmal nachts angehört und dabei ein Gefühl von Staunen und latentem Abenteuer verspürt, ein Gefühl, das es ebensowenig mehr gibt wie den Geschmack von Orangenlimo.

Ich überflog den Traktat über Christliche Wiedergeburt. Ich fragte mich kurz, ob ein Privatdetektiv wiedergeboren werden konnte. Wollte er das überhaupt? Wenn das doch für den ganzen Tag meine Hauptsorge gewesen wäre.

Na gut. Zurück zur Post. *Photo-Date* war wieder hinter mir her: Ich sollte mich mit wildfremden Damen paaren. Cal Edison wollte seinen monatlichen Hungerlohn für Strom. Die May Company veranstaltete ihren Sommerschlußverkauf in Damenoberbekleidung, super! Jemand in Ohio wollte wissen, ob ich mit der Höhe der von mir gezählten Kfz.-Versicherungsprämien zufrieden sei. Wer war das schon. Der letzte Punkt war die Ankündigung eines Spezialitätenversands in Pasadena, er werde in allernächster Zukunft einen Ausverkauf in elektronischen Schutzvorrichtungen betreiben; ich betrachtete die beiliegende fünfseitige Liste, bis ich den Mut verlor, was nicht lange dauerte. Weg damit.

Der untermotorisierte Junge vom Botendienst glotterte leise auf seinem Mopedoid heran; er kam rein, ich unterschrieb, er ging, ich machte auf. Es war wie erwartet die regelmäßige wöchentliche Zahlung von Mr. Seburn, Hahnrei, aber diesmal hatte er einen Schrieb beigefügt: Er greife meinen Vorschlag auf, und wir versuchen eine schriftliche Aussage von Mr. Universum zu kriegen, der im Empfang des Fitneß-Centers arbeitete. Außerdem erwähnte er, weitere Fotos belastender Natur wären nützlich, da er die Affäre, kein Wortspiel beabsichtigt, abschließen wolle, möglichst bis Ende des Monats. Diese Nachricht machte mich froh und traurig zugleich; froh, weil ich neun Wochen lang $ 82,50 pro bekommen hatte, traurig, weil nun bald Schluß sein sollte mit diesen Zahltagen. Aber ich war froh, daß ich etwas zu tun hatte, ich tummele mich gern ein bißchen, das ist gut für den Teint, hat mal jemand gesagt. Ich hatte St. Stephen's nicht, ich wiederhole: nicht vergessen, geschweige denn all die Komplikationen, die damit zusammenhingen, au contraire, wenn ich mal eben kurz mit meiner Bildung protzen darf, jedes Jucken war eine konstante Erinnerungsstütze, aber hat nicht wieder jemand anderes mal gesagt, das ganze Leben sei eine Frage des Timings? Ich hatte vor, den siedenden Topf der Gelüste in der Schule an einem der nächsten Tage nochmal kurz umzurühren und ihn dann wieder kurze Zeit sieden zu lassen. Aber dann: Obacht.

»Mach mich nicht wütend!« pflegte mein Vater zu sagen. »Mach mich bloß nicht wütend!« Das sagte er natürlich mit einer Stimme, die andeutete, er könne nur mit knapper Not einen totalen Wutausbruch unterdrücken. Ich für mein Teil war bereits wütend. Man kann getrost sagen, daß ich seit meinem 17. Lebensjahr wütend war, hauptsächlich über mich; der Rest meiner Wut ging für Tony drauf. Und für meinen Vater.

Der Bote fuhr gerade nach einem kurzen Boxenstop bei Mrs. Morales aus dem Parkplatz heraus, als eine Kundin zur frisch gestrichenen Tür herein kam. Ich wußte zunächst nicht, daß sie eine Kundin war, da ich noch nie eine Kundin mit orangefarben/limonengrüner Mohawkfrisur gehabt hatte, und außerdem hatte ich auch noch nie eine Kundin gehabt, der eine ganze Kette aus Sicherheitsnadeln vom Ohrläppchen baumelte. Aber was bin ich denn, wenn nicht anpassungsfähig, wer bin ich denn, wenn nicht tolerant allen Minderheitselementen der Gesellschaft gegenüber, einschließlich Freaks? Und irgendwie gefiel mir die leucht-farbene Unterwäsche schon, die ich durch einen zackigen Riß in ihrer Gauchohose erspähen konnte. Ihre Augen, zweifellos so blutunterlaufen, daß sie von einem soliden Dunkelrot waren, wurden von einer Wickelsonnenbrille verborgen, deren eines Glas einen üblen Sprung hatte.

»Hey, wa, ey, Alter, was ist denn mit Ihnen passiert?« flüsterte sie, nachdem sie mich von oben bis unten gemustert hatte.

»Ich wurde geboren«, flüsterte ich zurück. »Und was haben Sie für eine Entschuldigung?«

»Sie kennen Elroy?« flüsterte sie dann.

»Ich kenne Elroy«, gab ich zu. »Er ist mein Hausbesitzer. Ich mag Elroy. Ich war mal mit der Miete im Rückstand, und da hat er nur gelacht. Nur gelacht, während er mir beide Beine brach.«

»Mann, ey, was stinktn hier so? Das war alles seine Idee«, sagte sie mit fast normaler Stimme. Sie stand immer noch bei der Tür herum, auf dem Sprung wie ein Zebra, das die Löwen wittert, aber noch nicht weiß, wo sie sind.

»Sehen Sie mal«, sagte ich. »Jetzt tun wir mal so, als ob. Kennen Sie das Spiel? Jetzt tun wir mal so, als ob wir beide ausgeglichene, vernünftige Menschen wären. Sie kommen rein. Sie setzen sich hin. Sie sagen mir, worum es sich handelt, egal, was es ist, und dann sage ich Ihnen, ob ich Ihnen helfen kann oder nicht.«

Sie dachte darüber nach, machte die Tür zu und setzte sich schließlich mir gegenüber auf meinen neuen alten Extrastuhl hin. Kaum war sie damit fertig, zündete sie sich eine dieser langen, dünnen, nachgemachten Zigarren an, die von Mädels heutzutage geraucht werden. Im Geiste notiert: Neuen Aschenbecher klauen.

Langsam kam ihre Geschichte zum Vorschein; es dauerte ziemlich lange, aber ich hatte ja auch ziemlich lange Zeit. Sie hieß Sara Silvetti, aber das war nicht ihr richtiger Name, sondern ihr Adoptivname. Sie war Dichterin. Sie war sogar eine erstaunliche Dichterin, wenn man ihren Mangel an Erfahrung bedachte. Sie wohnte bei ihren Adoptiveltern in einem von Elroys Mietshäusern, in demselben, in dem er auch wohnte, in Sherman Oaks, Huston Street, direkt beim Park um die Ecke. Sie war achtzehn und gerade vom Pepperdine College geflogen; nicht, daß ihr das allzuviel ausmachte. Sie sagte mir, nichts mache ihr allzuviel aus. Ich sagte ihr, etwas müsse ihr doch allzuviel ausmachen, denn was hätte sie sonst bei mir zu suchen. Das räumte sie ein, okay, vielleicht machte ihr doch etwas allzuviel aus.

»Zum Beispiel?«

»Elroy meint, ich sollte herausfinden, wer meine richtige Mutter ist«, sagte sie. »Er meint, ich flippe eher aus, wenn ich sowas nicht weiß.«

»Und was meinen Sie?«

»Ich meine, daß er den Arsch offen hat.«

»Naja«, sagte ich, »da könnten Sie rechthaben, und er könnte trotzdem rechthaben.«

Sie seufzte und sah sich nach etwas zum Hineinaschen um. Ich brachte ihr den Deckel der *Bromo-Seltzer*-Flasche aus der Toilette. Sie betrachtete ihn.

»Ich mag Typen mit Klasse«, sagte sie mit unbewegter Miene. »Also was machen wir?«

»Also was haben Sie bisher gemacht; haben Sie mit Ihren Adotiveltern darüber gesprochen?«

»Spinnt der Mann?« sagte sie zur Zimmerdecke. »Ist der Mann endgültig kuschelweich unter der Mütze? Ich hab *so* schon zu Hause genug Probleme.«

Das konnte ich mir gut vorstellen.

»Haben Sie schon mal die Adoptionspapiere gesehen?«

»Nein.«

»Wissen Sie, wo sie sind?«

»Nein.«

Jetzt war ich mit Seufzen dran. Das tat ich, und zwar tief. »Sara, wissen Sie ein kleines bißchen über die Fakten des Lebens Bescheid?«

Sie warf mir einen Blick zu, der halb Verachtung und halb »Hast du eine Ahnung« ausdrückte.

»*Die* Fakten des Lebens meine ich nicht, Mata Hari. Ihre Adoptiveltern haben Rechte, sowohl juristische als auch andere. Ich brauche zwar ihre Erlaubnis nicht, wenn ich versuchen will, Ihre richtigen Eltern zu finden, aber genau das will ich nicht, ohne ihnen zumindest zu sagen, was los ist; das nennt man Rücksicht oder Höflichkeit oder beides. Außerdem könnten sie bestimmt eine große Hilfe sein. Sie wissen, von welcher Agentur Sie vermittelt oder von welchem Storch Sie gebracht wurden; sie wissen, wann; es ist sogar möglich, daß sie wissen, wer Ihre richtige Mutter war; vielleicht haben sie sie sogar kennengelernt. Und vielleicht wissen sie auch, daß die Gesetze inzwischen anders sind; heute hat das Kind gewisse Rechte; in manchen Fällen können die Agenturen gezwungen werden, ihre Adoptionsakten offenzulegen. Auf jeden Fall brauchen wir etwas, womit wir anfangen können, das heißt, falls wir überhaupt weitermachen wollen, und ich zum Beispiel bin nicht gerade begeistert von der ganzen Idee.«

»Etwas habe ich«, sagte sie schnell. »Ich weiß, wann und wo ich hinterlegt wurde.«

»Hinterlegt?«

»Ja, hinterlegt«, sagte sie. »Hinterlegt wie deponiert. Aufgegegeben. Im Stich gelassen. Mit dem Bade ausgeschüttet. Verstehen Sie, was ich meine?«

»Ja, ich verstehe, was Sie meinen.«

»Nicht, daß mir das allzuviel ausmachte«, sagte sie.

»Natürlich nicht«, sagte ich.

Sie starrte mich argwöhnisch an. Ich hatte Lust, sie rauszuschmeißen. Sowas Vertrotteltes, mit ihrem dämlichen Haar und den noch dämlicheren zerrissenen Klamotten und den noch viel dämlicheren Sicherheitsnadeln und schwarz lackierten Nägeln, wenn man von den Nägeln absah, die gelb lackiert waren. Als nächstes würde ich den räudigen Kater zu *cocottes de Hühnchenleber Mignon* und eisgekühltem *Château Glücksklee* einladen.

Sara steckte sich eine weitere von ihren extralangen Speziellas an.

»Nun?« sagte sie.

»Ihre Adoptiveltern müssen Bescheid wissen«, sagte ich, »je früher, desto besser.« Sie hatte Schuhe an, die nicht zueinander paßten, d. h. einer der beiden war ein Stiefel. Ich weiß, ich weiß, zu Hause hatte sie genau noch einmal so ein Paar.

»Sie wollen aber nicht Bescheid wissen«, sagte sie. »Und

sie wollen nicht, daß ich Bescheid weiß. Und sie werden mir nicht dabei helfen, meine Mutter zu finden, meine richtige.«

»Woher wissen Sie das?«

»Ich habe zugehört«, sagte sie. »Ich habe früher viel zugehört. Dann wurde es langweilig.«

»Warum glauben Sie, daß sie nicht helfen werden?«

»Wer weiß?« sagte sie.

»Glauben Sie, es besteht die entfernte Möglichkeit, daß Ihre Adoptiveltern Sie lieben und Sie nicht verlieren wollen, so blöde sich das anhören mag?«

»Mich?« Sie dachte einen Augenblick darüber nach. »Sie.«

»Das wäre das Schärfste«, sagte sie. »Das wäre ja wohl das Allerschärfste.«

Ich hob die eine mir noch verbliebene Augenbraue.

»Hören Sie zu«, sagte sie und beugte sich vor. »Ich habe nachgedacht. Stellen Sie sich vor, Sie finden heraus, wer meine Mutter ist und wo sie ist, und ich nehme Kontakt mit ihr auf, dann wäre es doch zu spät, mich aufzuhalten, dann müßten sie sich damit abfinden, stimmt's?«

»Wie wär's, wenn Sie sich mal damit abfänden?« sagte ich. »Wie wäre es denn damit?«

»Womit soll ich mich abfinden, mit Ihrer Katze?« Sie zeigte hinter mich.

»Das wäre ja wohl das Allerschärfste«, sagte ich, »wenn das meine Katze wäre. Hau ab!« Ich jagte den Kater hinaus und machte die Hintertür hinter ihm zu.

»Mit vielem sollten Sie sich abfinden«, sagte ich, als ich zurückkam. »Vielleicht finden wir nie heraus, wer Ihre Mutter war; wahrscheinlich finden wir das nie heraus. Vielleicht existieren keine Akten; wenn welche existieren, können Sie sich vielleicht den damit verbundenen Rechtsstreit nicht leisten. Traurig, aber wahr. Vielleicht ist Ihre Mutter tot, Sara. Vielleicht lebt sie und will Sie nicht sehen.«

»Das kann ich mir nicht vorstellen«, sagte sie.

»Sehen Sie mal in den Spiegel«, sagte ich. »Stellen Sie sich vor, Sie sind das Resultat einer Vergewaltigung. Stellen Sie sich vor, Sie sind unehelich geboren, und es schadet Ihrer Mutter, wenn alles herauskommt. Stellen Sie sich vor, sie sieht Sie und kann Sie nicht leiden. Stellen Sie sich vor, Sie können sie nicht leiden.«

»Stellen Sie sich vor, ich kann *Sie* nicht leiden«, sagte sie.

»Wo liegt denn da der Unterschied? Helfen Sie mir oder nicht? Elroy hat gesagt, Sie helfen mir. Ich habe gesagt, warum sollten Sie.«

»Das sage ich auch. Aber haben Sie schon mal was von Geld gehört? Kohle? Die Menschen machen viel dummes Zeug für Kohle.«

»Ich hab jedenfalls schon mal keine«, sagte sie. »Die geben mir keine. Naja, ein bißchen geben sie mir, aber die gebe ich aus. Für Kleidung, hauptsächlich.«

Sie sah mich aufmerksam an; als sie sah, daß ich nicht nach dem Köder schnappte, egal, wie verlockend er war, fuhr sie fort. »Meine Mutter wird mir Kohle geben, wenn ich sie gefunden habe, und dann kann ich Ihre Rechnung bezahlen.«

Ich mußte lachen. Der Weihnachtsmann hatte das *Red Ryder*-Luftgewehr, um das ich ihn vor Jahrzehnten gebeten hatte, gar nicht vergessen; er war nur mit seinen Lieferungen ein bißchen im Rückstand.

»Okay, okay«, sagte ich. »Brechen Sie mir nicht das Herz. Ich werde es zuerst auf die nette Tour versuchen. Wenn das nicht hilft und Sie immer noch weitermachen wollen, versuchen wir es auf die böse.«

»Zum Beispiel?«

»Zum Beispiel gerichtliche Anordnungen und Vorladungen und ganz viel Geld, das Sie zahlen müssen, oder eine schöne, lange Unterredung mit Ihren Adoptiveltern oder beides. Jetzt sagen Sie mir erstmal, wo und wann Sie hinterlegt wurden.«

»Am 22. März, vor dem St. Mary's Hospital in Davis, Kalifornien.«

»In irgendeinem bestimmten Jahr?«

»Neunzehnhundertsechsundsechzig. Waren Sie schon mal in Davis, Kalifornien?«

»Noch nie«, sagte ich schaudernd. »Es sei denn, ich wäre ebenfalls dort hinterlegt worden und Mutti hat mir das verschwiegen. Ich werde jedoch mit Davis, Kalifornien, telefonieren, sobald Sie mir Ihre Adresse und Telefonnummer gegeben haben.«

Sie versah mich mit der gewünschten Information, stand auf, reckte sich, zündete sich eine weitere Speziella an und offerierte mir ebenfalls eine. Ich nahm sie an, um den Handel zu besiegeln, und sagte, ich würde sie mir bis zum Abendbrot aufheben, wenn sie nichts dagegen hätte.

»Ich habe auch nichts dagegen, wenn Sie sie bis zur nächsten *Tupperware*-Party aufbewahren«, sagte sie. »Kann ich helfen?«

»Helfen? Wobei?«

»Ihnen helfen. Bei dem, was Sie vorhaben.«

»Nein«, sagte ich bestimmt. »Gehen Sie nach Hause und schreiben Sie ein paar Gedichte oder zerreißen Sie Ihre Klamotten oder sonstwas.«

»Warum nicht?«

Ich seufzte erstaunlich sanft, wenn man die Provokation bedachte.

»Es gibt für Sie jetzt nichts zu tun. Darum nicht. Für mich gibt es etwas zu tun, und ich werde damit anfangen, sobald Sie abzischen.«

»Und warum kann ich es nicht tun?«

»Weil Sie nicht mal wissen, was es ist!« sagte ich. »Und jetzt verduften Sie gefälligst.«

»Sie könnten es mir sagen«, sagte sie. »Dann könnte ich es tun.«

»Bis ich Ihnen das gesagt habe, habe ich es selbst getan«, sagte ich. »Gehen Sie doch bitte weg. Ich weiß, daß Sie helfen wollen, ich kapiere es durchaus, aber manche Jobs sind Ein-Mann-Jobs.«

»Wenn Sie mal einen Zwei-Mann-Job haben, kann ich dann helfen, ich meine, wenn es mich betrifft?«

»Natürlich!« sagte ich mit Wärme. »An Sie denke ich zuallererst. Versprochen. Jetzt gehen Sie nach Hause und setzen sich neben das Telefon.«

»Sie langer, dicker Lügner«, sagte sie. Sie holte einen Walkman aus einer Umhängetasche, die aussah wie ein Patronenbehälter aus dem II. Weltkrieg, und latschte dann hinaus. Walkmänner hasse ich auch. Mannomann, man merkt, daß man alt wird, wenn es mehr Dinge gibt, die man haßt, als Dinge, die man mag. Ich nahm ihr Geschenk, trug es zur Hintertür und schmiß es dem Kater zum Fraß vor. Dann sah ich nach, wie spät es war; es war, wie üblich, noch immer viel zu früh. Ich erwischte die Auskunft in Davis, und die Auskunft in Davis wußte nicht, ob es in Davis eine Tageszeitung gab. Dagegen wußte sie, daß jeder in Davis die *Sacramento Bee* las. Kurze Zeit später sprach ich mit einer Miss Spencer von der Anzeigenabteilung der *Bee*. Sie half mir beim Aufsetzen einer Anzeige, die drei Tage lang unter *Persönliches* geschaltet werden sollte, und zwar sollte drinstehen, daß für jede Information über ein Baby (weiß; weiblich), welches vor soundsovielen Jahren mit dem Bade auf die Stufen von St. Mary's geschüttet worden sei, ein nicht unerheblicher Betrag gezahlt würde. Absolute Diskretion zugesichert; dies geschieht in Namen und Auftrag des betreffenden Kindes. R-Gespräch usw. Außerdem vermietete Miss Spencer mir noch eine Chiffre-Nr. und sagte, die Anzeige würde geschaltet, sobald sie meinen Scheck über $ 17,50 erhalten habe. Ich sagte, er sei praktisch bereits unterwegs. Sie sagte, sämtliche Post, die ich unter meiner neuen Chiffre-Nr. bekäme, würde mir innerhalb von vierundzwanzig Stunden nachgeschickt, dieser Service ende aber zwei Wochen nach dem Erscheinungsdatum der ersten Anzeige. Ich sagte, das verstünde ich voll und ganz, wünschte Miss Davis noch einen frohen Tag im lieben, alten Davis und legte auf. Ich überlegte, daß Miss Lobotomie einschließlich Fernsprechgebühren bereits mit über neunzehn Eiern in den miesen stand, aber was soll's, Geld ist nicht immer das Wichtigste im Leben, es gibt ja auch noch sowas wie Selbstlosigkeit oder etwa nicht? Trotzdem schrieb ich, nachdem ich einen Scheck für die *Bee* ausgestellt und weggeschickt hatte, eine Rechnung für das Spatzenhirn, falls es jemals einen ordentlichen Job kriegen sollte, oder vielleicht löhnten ja sogar ihre Pflegeeltern.

Dann hatte ich einen kurzen Besuch von den Nus und ihrem Cousin, Mr. Nu. Sie wollten nur mal vorbeischauen, um zu sehen, ob es mir gutging, sagten sie. Mir gehe es gut, sagte ich. Mr. Nu nahm die Auslegware in sich auf und machte mit einer Hand eine vietnamesische Geste, welche, glaube ich, *echt toll* bedeutete, aber ich bin kein Fachmann für einhändige vietnamesische Gesten.

Kaum hatten sie sich mit Verbeugungen von mir verabschiedet, als Mr. Amoyan mich mit Verbeugungen begrüßte, mehr oder weniger in derselben Mission. Nachdem er sich davon überzeugt hatte, daß ich immer noch im Reich der Lebenden weilte, nahm er ebenfalls die Auslegware in sich auf und rollte dann die Augen gen Himmel, was, wie ich vermutete, eine alte armenische Methode war, um Verachtung auszudrücken. Mr. Amoyan hatte netterweise, um mein neues Büro etwas wärmer (ha ha) zu gestalten, einen neuen Kalender mitgebracht, der den alten ersetzen sollte, den er mir zu Weihnachten geschenkt hatte. Er war von einer armenischen Reparaturwerkstatt auf dem Pico Boulevard und prangte mit dem in lebhaften Farben gehaltenen Bild einer zigeunermäßig aussehenden Dame, welcher ein zigeunermäßig aussehender Gaucho-Typ vor einem Hintergrund aus zigeunermäßig aussehenden Bergen ein Ständchen bringt.

Ich sagte: »Recht herzlichen Dank; genau, was ich brauchte«, und rollte dann meine Augäpfel in Richtung Firmament.

Er ging.

Schließlich gelang es mir zu verschwinden, bevor noch jemand vorbeischaute; ich fuhr den Lieferwagen zurück zur Autovermietung, da meine Tage in der Maske des fröhlichen Anstreichers wohl eindeutig gezählt waren, nahm ein Taxi nach Hause und begann, im Kleiderschrank etwas Passendes für eine Beerdigung zu suchen. Falls es überhaupt eine gab. Falls das überhaupt wichtig war. Falls überhaupt jemand hinkuckte.

Fünfzehntes Kapitel

Es stellte sich heraus, daß Mrs. Flexner recht gehabt hatte; es waren nur wenige erschienen, um Timmy die Letzte Ehre zu erweisen.

Der Gottesdienst wurde in einem kleinen Nebenraum des Großen Saals im Angel Baptist Funeral Home weit draußen auf dem Chandler Boulevard abgehalten, diensthabender Geistlicher: Reverend Jimmy Barson. Ich war ein bißchen spät gekommen; die anderen Trauergäste saßen bereits. Breiige Orgelmusik waberte über uns hinweg. Die Decke war dunkelblau, und verstreut blinkten winzige Lichter, damit es aussah wie ein besternter Nachthimmel für Arme. Alle außer den ganz kleinen Kindern waren da und benahmen sich mustergültig, die Mädchen trugen weiße Handschuhe, der Junge hatte einen dunkelblauen Anzug an. Dann waren da noch Mrs. Flexner und zwei Freundinnen, und dann war ich noch da.

Der Platzanweiser, ein schwarzer Mann in schwarzem Anzug, überreichte mir ein . . . Ich weiß nicht, wie man das nennt; »Programm« hört sich an, als wären wir in einem Konzert gewesen. Es hatte jedenfalls vier Seiten, und hinten war ein Bild von Timmy in einem Oval drauf. Eine große schwarze Dame im Talar sang »Schlafe, mein Prinzchen«, dann sang sie das Vaterunser. Dann hielt der diensthabende Geistliche eine kurze Trauerrede, welcher eine Lesung aus der Heiligen Schrift folgte. Aus den Psalmen, falls jemand das wissen will. Inzwischen hatten alle Kinder angefangen zu weinen; mir war schlecht, und ich war wütend.

Dann kam eine Gedenkrede von Mrs. Flexner, dann trug

die Sängerin schwungvoll »Goin' Up Yonda« vor. Ein letztes Gebet von Reverend Jimmy, dann etwas Verheerendes namens »Abschiednehmen«, bei dem alle, denen danach war, am Sarg vorbeidefilieren konnten. Mir war nicht danach.

Zuerst ging die Familie, dann gingen die Freundinnen, dann ging ich. Wir trafen uns alle in der Eingangshalle wieder. Mrs. Flexner saß auf einer Bank und weinte. Eine ihrer Freundinnen und eins ihrer Kinder trösteten sie. Ich wollte etwas sagen, wußte aber nicht, was, und ging weg. Es kam mir besonders unpassend vor, in die Hitze und Sonne und Palmen hinauszutreten. An einer Bar auf der anderen Straßenseite stand »FR – SA – GIRLS«. Sterben und In-den-Himmel-Kommen sei eine Erleichterung und ein Segen und ein Grund zur Freude, hatte Reverend Jimmy gesagt. Naja, ich sage: Man soll nicht alles glauben, was man hört.

Um mich aufzumuntern, hielt ich bei Blumenfeld's an und ließ mir von Syd einen Papierkorb mit englischen Jagdszenen verkaufen. Das half. Es munterte mich so sehr auf, daß ich dachte, ich mache im Two-Two-Two Station, um zu feiern. Drei Stunden, sieben Brandy mit Ginger und ein halbes Dutzend Partien Poolbillard später feierte ich immer noch. Ich dachte, vielleicht hatte Mae Lust, herzukommen und mir beim Feiern zu helfen. Eine brillante Idee. Wir konnten gemischtes Doppel spielen. Wir konnten jedes gemischte Team im Valley schaffen, was sag ich, vielleicht auf der ganzen Welt.

Mae war nicht da. Ihre widerwärtige Mitbewohnerin war da.

»Sie wird wahrscheinlich jetzt häufiger nicht da sein«, informierte sie mich. »Besonders für ganz bestimmte Leute.«

»Was hat das zu bedeuten, Charlene?«

»Ach, hat Sie Ihnen das gar nicht gesagt? Sie hat sich verlobt. Mit einem tollen Typ, der Eigentumswohnungen verkauft.«

»Ach jaaa«, log ich. »Ich wollte nur anrufen, um ihr alles Gute zu wünschen. Ich wollte nur anrufen, um zu fragen, ob Silber als Hochzeitsgeschenk passend ist. Ich glaube, mit einer schönen Silberarbeit liegt man nie ganz falsch; was meinen Sie?«

Charlene wußte nicht so recht. Charlene wußte nicht einmal so recht, ob der männliche oder der weibliche Storch die kleinen Kinder brachte. Egal.

Ich legte auf und ging in die Bar zurück, um weiter zu feiern. Vielleicht war Mae deshalb in der letzten Zeit so wütend gewesen. Trotzdem komisch: Sie verlobt sich, und wer ist wütend auf wen? Sie auf mich. Hätte das umgekehrt nicht mehr Sinn?

Dies Rätsel gab ich meinem alten Kumpel auf, meinem alten compadre Jim-dem-Barmann. Guter, alter Jim, er hatte ein Herz aus massivem Gold, solange man das Geld für ein Getränk besaß und sein abnorm appetitliches Barmädchen Lotus nicht zu heftig anbaggerte.

»Wie ich die Sache sehe«, sagte Jim nachdenklich und schüttete ein paar labbrige Brezeln in die Hier-gibt-es-was-umsonst-Schale auf dem Tresen, »ist das wie wenn Israel Ägypten überfällt, bevor Ägypten Israel überfällt.«

Ach, die unerwartete Weisheit des gemeinen Mannes. Noch ein Grund zum Feiern.

Donnerstagmorgen. Ein Scherbenhaufen. Ich erwachte in meinem eigenen Bett, und das war eine große Erleichterung. Allein, noch eine Erleichterung, glaube ich. Ich schien auch nirgends zu bluten, außer durch die Pupillen, noch eine Erleichterung. Meine Beine waren heiß und juckten, aber der Doc hatte gesagt, das wäre gut; es bedeutete, daß es ihnen besser ging; es gibt nämlich gute Schmerzen und schlechte Schmerzen, wissen Sie. Also, ich wußte das nicht. Ich fand, daß gute Schmerzen so unwahrscheinlich waren wie das rosige Leben, das die Baptisten nach dem Tode erwartet: gute Arbeit, aber schwer zu bekommen.

Egal, raus aus den Federn und ran an den Feind. Hinein in einen ausgefüllten Tag im faszinierenden Leben des alternden, aber immer noch bissigen V. Daniel, Privatdetektiv im San Fernando Valley. Ich spürte etwas unter meinem Kopfkissen . . . Mein Gott, die Zahnfee, dachte ich, die einem für jeden ausgefallenen Milchzahn Geld schenkt . . . Sie hat doch noch dran gedacht! Es stellte sich heraus, daß es sich um einen großen Plastikaschenbecher aus dem Crow's Nest handelte. Auf dem Ascher waren zwei Krähen abgebildet, die einen Cocktail tranken. Die männliche Krähe sang der weiblichen Krähe »Come fly with me« ins Ohr. *Schlock* in Vollendung.

Ich säuberte mich, trank 1,2 Liter abscheuerregenden Instantkaffee, nahm meine Pillen, besprühte meine Verbrennungen, schnappte mir den Aschenbecher, stahl mich hinaus, ohne Feeb zu treffen, fuhr mit großer Konzentration ins Büro und machte den Laden auf. Schon Augenblicke später hatte ich Betsy auf meinem neuen alten Schreibtisch aufgebaut und brachte meine Unterlagen auf den neuesten Stand, eine Tätigkeit, die mir nicht übel gefiel, ließ sie mich doch geschäftsmäßig erscheinen, mobil, zeitgenössisch. Ich mußte das Material von John eingeben, eine neue Akte über Sara, die Tochter des Windes, anlegen und die neuesten Entwicklungen im aufregenden Fall Seburn eintippen. Ins Haben gingen die Zahlungen der Herren Seburn und Lowenstein, ins Soll der Betrag an Cal Edison. Ferner bereicherten den Debetsaldo die Miete für den Lieferwagen, und die Gelder für Möbel, Briefpapier, Briefmarken, Telefon, Papierkorb und Haig's-mit-dem-

Grübchen, was nun wirklich eine grundehrliche Spese war, wenn ich je eine gesehen habe. Die neue Bilanz. Könnte schlimmer sein.

Ein Scherbenhaufen. Habe ich je erwähnt, daß mein Leben ein Scherbenhagel war, ein Schauer aus Scherben, die nie recht zueinander paßten? Wenn ich das nicht erwähnt haben sollte, erinnern Sie mich daran, es ist nämlich ein faszinierendes Thema.

Bildschirm klar. Ich gab »Zeitplan für heute, Donnerstag 21. Mai 1984« ein, und schon erschienen die Worte in klarer, wohltuender, grüner Druckschrift direkt vor meinen Augen, und das so schnell wie sonstwas. Gute alte, verläßliche Betsy. Sie tat alles, was man ihr befahl, unverzüglich, sogar noch schneller, und wo kriegt man sowas denn heute noch. »Aufgabenstellung für heute: Katzenfalle kaufen, möglichst die ganz illegale Sorte mit schartiger Zähnung und 0,10 Kilopond Druck. Treffen (Zu Hause? Auf der Arbeit? An neutralem Ort?) mit Barbara Herbert, ledig, 22. Bruder anrufen wg. Mutter. Elroy anrufen wg. Versicherung. Evonne (!) anrufen wg. St. Stephen's. Bloody Mary in der Corner Bar. Nachmittag: Lucy Seburn. Abend: Bislang noch nicht näher bestimmtem Schüler von St. Stephen's Angst einjagen, daß ihm die Sommersprossen einzeln aus der Visage fallen. Später Abend: Mit gutem schweinischen Buch in die Falle.«

Ich telefonierte gerade mit Bruder Tony, als der einzige Pygmäe, den die Polizei des San Fernando Valley beschäftigte, eine atemberaubende Vision in Heliotrop-Blau, ohne anzuklopfen hereingeschlendert kam. Ich sagte Tony, ich riefe nochmal an, machte den Bildschirm klar und sagte »Was ist denn?« zu Lieutenant Conyers.

»Ich möchte Ihnen einen ausgesucht guten Morgen wünschen«, sagte er. »Ich kam gerade vorbei, da dachte ich, ich schau mal rein.«

»Versuchen Sie, es nicht zur Gewohnheit werden zu lassen«, sagte ich. Alles in allem zog ich den Kater vor.

»Na, geht's uns besser?«

»Es geht uns besser.«

»Haben wir viel zu tun?«

»Haben wir.«

»Irgendwas Interessantes?« Er wanderte ins hintere Büro, um weiter zu schnüffeln.

»Nö«, sagte ich. »Ehekräche, Versicherungsansprüche, immer dasselbe. Was machen die albanischen Joghurtrührer?«

»Sie sind mir vielleicht Einer«, sagte er. Ich blickte bescheiden drein. »Wie geht es Ihrem alten Schulfreund?«

»Gut«, sagte ich. »Wie geht es Ihrem Sohn?« Das hörte er nicht so gern; er blieb vor meinem Schreibtisch stehen und spielte »Wenn Blicke töten könnten«.

»Sie wissen, was Sie für ein Problem haben, junger Freund?«

»Ja«, sagte ich.

»Sie stellen nicht die richtigen Fragen«, sagte er. »Sie sind vollauf damit beschäftigt, komisch zu sein. Warum fragen Sie mich nicht, ob wir den geheimnisvollen Brandbombenwerfer gefunden haben, der Ihr elegantes Büro zerstört hat und dem es beinahe gelungen wäre, Sie ebenfalls zu vernichten?«

»Und dem es gelungen ist, Timmy Flexner zu vernichten«, sagte ich. »Wir haben Sie übrigens bei der Beerdigung vermißt. Aber, na schön, haben Sie ihn geschnappt?«

»Raten Sie mal«, sagte er.

»Dann rate ich ›Nein‹«, sagte ich. »Sonst würden Sie hier nicht mit Ihren kniffligen Fragen herumschleichen.«

»Ich mache mir nicht übermäßig viel aus Ihnen, Mr. Daniel«, sagte er und pflückte sich einen beinahe unsichtbaren Fussel von der wattierten Schulter.

»Das macht mich aber betroffen«, sagte ich. »Gerade jetzt könnte ich ein paar Freunde gebrauchen. Schicke Schuhe.« Es waren burgunderrote Halbschuhe. »Ich bewundere Menschen, die in der Auswahl ihrer Kleidung Klasse beweisen.« Sara war nicht der einzige stoische Komiker der Welt. Na gut, es war kindisch, aber steckt nicht in jedem von uns das Kind im Manne? Außerdem ging er mir auf den Wecker; ich fand, seine Methode war überdeutlich, und seine Garderobe war eine Katastrophe in Pastell, aber wer weiß schon, unter welcher Anspannung die Kleinwüchsigen leben müssen?

»Außerdem gefällt mir die Andeutung nicht, es wäre mir wurscht, ob die Verantwortlichen geschnappt und an den Eiern aufgehängt werden«, sagte ich ihm. »Es kommen in dieser Weltengegend viele Menschen zu Tode; es kommen in jeder Gegend der Welt viele Menschen zu Tode, aber ich kenne kaum einen persönlich und hatte mit kaum einem je zu tun. Ich führe ein langweiliges, stumpfsinniges Leben, Lieutenant. Hin und wieder folge ich jemandem und mache vielleicht ein bis zwei Fotos. Sie sind der Polizist; das ist Ihr Job, nicht meiner. Versicherungsansprüche, Ausreißer, gestohlene Haustiere, geplatzte Schecks, sowas ist mein Job.«

»Wissen Sie, was ich hoffe?« fragte mich Lieutenant Conyers. »Wissen Sie, was ich zutiefst hoffe?«

»Aber ja«, sagte ich. »Wiedergeboren zu werden. Und zwar so groß wie ich.«

»Ich hoffe, Sie brauchen mich irgendwann mal.«

Er ging auf den Zehenspitzen hinaus, stieg in seinen Dodge und begann davonzufahren.

»Und ich hoffe, daß es nie dazu kommt; das hoffe *ich* nämlich«, rief ich ihm nach. Durch das Heckfenster konnte ich gerade eben noch seinen Scheitelpunkt sehen, und das mit zwei Kissen unter seinem zusammengekniffenen kleinen Hintern.

Es war zu früh, Elroy anzurufen, und viel zu früh für John D., weshalb ich gezwungen war, Evonne anzurufen, für mich immer noch Miss Shirley, und zwar mit der Betonung auf »immer noch«, aber ich darf ja schließlich träumen, oder, wie C. G. Jung so witzig zu bemerken pflegte.

Miss Shirley war da. Wie es mir ging? Mir ging es gut, aber ich hatte viel zu tun. Wie es ihr ging? Ihr ging es gut, aber sie hatte viel zu tun. Wie es Mr. Lowenstein ging? Mr. Lowenstein ging es gut. Hatte er auch viel zu tun? Er hatte immer viel zu tun. Wollte ich mit ihm sprechen? Nein, ich wollte mit ihr sprechen. Dann sprechen Sie.

»Miss Shirley, können Sie diskret etwas für mich herausfinden , ohne Fragen zu stellen und das Ganze dann für sich behalten? Ich weiß, daß Sie das können, aber werden Sie's auch tun?«

»Wie habe ich mich bisher gehalten, Pablo?«

»Ach«, sagte ich. »Ach. Beziehen Sie sich auf jene Nacht neulich?«

»Wenn Sie den Abend meinen, an dem Dev und ich Sie im Krankenhaus besucht haben, Sie, hilflos und matt, zerschlagen und zerschunden, dann allerdings. Habe ich Sie auch nur einmal gefragt, was das alles soll, als hätte ich das nicht erraten, und außerdem habe ich eine gute Nachricht für Sie, einer der Bäume kann wahrscheinlich gerettet werden.«

»Das ist wirklich eine gute Nachricht«, sagte ich. »Und das meine ich ernst.« Einen schrecklichen Augenblick lang dachte ich, ich sähe Timmy draußen vor dem Fenster vorübergehen, aber er war es nicht; der Junge sah ihm nicht einmal entfernt ähnlich.

»Tja dann«, sagte sie. »Heraus damit, Mister. Ich muß arbeiten. Haben Sie je die Gehaltsstreifen für eine Belegschaft von zweiundvierzig Personen zusammengestellt?«

»Na, wenn schon«, sagte ich. »Das macht doch alles der Computer. Ich wüßte gern folgendes. Hat Dev donnerstags oder freitags regelmäßige Verabredungen oder Termine oder Jobs außerhalb des Schulgeländes?«

»Verstanden«, sagte sie. »Noch was?«

Ich sagte nein. Sie sagte »Bis dann«, und legte auf. Ich legte ebenfalls auf und rückte meinen neuen Aschenbecher gerade. Dann rückte ich das Telefon zurecht. Manche Mädchen wecken immer das Häusliche in mir.

Inzwischen war es kurz nach zehn, und ich hatte irgendwie nichts mehr zu tun. Ich hätte natürlich etwas finden können, aber der Doc hatte gesagt, Gehen sei gut für mich, weshalb ich Betsy abschaltete und ging. Obwohl es noch Morgen war, wurde das Tal bereits angenehm warm. Es hatte schon wieder Smog-Alarm gegeben, aber es war erst Stufe 2, und das bedeutete, daß man hundert Meter weit in alle Richtungen außer nach oben sehen konnte, und das genügte mir vollauf.

Ich ging. Merkwürdiger Ort, dieses Tal. Schweinische Filme und Läden für Küchen-Chichi, Filmstudios und gruselige Shopping-Galerien, in denen die Mädchen des Tales verloren und verlassen herumwanderten und sich fragten: »Was ist mit ihm geschehen, dem flüchtigen Augenblick meines Ruhms?« Parkplätze und Müsli-Boutiquen, Reitwege am ausgetrockneten Los Angeles River entlang und breite, nicht enden wollende Boulevards, gesäumt von diesen hohen, dünnen Palmen, bei denen sich die gesamte Action ganz oben abspielt, wie Wilt Chamberlain, der große Basketballspieler, mit einem Afro. Hoffnungsfrohe Straßenverkäufer mit Tropenfischen, Antiquariate, Reparaturwerkstätten für ausländische Autos und »Zu verkaufen«-Schilder von Grundstücksmaklern. Schnapsläden und Orangenbäume, Drogen, stark herabgesetzt, Sonnenbräune und Sirenen.

Ich landete in Don's Deli, auf dem Ventura Boulevard, trödelte über Roggentoast mit Frischkäse und einem Glas Milch und schlenderte dann zurück ins Büro. Unterwegs machte ich bei Mendleson's Familienschmuck halt und kaufte für Mae einen Kuchenteller und ein dazu passendes Kuchenmesser, beides aus Sterling-Silber, und bitte verpacken Sie es ein bißchen nett und schicken es an diese Adresse. Einmal ein guter Kamerad, immer ein guter Kamerad.

Als ich mich wieder bei meiner Geschäftsadresse eingefunden hatte, rief ich Elroy mit meinem neuen roten Telefon an. Er war schon aufgestanden, falls man Rücklings-in-einer-Hängematte-auf-einem-Balkon-Liegen-und-Granola-Riegel-Essen als aufgestanden bezeichnen kann. Ich fragte ihn nach seiner Versicherung; keine Panik, Alter, sagte er, mach mir'ne Liste. Dann dankte ich ihm überschwenglich für die Übersendung einer so ins Auge stechenden – von wohlhabenden ganz zu schweigen – Kundin wie Sara Silvetti. Er lachte und erstickte dann an seinem Frühstück. Geschah ihm recht. Ich versuchte es bei John D., aber der war noch nicht da. Dann brach ich eine Regel; ich gab den Code für St. Stephen's ein, notierte mir ein paar Namen, Adressen und Telefonnummern, packte dann alles wieder weg, stieg ins Auto und fuhr auf dem Ventura Freeway nach Westen, nach Manhattan Beach; da war ein Typ, mit dem ich mich über Boote unterhalten wollte, aber ich konnte ihn nicht finden. So sehr habe ich es allerdings auch nicht versucht.

Zum Schwimmen war es noch zu früh im Jahr, aber nicht um in der Sonne zu sitzen und auf der Pier zu wandeln und sich ein bißchen zu entspannen. Mae sagt, ich mache mir zuviel Sorgen. Ich sage, zuviel gibt es gar nicht. Zum Mittagessen kaufte ich mir eine Scheibe Pizza und beobachtete ein paar Mädchen beim Volleyball. Ein kleiner Junge, der skateboardfahren lernte, fuhr mich an. Ein Typ mit schwarzen Klamotten und weißgepudertem Gesicht tat, als wäre er ein Roboter. Ein anderer Typ saß in einem großen Pappkarton, der wie eine Jukebox dekoriert war, und wenn man einen Vierteldollar in den Schlitz steckte, fiel vorne eine Klappe, und er sang einem ein Lied vor. Ein anderer Typ spielte mit großem Aplomb und vielen Schnörkeln eine Gitarre ohne Saiten. Und ich dachte, ich hätte Probleme.

Am späten Nachmittag fuhr ich gegen den Verkehrsstrom zurück in die Stadt, und gegen 17:30h war ich dort, wo ich sein sollte: in der Rivera Street, um die Ecke vom Haus der Seburns im geschäftigen, vorstädtischen Burbank. Eine Viertelstunde später die alte Leier, nach Süden auf den Freeway, runter auf den La Cienega Boulevard, ihr Auto auf den Parkplatz vom Fitneß-Center, meins auf den von Moe. Ich mußte ihr ein paar Minuten Vorsprung geben, damit sie damit anfangen konnte, das zu tun, was sie tun wollte, egal, was es war, und aß ein paar Hotdogs, und als ich gerade aussteigen wollte, um in die Verhandlungen mit Mr. Universum vom Empfang einzutreten, da kam doch tatsächlich wer in Begleitung einer Dame aus dem Fitneß-Center? Mrs. Seburn kam in Begleitung einer Dame aus dem Fitneß-Center.

Und was überquerten die beiden Damen, um direkt auf wen zuzugehen? Die beiden Damen überquerten den Ventura Boulevard, um direkt zuzugehen auf Victor Daniel, v. d. S. (von den Socken).

Sechzehntes Kapitel

Jawohl, von den Socken. Verdattert, baß perplex. Gutaus-
sehende Frau, diese Mrs. Seburn. Enddreißigerin, vermute
ich, gebräunt, teure Stiefeletten mit niedrigen Hacken, kurzer Rock, kragenloses Baumwollhemd mit langen Ärmeln.
Ihre Freundin war jünger, ebenfalls attraktiv, blonde
Rundum-Krussel-Dauerwelle, silberne Sandalen, silberner
Overall mit vielen dekorativen Reißverschlüssen. Sie kamen direkt zu mir und sahen durchs Seitenfenster.

»Sie haben Senf an den Lippen«, sagte Mrs. Seburn.

»Danke«, sagte ich und wischte ihn weg.

»Schönes Auto«, sagte ihre Freundin.

»Danke«, sagte ich. Ich stellte das Radio aus.

»Ich weiß nicht, Pam«, sagte Mrs. Seburn. »Ich bin mir
nicht sicher.«

»Ich aber«, sagte ihre Freundin. Mrs. Seburn holte tief
Atem.

»Ich kann das nicht durch ein Autofenster«, sagte sie. Als
ich ausstieg, sagte ihre Freundin: »Mein Gott, wie passen
Sie denn *da* rein?«

»Gefaltet und gestaucht«, sagte ich und stieg vollständig
aus. Dann setzten wir uns auf die Hocker auf Moe's Schattenseite. Moe's Sohn kam und wollte wissen, ob wir
irgendwas wollten. Ich nicht, sagte ich. Lucy und Pam sagten, sie auch nicht. Dann änderte ich meine Meinung und
bat um einen Kaffee. Dann änderten die Damen ihre Mei-
nungen, und ein paar Minuten waren wir alle glücklich
vereint auf Moe's Schattenseite und tranken grauenhaften
Kaffee.

»Nun, meine Damen?« sagte ich schließlich.

»Sehen Sie mal, Mr. Wer-auch-immer-Sie-sein-mögen«, sagte Lucy Seburn, »ist es zuviel verlangt, wenn wir Sie bitten, uns die Wahrheit zu sagen?«

»Versuchen Sie's mal«, sagte ich mit meinem entwaffnenden jungenhaften Grinsen.

»Sind Sie mir gefolgt?«

»Ja.«

»Ich hab dir doch gesagt, daß er das war«, sagte Pam.

»Jeden Donnerstag?«

»Ja. Was hat Sie auf mich gebracht?« Ich war neugierig. Ich meine, ich weiß, daß ich nicht der beste Beschatter der Welt bin, aber ich hatte gewisse Vorsichtsmaßregeln getroffen, besonders weil sowohl ich als auch mein Auto irgendwie auffällig wirken. Nach dem erstenmal, als ich die Strecke kannte, waren immer jede Menge Autos zwischen uns, und ich hatte immer so geparkt, daß ich weder vom Haus der Seburns, noch vom Fitneß-Center aus zu sehen war.

Die Damen sahen sich an.

»Es ist nicht fair, wenn nur ich die Wahrheit sage«, sagte ich.

»Die Sekretärin meines Mannes«, sagte Lucy und sah woanders hin. »Sie hat es herausgefunden und mich angerufen. Gott, was für ein gräßlicher Kaffee.«

»Warum?« fragte ich.

»Warum?«

»Ja, warum. Ich will nicht unhöflich sein, aber was springt für sie dabei heraus?«

»Sie ist eine Frau«, sagte Pam, als erklärte das alles. Vielleicht tat es das ja auch.

»Kennen Sie meinen Mann?« fragte mich Lucy.

»Nein, ich habe ihn nie kennengelernt. Aber wir schreiben uns oft.«

»Er ist ein angenehmer Mensch. Ich mag ihn sehr. Ich will ihn nicht schlimmer verletzen, als ich muß, können Sie mir das glauben?«

»Ich passe«, sagte ich. »Sie haben recht, der Kaffee ist gräßlich.«

»Sehen Sie«, sagte Pam, nahm die Hand ihrer Freundin und drückte sie. »Wir lieben uns, okay?«

»Von mir aus«, sagte ich; ich war auch gerade draufgekommen.

»Bob, ihr Mann, wird auch so schon genug Probleme haben, ohne herauszufinden, daß ihn seine Frau wegen eines kessen Vaters verlassen hat, wie er das nennen würde. Wir wollen ihm etwas hinterlassen.«

»Er ist ein angenehmer Mensch«, sagte Lucy wieder. »Er ist persönlicher Manager von verschiedenen Sportlern; er managt ein paar Football- und ein paar Baseballspieler, Dodgers und Lakers, und jede Menge Golfer. Er selbst ist ebenfalls eine absolute Sportskanone; er spielt Football, Trainingsbaseball, Golf, treibt sich mit den Jungs rum, gehört dazu, verstehen Sie?«

Ich nickte.

Pam sagte: »Lucy will doch nur da raus. Kein Geld, kein Haus, nichts, was ihr nicht gehört. Stimmt's, Lucy?«

Lucy grinste. »Ich glaube schon«, sagte sie. »Nein, ich weiß es, Pam, aber es macht mir ein bißchen angst. Ich bin kein heuriger Hase mehr, und die letzten zehn Jahre hab ich nichts anderes getan als abgenommen und sein Geld ausgegeben. Viel schönes Geld«, sagte sie etwas wehmütig. »Es gibt viele schöne Orte auf der Welt, wenn man viel Geld hat.«

»Und es heißt ja auch, daß Reisen bildet«, sagte ich. »Also wie sieht der Plan aus?« Mir kam ein Gedanke, d. h. der Gedanke fiel mich an. »Hat er etwas mit jenem gutaussehenden jungen Mannsbild zu tun, das ich hasse und das Sie immer ans Auto bringt und Ihnen dann zum Nutzen neugieriger Augen einen dicken Schmatzer verpaßt?«

»Der Mann hat sich eine Zigarre verdient«, sagte Pam

und zeigte auf mich. »Mit Naturdeckblatt. Hören Sie zu. Sie knipsen ein paar schöne, saubere, schmutzige Bilder von ihm und Lucy in flagrante delicto beziehungsweise mittendrin. Ach, ach, ach, die alte Geschichte . . . Vernachlässigte Frau im gewissen âge certain trifft jungen, hinreißenden Hantelstemmer . . . Da kann sich jeder Ehemann was drunter vorstellen. Außerdem kann er, wenn er will, die traurige Geschichte seinen Freunden erzählen, die sich dann ihrerseits auf ihre Macho-Weise was drunter vorstellen können.«

»Die Männer sind alle Verbrecher«, sagte ich.

»Also wird Bob très, très wütend; das wird ihm über den Trennungsschmerz und den Verlust hinweghelfen, und er kann sie mit Recht, mehr oder weniger, und ohne Schuldgefühle oder doch ohne allzuviele Schuldgefühle ohne einen Cent rausschmeißen, ohne zu ahnen, daß sie sowieso keinen Cent von ihm will.«

»Ich glaube schon«, sagte Lucy. »Nein, ich weiß es, Pam.«

»Hör auf, Lucy«, sagte Pam, »das ist nicht komisch. So sind dann also alle glücklich und zufrieden. Zumindest so wenig unglücklich und unzufrieden wie möglich.« Sie schwang ihre hübschen Beine ein paarmal in die Horizontale.

»Ein schlauer kleiner Plan«, sagte ich. »Ich brauche lediglich Beweismaterial zu fälschen und reichlich zu lügen. Was ist mit der Sekretärin?«

»Was *ist* mit der Sekretärin?« sagten sie gleichzeitig. Dann lächelten sie sich an.

»Kennt sie Ihren Generalstabsplan?«

»Spinnen Sie?« sagte Lucy. »Woher soll sie den kennen? Sie weiß nur, daß Bob glaubt, ich triebe es ein wenig; ein kleiner Quickie dann und wann.« Wieder lächelten die Damen sich an.

»Da gibt es noch eine kleine Sache, die ich vielleicht hier erwähnen könnte«, sagte Pam.

»Ja, ich glaube, du könntest sie erwähnen«, sagte Lucy.

»Ich möchte auf gar keinen Fall, daß Sie glauben, wir wollten Sie bestechen . . .«

»Gott behüte«, sagte ich.

». . . aber mir ist doch aufgefallen, daß Sie Bob eine Rechnung für die beträchtlichen Auslagen schreiben müssen, die für Sie wegen der sauberen schmutzigen Bilder anfallen. Er ist schließlich stinkreich, und er kommt, wenn man alles bedenkt, ganz schön leicht aus der Sache raus.«

»Das kann ich nicht beurteilen«, sagte ich. »Ich hatte noch nie eine Frau, aber beinahe, und es war gar nicht leicht, als ich sie verlor. Ich komme natürlich darüber hinweg; was soll's, in fünf Jahren werden sich meine Qualen soweit gelegt haben, daß ich nur noch einen stumpfen Schmerz empfinde.«

»Ja, aber Fakten sind Fakten«, sagte Pam, »und es ist ein Fakt, daß er sie sowieso verlieren wird. Und es ist ein Fakt, daß er sie bereits verloren hat. Glauben Sie denn, er hätte nicht jeden *cheerleader* westlich des Pecos gevögelt? Glauben Sie nicht, daß wir ihn damit hochgehen lassen könnten? Mann, seine Sekretärin hat Lucy eine Liste von einer Meile Länge gegeben, und das ohne nachzudenken.«

»Soso«, sagte ich. Ich dachte. Gräßlicher Kaffee wird nicht besser, wenn er kalt ist. Das war es, was ich gedacht hatte. Anderseits wird er aber auch nicht schlechter. Ich dachte, daß Pam ein ganz schön gerissenes Aas war. Und stark. Und wunderschön, verdammtnochmal. Und ich dachte, daß sie wahrscheinlich recht hatte; auf ihre Weise war es für alle am besten, meinen Klienten eingeschlossen, dessen Rechte zu schützen ich moralisch – wenn schon nicht juristisch – verpflichtet war. Und ich sah nicht ein, wie das seine Position beeinträchtigen könnte, obwohl es möglicherweise verheerend für sein Selbstgefühl war, wenn er ein paar großformatige Hochglanzfotos seiner Frau beim Doktorspielen bekam.

»Ich habe zufällig gerade meine Kamera dabei«, sagte ich. »Wenn der feurige Liebhaber abkömmlich ist, fangen wir am besten gleich an. Sie haben vermutlich bereits alle Details ausgearbeitet, Ort, Zeit und nähere Umstände, die es mir und meiner getreuen Agfa-Klack ermöglicht haben, rein zufällig zugegen zu sein.«

Und das hatten sie, das hatten sie. Ich bezahlte Moe's Sohn und holte meine Canon aus dem Handschuhfach. Wir warteten auf eine Lücke im Verkehr und überquerten dann kinderfeindlich die Fahrbahn, um das Fitneß-Center aufzusuchen. Hier folgte die Form luxuriös der Funktion. Links war in Grau- und Rotmetallic der Empfangstisch, an dem Mr. Universum seines Amtes waltete; gegenüber befanden sich unzählige komplexe Maschinen, die für die Speckbekämpfung konstruiert waren. Hinter dem Rezeptionsbereich war in halber Größe ein Boxring aufgebaut, den eine grüne *Astroturf*-Aschenbahn umgab. Dahinter kam eine kleine Snackbar mit Gesundi-Fraß. Ich muß da mal wieder hin und was essen. Die Auberginenkoteletts sollen ja unvergeßlich sein. Sauna, Dampfbad, Umkleideräume und Arztpraxen waren hinten nebeneinander. Zwei schwarze Mädchen trieben Schulter an Schulter Gymnastik, und sie waren so schön, daß ich am liebsten jemanden gehauen hätte.

Pam winkte Mr. Universum zu, führte uns nach hinten und dann durch einen Korridor in einen kleinen Lagerraum, auf dessen einer Seite hüfthoch weiße Gymnastikmatten lagen, was ein famoses Bett ergab. Eine starke nackte Glühbirne hing von der Decke, und die Tür ging nach innen auf. Pam und Lucy schienen sich hier gut auszukennen, aber das ging mich nichts an, oder? Pam ging wieder weg, um das Mannsbild zu holen, und ich fuhrwerkte profimäßig an meiner Kamera herum, die übrigens nicht vom Cousin der Familie Nu stammte; Benny hatte sie mir vor ein paar Jahren zum Geburtstag geschenkt. Wo er sie erworben hatte, das war natürlich etwas, dem man nicht auf den Grund ging, aber bereits als er sie mir schenkte, fiel auf, daß der Tragriemen leicht abgenutzt war.

Pam kam mit Lucys Bekanntem zurück. Sie stellte ihn nicht vor, aber sie nannte ihn Joseph. Er war eine überwältigende Ansammlung wogender Muskeln und glitzernder Gesundheit, à point gebräunt, vielleicht 1,93 groß, der eine schwarze lederne Pimmelsocke trug, die hinten mit einer ledernen Peitschenschnur festgebunden war; dazu ein passendes ledernes Stirnband; alles Übrige war Haut. Ich hätte ihn auf den ersten Blick gehaßt, wenn ich nicht bereits jeden Quadratzoll an ihm verabscheut hätte.

Joseph empfand das Ganze als einen absoluten und totalen Jux. »Von mir aus kann's losgehen, Mr. de Mille«, war das Erste, was er zu mir sagte.

»Sie können Cecil zu mir sagen«, war das Erste, was ich zu ihm sagte. Dann sah er mein Hemd an und schauderte.

»Ich war letztes Jahr in Hawaii; das war ganz furchtbar«, sagte er, als wäre das meine Schuld. War es ja vielleicht auch.

Dann kamen wir zur Sache. Pam kicherte und führte Regie. Ich schlich bei der Tür herum. Lucy zog sich bis auf ihren gelben Schlüpfer aus. Joseph sagte ständig hilfreiche Dinge wie »Auf die Plätze bitte« und »Ruhe auf dem Set« und »Maske! Maske!«

Ich muß sagen, ganz soviel Spaß machte es gar nicht; es war sogar deprimierend, besonders für Lucy; ich mußte Pam und Joseph bewundern, weil sie ihr Bestes taten, damit die Session nicht völlig in Ernst ausartete. Pam hatte entschieden, daß wir Aufnahmen nackter Torsi brauchten, bei denen Lucys Gesicht voll erkennbar blieb, ohne Ganzkörpereinstellungen, obwohl Joseph dazu mehr als bereit war. Als die beiden eine Stellung eingenommen hatten, die alle befriedigte, ging ich auf den Korridor und verknipste eine schnelle Rolle durch die offene Tür; wir gingen von der Theorie aus, daß die Liebenden von ihrer Leidenschaft so gefesselt waren, daß sie mich nicht bemerkten. Ich glaube, wir gingen außerdem von der Theorie aus, daß ihnen die nackte 100-Watt-Birne, die direkt über ihnen hing, entweder nichts ausmachte, oder daß sie das ganz toll fanden. Ich habe gehört, daß es Menschen gibt, denen es Spaß macht, es in blendender Beleuchtung miteinander zu treiben; das soll in unseren modernen Zeiten sogar ganz modisch sein; alles teilen, nichts verbergen. Die spinnen, kann ich da nur sagen. Hat mein Vater auch schon gesagt.

Es dauerte nicht lange; bald waren wir wieder draußen in Hitze und Dunst. Pam wechselte auf dem Weg hinaus ein paar Worte mit Mr. Universum; ich habe nie herausgefunden, welches Arrangement sie mit ihm getroffen hatte. Vielleicht haben sie es aus Freundschaft gemacht; vielleicht besteht ja auch entfernt die Möglichkeit, daß jemand sämtliche Muskeln der Welt besitzt und trotzdem nett ist.

Ich brachte die Mädchen zu ihren Autos.

»NDTE«, sagte ich. »Mr. Seburn müßte morgen nachmittag die Abzüge haben. Also laßt euch mal was einfallen, falls ihr, was äußerst unwahrscheinlich ist, euch nicht längst was habt einfallen lassen.«

Lucy stellte sich auf die Zehenspitzen und gab mir einen spitzmäuligen Kuß auf die Wange, dann gab mir Pam einen lauten auf die andere. Ich überquerte den Ventura Boulevard, ging zurück zu Moe's und setzte mich zur Abwechslung in der Sonne auf einen Hocker. Als Moe mir ein mittleres Root Beer brachte, bedachte er mich mit einem Du-bist-mir-ja-ein-ganz-geriebener-Hund-Blick, welchen ich mit einem Hast-du-ne-Ahnung-Kumpel-Blick quittierte.

Ich nippte an meiner Brause und wippte mit den Hacken.

Ich beobachtete, wie ein Hund gegen einen meiner Weißwandreifen pinkelte. Ich sah eine Katze, die überprüfte, was von einer toten Möwe in der hintersten Ecke von Moe's Parkplatz noch übrig war. Ich sah eine Fliege huckepack auf der anderen. Erstaunlich, was der aufmerksame Naturbeobachter alles in einer Großstadt finden kann.

Ich fragte mich, um wieviel ich den guten, alten Bob, Bob-den-He-Man, anhauen konnte, wenn ich ihm die höchstwahrscheinlich letzte Rechnung schrieb. Mal sehen . . . Da war die gesalzene Bestechung für Mr. Universum im Empfang, item für den Hausmeister, der dafür sorgte, daß die Luft rein war und mir vielleicht auch noch die Tür aufgeschlossen hatte . . . Waren Hotdogs und Root Beer legitime Auslagen? Die Kosten für den Film natürlich, nur vom Besten, dann die spezielle Blitz-Entwicklung . . . Was war, wenn der feurige Liebhaber mich erwischt hatte, und es kam zum Handgemenge, und ich verlor ein paar Zähne . . . Was war, wenn er mich bis zum Auto verfolgte, sich einen bereitliegenden Knüppel schnappte und anfing, den Wagen zu zertrümmern . . .?

Oh ja, es gab viel nachzudenken, als ich westwärts über den Freeway zum Valley Bowl und zu Barbara Herbert, ledig, Alter: vierundzwanzig Jahre, fuhr. Als ich vierundzwanzig war, war ich bereits um die dreißig. Da war ich in Louisiana, prägte tagsüber Nummernschilder und versuchte abends herauszukriegen, welche Züge man mit den verdammten Springern auf dem Schachbrett machte, das mein Zellengenosse in der Schreinerwerkstatt gebaut hatte.

Siebzehntes Kapitel

»Barbara? Die hat heute abend frei; Freitag ist sie wieder da«, sagte Mrs. Martha F. Nazaroff, siebenundzwanzig, aus La Crescenta, zwitschernd zu mir. »Haben Sie nicht irgendwas mit Sicherheit zu tun?«

»Oh doch«, sagte ich. Das schien ihr überhaupt keine Angst einzujagen. »Sind Sie mit Barbara befreundet?«

»Ziemlich, wenn man bedenkt, daß sie noch gar nicht lange hier ist. Soll ich ihr sagen, daß Sie sie suchen?«

»Das wäre vielleicht eine gute Idee«, sagte ich. Ich hielt es sogar für eine blendende Idee. Babs würde nämlich ungefähr die nächsten vierundzwanzig Stunden mit Schlottern verbringen, und wenn ich sie erreichte, war sie ein Nervenbündel und bereit, alles zu gestehen. Vorausgesetzt natürlich, daß sie etwas verbrochen hatte.

»Soll ich eine Andeutung machen, worum es geht?« fragte Mrs. Nazaroff mit angenehm unverhohlener Neugier.

»Sie weiß dann schon Bescheid«, sagte ich geheimnisvoll. Ich bedankte mich und schlenderte zu den Münzfernsprechern hinüber; Big Sally warf mir eine Kußhand zu, als ich an der Snackbar vorbeikam. Ich blickte schockiert drein.

Miss Shirley war am Telefon, bevor es richtig geklingelt hatte. Tja, hat auf meinen Anruf gewartet, wider jedes bessere Wissen von Hoffnung erfüllt.

»Ich bin's«, sagte ich zwitschernd.

»Ich habe zu tun«, sagte sie abweisend. »Was wollen Sie?« »Dev.«

»Ach so. Freitagabends tankt er bei irgendeiner Veteranenorganisation auf. Veterans of Foreign Wars? American Legion? In Glendale ist das.«

»Sind Sie sicher?«

»Sicher bin ich sicher. Frank hat es mir gesagt.«

»Wer ist Frank?«

»Frank! Er ist einer der anderen Sicherheitsbeamten. Sie gehen zusammen hin. Dev holt ihn gegen viertel vor acht ab. Leben Sie wohl.« Sie legte auf.

»NDTE«, sagte ich zum Tuten des Telefons und legte ebenfalls auf. Launische Dinger, die Frauen; wer wurde schon aus ihnen schlau? Vielleicht lag es an ihrem Biorhythmus. Klar. Ich zog die Namensliste hervor, die ich im Büro angefertigt hatte, und stellte sie vor mir auf. Ich rief Robert Shenley an, den Schüler-Präsidenten des St. Stephen's Rifle Club. Robert war im Kino, sagte mir seine Mutter, war es etwas Wichtiges?

Ich sagte: »Nein.«

Ich rief Robert Santee an, Sekretär des St. Stephen's Rifle Club. Ein junges Mädchen, seine Schwester, schloß ich, bat mich höflich, eine Minute zu warten und schrie dann: »Für dich! Du Ratte!! Bobby!!!«

Nach einer Minute und etwas, was sich wie die übliche freundschaftliche Rauferei unter Geschwistern anhörte, sagte Bobby: »Hallo?«

»Robert Santee?«

»Ja.«

»Ich heiße Richard Morse; Ihr Stellvertretender Schulleiter Mr. Lowenstein hat mir vorgeschlagen, mich an Sie zu wenden.«

»Weswegen?«

»Ich will Sie nicht beunruhigen, Robert«, sagte ich und wollte, daß es ihn vor lauter Beunruhigung aus den Socken haut, »aber ich bin eine Art Ermittler. Ich will nur soviel sagen: Das, wofür ich mich interessiere, hat nicht das allergeringste mit Ihnen, Ihren Freunden oder Ihrer Familie zu tun, nein, Mr. Lowenstein hat mir Ihren Namen nur gegeben, weil er Sie als anständigen und patriotischen jungen Mann einschätzt, der ohne Fragen zu stellen seine Pflicht gegenüber seiner Schule und seinem Land erfüllt. Geht er recht in dieser Annahme, Robert?«

»Ich glaub schon, ja«, sagte der Junge unsicher. »Aber worum geht es denn?«

»Das möchte ich Ihnen aus naheliegenden Gründen nicht am Telefon sagen«, sagte ich und senkte die Stimme. »Aber lassen Sie mich zu diesem Zeitpunkt sagen, daß Sie, wenn Sie irgendwelche Zweifel haben, die ein Treffen mit mir am heutigen Abend betreffen, sofort Mr. Lowenstein unter seiner Privatnummer anrufen sollten; ich habe die Nummer hier. Falls er nicht zu Hause ist, können Sie es bei seiner Sekretärin Miss Shirley versuchen.« Ich hoffte, daß Bobby, wenn er irgendjemanden anrief, Miss Shirley anrief und sie bei etwas Romantischem unterbrach, so daß sie aus dem Konzept geriet und außer sich noch obendrein. Aber es war unwahrscheinlich. Wie alle Vertreter unter meinen Lesern inzwischen gemerkt haben, war es die alte Wenn-Sie-irgendwelche-Zweifel-haben-Routine: Wenn Sie irgendwelche Zweifel haben, gnädige Frau, rufen Sie bitte unter dieser Nummer die Handelskammer an, und die wird Ihnen bestätigen, daß ich nicht nur eine vollgültige Lizenz besitze, sondern daß unsere Arbeit (oder unsere Warenlieferung) darüberhinaus vom Staat abgedeckt und versichert ist. Eine infame Lüge, natürlich, aber es ruft nie jemand an, außer den Berufsparanoikern, und die kaufen sowieso nichts.

Nicht, daß es das Ende der Welt gewesen wäre, wenn Bobby tatsächlich einen der beiden angerufen hätte; sobald sie nein gesagt hätten, nie von dem Typ gehört, hätte ich mich mit ihnen in Verbindung setzen und ihnen erklären müssen, warum ich nicht meinen eigenen Namen verwendet hatte und dann nochmal das Ganze für Bobby. Aber dazu hatte ich keine Lust. Erstens war es lästig. Zweitens, und das war wichtiger, ich hatte mir bei Dev große Mühe gegeben, meine Schuld an dem so überaus erfolgreichen Abriß von Art's zu verbergen; ich kam nicht nur physisch gar nicht dafür in Frage, und außerdem hatte ich ihm gegenüber erwähnt, daß ich allein arbeite, ohne Partner. Jetzt war es Zeit für Mr. X, das Brandbombenschmeißerphantom, wieder zuzuschlagen, und ich hoffte, daß meine Schläue den doppelten Zweck erfüllen würde, nämlich mich, meinen Besitz und meine Freunde aus der Schußlinie zu halten, und außerdem den Eindruck entstehen zu lassen, es seien noch weitere gefährliche und aggressive Elemente am Werk.

Und Bobby würde wahrscheinlich alles weitererzählen, unverzüglich, selbst wenn er einem FBI-Agenten mit sauberem Haarschnitt (mir) geschworen hatte, daß seine Lippen immerdar versiegelt blieben. Er war nur ein Mensch und plötzlich in wichtige und geheimnisvolle Vorfälle verstrickt, und D. Devlin war nicht nur der Vorsitzende seines wunderbaren Schützenvereins, sondern wahrscheinlich auch sein Idol. Wenn ich wirklich schlau war, und ich habe mich, aus Gründen, die sich meiner Kontrolle entziehen, unglücklicherweise auf diesem Gebiet bereits mehrmals selbst übertroffen, wenn ich also, was wir mal bescheiden annehmen wollen, wirklich schlau war, konnte ich sicherstellen, daß Bobby nicht nur alles an Dev weiterquatschte, sondern daß alles, was Bobby an Dev weiterquatschte, falsch weitergequatscht wurde. Manchmal ist es, glaube ich, der Öffentlichkeit gar nicht so recht bewußt, daß wir Detektive nicht nur über eine robuste Physis, sondern auch über eine lodernde Intelligenz verfügen müssen.

Ich sagte also dem Kleinen, ich würde um genau 19:30h bei seinem Gebäude vorfahren und dreimal kurz bei seiner Wohnung klingeln. Dann würde er herunterkommen, und wir würden eine kleine Ausfahrt unternehmen; dazu sollten fünfzehn Minuten genügen. Würden ihn seine Eltern vor die Tür lassen, wenn er am nächsten Morgen Schule hatte?

»Sie machen wohl Witze?« sagte er. »Außerdem sind sie gar nicht zu Hause.«

»War das Ihre Schwester, mit der ich gerade gesprochen habe?«

»Eine von mehreren.«

»Bitte kein Wort zu ihr oder zu irgendjemandem, bevor Sie von uns die Freigabe erhalten.« Ich legte auf, mehr als zufrieden mit meiner zurückhaltenden, aber eindringlichen Vorstellung.

Ich mußte mir ein Auto leihen, da meins offensichtlich für die vor mir liegende Aufgabe ungeeignet war, also suchte und fand ich John D. ohne große Mühen; er war dort, wo ich zuerst gesucht hatte, an der Bar. Er nippte an einem Fruchtsaft und verströmte Charme über einen Tisch voll ausladender Bowlerinnen, die blau-silberne Bowlinghemden trugen, auf deren Rücken »The Overpass, Vallejo CA« stand, während auf der Brusttasche ein schwungvoller Namenszug angebracht war. Die Mädels empfanden keinen Schmerz; sie feierten offenbar ihren allerersten Sieg über die verhaßten Erzrivalinnen aus Darlene's Hair Salon. Sie ließen John D. aus ihren Klauen, aber unter Schreien des Protests.

»Manchen gefällt sowas ja«, sagte ich, sobald wir die relative Stille des Tresens erreicht hatten. »›John D., verlaß uns nicht!‹ ›Meinst du, ich brauche eine schwerere Kugel, John D.?‹« Ich schüttelte angewidert den Kopf.

Er grinste. »Man schlägt sich so durch. Was zu trinken?«

»Eine Coca«, sagte ich zu Phil, dem Barmann. »Ohne Maraschinokirsche. Übrigens, John D., du kennst nicht zufällig einen Mr. Lowenstein? Kommt mit seiner Familie her? Großer Typ? Graues Haar? Sowas wie ein Volksbildner?«

Wieder grinste er.

»Klingt, als hättet ihr euch gefunden. Wie heißt nochmal das Wort für Heiratsvermittler? Auf jiddisch?«

»Schadchen«, sagte ich. »Ja, wir haben uns gefunden, und deshalb, aber das ist nur für deine Blumenkohlohren bestimmt, muß ich mir von dir dein Auto für etwa eine Stunde ausborgen.« Er fuhr einen schönen normalen ein Jahr alten Ford. Er grub die Schlüssel aus und schob sie mir zu.

»Danke, Kumpel.«

Er winkte ab. »Hast du das Zeug gekriegt, das ich dir geschickt habe?«

»Hab ich.«

»Wer war's?«

»Morgen weiß ich das vielleicht schon.« Ich erzählte ihm davon. Er beugte sich zu mir und betrachtete im trüben Kneipenlicht meinen Kopf.

»Verbrannt?«

»Wie verrückt.« Aber eigentlich machte es sich; meistens dachte ich gar nicht daran.

»Man fragt sich doch, wie jemand sich den Kopf verbrennt«, sagte er. Ein Ausbruch derben Gelächters tönte von den Overpass-Damen herüber. »Hast dir mal wieder die gespaltenen Haarspitzen abgesengt?«

Ich berichtete ihm die wichtigsten Punkte; er hatte noch gar nichts davon gehört. Er wollte wissen, ob er irgendwas tun konnte. Ich sagte ihm, ich würde an ihn denken, wenn ich jemanden wüßte, dessen Kopf mit Hilfe eines runden Gegenstandes mit Fingerlöchern drin eingedellt werden müßte. Wieder kreischten die Mädels, und es war alles in allem urgemütlich, aber so kam ich schließlich nicht weiter, weshalb ich adieu sagte und mit John D.s Karre davonfuhr, nach Hause und zu meinem »Der kleine FBI-Agent«-Baukasten.

Lacht nur, ihr Narren, lacht, aber manchmal war er ganz praktisch. Es war kein richtiger Baukasten, nur ein alter Kartoffelchipkarton auf dem Boden des Kleiderschranks, der eine Kollektion Dies & Jenes, Hokus & Schnokus enthielt, Mützen, Hüte, Brillen, Fernsehschminke, das Zeug, das man mit dem Löffel aufträgt, ein paar räudige Perücken, ein Haarschopf mit Krepp, Leim, ein paar vertrocknete Zigarren, etwas Rasierwasser für die kämpfende Truppe, eine Sammlung von Freimaurer- und sonstigen Abzeichen.

Zu Hause (und immer noch kein Zeichen von Feeb, Gott sei Dank) holte ich den Karton heraus und begann mich so herzurichten, wie ich dachte, daß Bobby dachte, wie ein FBI-Agent aussieht. Ich verschaffte mir eine schöne Sonnenbräune, legte einen rechtschaffenen Hauptdarstellerschnurrbart an, eine viereckige, leicht getönte Brille, setzte einen grauen Normalverbraucherhut auf, um Haar und versengte Stirn zu verdecken, zog einen grauen Anzug an, um mich zu verdecken, plus weißes Hemd und langweiligen Schlips, kleiner Knoten. Sinnvolle Schuhe. Brieftasche mit passendem Inhalt. Pistolengurt mit passendem Inhalt. Als krönenden Abschluß klebte ich mir ein unnötiges Heftpflaster auf die Wange. Perfekt, solange das Licht und Bobby etwas dämmrig blieben. Dabei wäre es gar nicht schlimm gewesen, wenn er mein Gebastel durchschaut hätte; dann hätte er eben gedacht, ich wäre ein FBI-Typ, der schlecht im Verkleiden war.

Bobby wohnte nicht weit weg, was einleuchtete, da die Schule einigermaßen bei mir um die Ecke war und somit auch für ihn als Schüler gut zu erreichen. Trotzdem kam ich ein paar Minuten zu spät bei seinem Apartmenthochhaus am Lemon Farm Drive an, genau auf der Grenze zwischen Studio City und Sherman Oaks. Ich drückte wie verabredet dreimal kurz auf seinen Summer; ein paar Minuten später kam er heraus und sah suchend um sich. Ich hatte mich inzwischen wieder ins Auto gesetzt und drückte mich so krumm wie möglich in den Sitz, um kleiner zu wirken; viel Glück. Ich winkte ihm zu, er stieg neben mir ein, und wir fuhren los.

Ich suchte ein schlecht erleuchtetes Stück Straße, wo ich parken konnte, und fand eins um die Ecke vom Celito Drive. Ich schaltete die Zündung aus, wandte mich ihm zu und bedachte ihn mit meinem besten ernsthaft unpersönlichen FBI-Blick. Er gab mir einen ernsthaft ängstlichen Blick zurück.

Bobby bemühte sich gerade um die Aufzucht eines Schnurrbarts. Er trug neue Jeans, saubere Turnschuhe und ein Michael-Jackson-»Victory Tour«-T-Shirt. Am Handgelenk hatte er ein teuer aussehendes schwarzes Chronometer mit Klappverschluß, um das Zifferblatt zu schützen.

»Robert, ich weiß das sehr zu schätzen«, sagte ich ernsthaft. Ich ergriff seine Hand und drückte sie fest, dann zeigte ich ihm einen falschen FBI-Ausweis, ausgestellt auf den Namen, den ich ihm gegeben hatte: Richard Morse. Er versuchte, ihn im Finstern zu betrachten. Ich wollte, daß er ihn sich genau ansieht, und beleuchtete ihn kurz mit einem Leuchtkugelschreiber, den ich mir in die Brusttasche gesteckt hatte. Als ich meine Brieftasche wieder wegstopfte, sorgte ich dafür, daß die Pistole in meinem Hüft-Holster zu sehen war.

»Worum geht es denn, Mr. Morse?« fragte er nervös. »Ich hab nicht viel Zeit; Mom und Dad sind bei einem Bekannten in derselben Straße. Stimmt irgendwas nicht?«

»Ich fürchte, es stimmt eine ganze Menge nicht, Robert, und zwar in Ihrer Schule. Deshalb wurden wir dazugerufen. Wie hieß der Junge, der vor einiger Zeit niedergestochen wurde?«

»Niedergestochen? Ach. Das war Carlos. Er spielt Baseball. Er geht schon wieder in die Schule.«

»Weißt du«, fragte ich ihn, leicht plumpvertraulich werdend, »warum er angegriffen wurde?«

»Tja«, sagte Bobby, »nicht genau.«

»Und wenn du raten müßtest?«

»Ein Mädchen?«

»Du darfst nochmal raten, Robert.«

»Tja, ich weiß nicht«, sagte er. »Drogen?«

»Drogen«, sagte ich mit unpersönlichem Abscheu. »Wie stehst du zu Drogen, Robert?«

»Ich kenn keine«, sagte er. »Ich meine, ich weiß nicht viel darüber. Ich weiß gar nichts darüber.«

»Etwas mußt du doch wissen, Robert«, sagte ich sanft. »Etwas weiß jeder.« Ich nahm eine leere Pfeife aus der Jackentasche und zog geräuschvoll daran. »Schade, daß wir im Dienst nicht rauchen dürfen, aber so ist das nun mal.«

»Ja«, sagte er.

»Drogen stehen jeden Tag in der Zeitung, Robert. Sie sind überall. In guten und schlechten Familien, guten und schlechten Schulen. Sie sind auch in St. Stephen's überall, stimmt's, Robert?«

»Ich glaub schon«, gab er zu.

»Robert, ich werde dich gleich bitten, etwas Schwieriges zu tun. Aber vorher möchte ich dich etwas fragen. Liebst du deine Schwestern?«

»Logisch.«

»Deine Eltern, die Vereinigten Staaten von Amerika?«

Er nickte heftig.

»Und ein Mädchen, gibt es ein glückliches Mädchen, das du magst?«

Er wandt sich ein bißchen.

»Naja«, sagte ich verständnisvoll, »ich war auch mal jung; kaum zu glauben.« Wir lachten beide gekünstelt. Das GI-Rasierwasser tat allmählich seine Wirkung, und ich öffnete das Seitenfenster ein paar Zentimeter.

»Robert, du bist doch Sekretär vom Rifle Club, stimmt's?«

»Jawoll!« Ein vorbeifahrendes Auto erhellte sein Gesicht; er würde mal ein gutaussehender Junge werden, wenn er diesen Fungus loswurde.

»Ja-woll«, wiederholte ich langsam, als hätte das Wort große Bedeutung. »Jawoll, Robert, kann ich dich wie einen Mann behandeln, nicht wie ein Kind, einen Mann, der die richtige Wahl trifft, wenn es schwierig ist, eine Wahl zu treffen?«

»Jawoll!« sagte er wieder.

Ich sah in meinen leeren Pfeifenkopf, als versuchte ich, zu einem Entschluß zu kommen. Der Entschluß, zu dem ich zu kommen versuchte, war: Wie lange soll ich ihn noch verarschen, bevor ich mit meinem Kram rauskomme. Soll ich ihm noch fünf leise, aber haarsträubende Minuten über Drogensucht und Süchtige, die ich mal gekannt habe, gönnen? Die ausgezehrten Speed-Freaks, die auf atmosphärische Störungen in ihren Ghetto-Blasters lauschen und detaillierte Instruktionen heraushören? Die Methadon-Abhängigen, nur noch Haut und Knochen, auf dem Fußboden billiger Absteigen ohne fließend warmes Wasser zusammengekrümmt? Und ein paar Ausreißer . . . Ach Quatsch. Das wußte er doch alles längst, jeder wußte das alles längst, jeder hatte die Filme gesehen und das Buch gelesen. Doch wer unternahm etwas? Nur du und ich, wir ganz allein. Aber das war eine andere Geschichte.

Trotzdem mußte ich ihn noch ein bißchen kneten, aber schließlich war Robert weich und lieferte wie der gute, patriotische, in Schießeisen vernarrte amerikanische Junge, der er schließlich war, weshalb ich im Kadettenkorps und bei den Mitgliedern des Schützenvereins nachgeschlagen hatte, da diese eher über jene manchmal ganz nützlichen Eigenschaften verfügen als die Mitglieder des Droge-des-

Monats-Klubs oder die Basisgruppe St. Stephen's der Hell's Angels. Und was er lieferte, das waren die Namen von etwa einem halben Dutzend der schulnotorischen bösen Buben, einschließlich den, der zugestochen hatte, was für alle ein offenes Geheimnis war, außer für die zuständigen Stellen. Er lieferte mir die Raucher und die Dealer, die Schuleschwänzer und die Autodiebe, er lieferte die Vorbestraften, die, über welche die schlimmsten Geschichten in Umlauf waren, die, von denen er wußte, daß sie eine .22er im Spind hatten.

Ich dankte ihm herzlich und ernsthaft.

Ich hätte das ganze Problem wahrscheinlich auch anders angehen können; ich hätte die gesamte männliche Bevölkerung der Schule durch den Polizeicomputer Abt. Jugendliche Straftäter laufen lassen können, aber es gab zuviele dieser kleinen Schweinehunde, und außerdem kommt man an die Akten von Jugendlichen nicht so leicht ran, weil sie nämlich angeblich geheim sind, und da hätte man mehr gebraucht als einen netten Anruf beim lieben Larry, dem lange schon Leidenden, und meinen Bruder möchte ich nicht allzu oft um Hilfe angehen, weil er sich dann überlegen vorkommt.

Auf der kurzen Fahrt zu Bobbys Haus sagte ich ihm, unglücklicherweise sei es nicht unsere Politik, Zivilisten Anerkennungsbriefe zu schicken, weshalb seine Gute Tat des Tages vielleicht außer uns nie jemandem bekannt werde. Hart, aber nicht zu ändern. Und er konnte logischerweise nicht herumlaufen und jedem von unserer verdeckten Arbeit und unseren verdeckten Operationsmethoden erzählen, denn sonst wären sie ja nicht mehr verdeckt, oder? Natürlich nicht.

Als wir vor seinem Haus hielten, fragte ich ihn, was er von Mr. Devlin hielt. Er hielt ihn für ganz toll. Sie sollten sehen, wie er schießt. Ich hoffte, nie das Vergnügen zu haben. Ich sagte Bobby, mir sei gar nicht wohl dabei, so hinter Mr. Devlins Rücken vorzugehen; oberflächlich betrachtet sei er naturgemäß der richtige Ansprechpartner, wenn es um Inside-Informationen gehe, aber wir hätten die eherne Regel, nur im alleräußersten Notfall einheimische Ordnungskräfte einzuschalten, da diese auch weiterhin in ihren Kontaktbereichen tätig sein müßten und jede Verbindung, die man zwischen ihnen und uns herstellen könne, sich nachteilig auf das gewachsene gegenseitige Vertrauen, wie es zwischen ihnen und dem Bürger herrsche, auswirken könne. Manchmal weiß ich nicht, woher ich das alles habe, aber, wie ich bereits erwähnte, ich lese viel.

Ich sagte ihm jedoch, er könne Mr. Devlin gern von uns grüßen, von dessen guter Arbeit wir natürlich wüßten, aber dabei solle er es auch belassen. Er sagte, das macht er. Wir gaben uns von Mann zu Mann die Hand, dann stieg er aus und eilte zu Haus und Heim und kleinen Schwestern und Mom und Dad und Gutenachtgeschichten, im sicheren Bewußtsein, daß dort draußen im dampfenden, menschenfressenden Dschungel, genannt Die Große Stadt, entschlossene und anständige Männer wie ich über ihn und die Seinen wachten.

Dev würde ihn natürlich anzapfen. Anzapfen und trockenlegen. Dev, der Ex-Kommißkopp, besonders über die Details, die richtig hinzukriegen ich mir soviel Mühe gemacht hatte. Der Ausweis hatte das Foto in der oberen linken Ecke, und die Unterschrift ging korrekt über den Prägestempel des Justizministeriums. Sowohl Ausweis- als auch Abzeichennummer waren drauf. Der Ausweis wurde immer mit der linken Hand vorgewiesen, damit die starke bzw. Pistolenhand frei blieb. Bei mir als Linkshänder hätte es andersrum sein müssen, aber wer merkt das schon? Der Revolver wurde heutzutage an der Hüfte getragen, nie im Schulterhalfter. Auto: unauffällig. Manieren: höflich. Alkoholfahne: negativ. Sternenbanner: stets gehißt.

Bisher nicht übel, dachte ich auf dem Rückweg zum Valley Bowl. Dev würde keinen Schimmer haben, was zum Teufel überhaupt los war. Er würde Art davon berichten, und dann waren es schon zwei, die nicht wußten, was Sache war. Und Art würde es seinem Lieferanten melden müssen, Wellen in der Jauchegrube; wer weiß, was da aufgewühlt wurde.

Beim Valley Bowl wechselte ich die Autos, gab John D. seine Schlüssel zurück, bestellte ihm einen Dankesdrink und fuhr nach Hause. Als ich in der Einfahrt parkte, konnte ich durch das Vorderfenster sehen, daß Feeb zu Hause war und fernsah. Mein Gewissen hatte wegen Sie-wissen-schon-was genagt, und ich erzählte ihr alles.

»Seien Sie still, das weiß ich doch alles längst«, sagte sie und behielt den Bildschirm im Auge. »Ich dachte, Sie behalten es für sich, damit ich mir keine Sorgen mache.«

»Sie sind ein Schatz«, sagte ich. »Ich habe zwar viel Zeit und Energie darauf verwendet, daß sowas nicht nochmal passiert, aber ganz unmöglich ist es nicht, muß ich Ihnen leider sagen.«

»Wissen Sie was? Das Leben ist schwer, und danach stirbt man«, sagte sie. »Jetzt soll ich mir auch noch Sorgen machen. Kommt Lillian am Sonntag?«

Das bestätigte ich, und dann ließ ich sie weiter fernsehen. Sie sah sich auf Kanal 56 ein Rollschuhderby an. Ich ging nach oben, nahm meine Pillen, besprühte mich, zog mir einen Bademantel an, den mir mal ein Mädchen aus mehreren schweren Badetüchern genäht hatte, und sah mir die Lokalnachrichten an.

Nach ein paar Minuten schaltete ich auch aufs Rollschuhderby um, wo die Gewalt nur gespielt war. Es gab Zeiten, zu denen ich mir das nicht nur fürs Rollschuhderby wünschte.

Achtzehntes Kapitel

Strahlend wie der junge Morgen, wie es so schön heißt, obwohl der eher verhangen und so jung gar nicht war, brachte ich die Filmrolle in Wades Garage in der Domingo Avenue, bei der Abzweigung zum Flughafen von Burbank. Eigentlich war es die Garage seines Bruders und seiner Schwägerin, aber Wade hatte sie enteignet, um ein Film- und Fotolabor aufzumachen. Der Junge verdiente nicht schlecht, er hatte die gesamte Ausrüstung innerhalb von rund neun Monaten abbezahlt, hauptsächlich als Sub-Unternehmer für andere Entwickelfirmen. Ich sagte ihm, er soll einen Probeabzug der 24 Fotos auf der Rolle machen, dann ein halbes Dutzend der besten aussuchen und davon Abzüge in 7,5 × 12,5 drucken.

»Naja, ich weiß nicht«, sagte er und strich sich verträumt den Spitzbart. Er lag in einer mexikanischen Hängematte, die er neben der Garage aufgehängt hatte. Eine Art Hund lag völlig weggetreten in dem Fleckchen Schatten unter ihm. Eine Art Katze teilte sich die Hängematte mit Wade.

»Ich muß darüber nachdenken«, sagte er. »Man muß über die Dinge nachdenken, wenn man vorwärtskommen will.«

»Man muß arbeiten, wenn man vorwärtskommen will«, sagte ich.

»Eine Stunde«, sagte er schließlich. »Sowas Umfangreiches, reichlich eine gute Stunde.«

Ich verbrachte die Zeit mit drei verlorenen Eiern plus Speck und zusätzlich Roggentoast und Kaffee in einem schmierigen Imbiß um die Ecke, sowie mit der Lektüre der Morgenzeitung, die jemand freundlicherweise dagelassen

hatte. Auf der 1. Seite war ein Artikel über einen Polizei-
einsatz gegen ein Rock House in East L. A. in der vergangenen Nacht. Ein Toter, ein Verwundeter. Die Polizei hatte
die Vordertür aufsprengen müssen, und um hinten reinzukommen, hatten sie eine Art gepanzerten Bulldozer benutzt, und bis sie drin waren, hatte es trotzdem zehn
Minuten gedauert. Ich hatte vage vorgehabt, selbst mehr
oder weniger das Gleiche zu versuchen, aber nachdem ich
den Artikel gelesen hatte, nahm ich davon Abstand.

Ich holte die Abzüge ab, bezahlte Wade und fuhr ins
Büro. Ein Gutes hatte der Kleine: Er machte nie Kommen-
tare zu dem Inhalt der Filme, die er entwickelte, sondern er
konnte stundenlang über die technischen Aspekte reden,
wenn man ihn ließ. Da ich ein ziemlich einfühlsamer Typ
bin, ließ ich ihn manchmal, etwa einmal alle fünf Jahre.

Das Büro war heiß und roch immer noch nach frischer
Farbe. Nachdem ich den Botendienst angerufen hatte, um
einen seiner Sklaven anzufordern, tippte ich eine wahre
Schönheit von Rechnung für Mr. Seburn, so ausgestopft
wie der BH eines Backfischs, tat sie zusammen mit sämtlichen Fotos in einen Briefumschlag, versiegelte diesen sorgfältig und händigte ihn dem Boten aus, als er kam.

Gut. Damit war das geregelt, wie mir schien. Im Augenblick konnte ich wg. Barbara Herbert, 24, ledig, nichts unternehmen. Bis zum Abend konnte ich wg. Dev Devlin und St.
Stephen's ebenfalls nichts unternehmen. Und wg. Sara konnte
ich mehrere Tage lang nichts unternehmen, aber mindestens.
Bei John D. war erstmal längere Zeit kein Check-up fällig. Ich
hatte einen ähnlichen Vertrag mit einem großen Gebraucht-
wagenhändler auf dem Victory Boulevard, aber der war auch
erst in einigen Wochen fällig. Für die Post war es noch zu früh.
Ich konnte immer noch meine Unterlagen auf den neuesten
Stand bringen oder ein neues Programm lernen, aber ich
konnte stattdessen auch schießen gehen; das war geselliger.

Ich hatte ein paar Jahre lang zweihundert per annum hingeblättert, um zu einem Schießklub in den Hügeln auf der anderen Seite von South Pasadena gehören zu dürfen, und ich bin da ab und zu zum Üben hingefahren. Dann lernte ich einen kleinen Obstbauern kennen, im Norden, in der Nähe vom Magic Mountain. Der wurde unter Druck gesetzt, weil er sein Grundstück an einen Makler verkaufen sollte, aber Gott hatte ihm gesagt, er soll es lassen, und da ließ er es lieber. Dann war der Druck eskaliert, von der typischen Ärgernis-Ebene (ein Lastwagen kippt ihm eine Ladung Abfall in den Kräutergarten) ein paar Stufen höher (jemand überfährt seine beiden Samojedenpinscher, oder was das für Viecher waren), und da kam er dann zu mir. Es war nicht schwer herauszufinden, wer dahintersteckte, denn vorne an dem Grundstück nebenan stand ein großes Schild mit seinem Namen drauf. Ich fand also heraus, wo er wohnte, und fuhr das Fahrrad von einem seiner Kinder platt, woraufhin Friede einkehrte immerdar und ich umsonst schießen gehen konnte. Der Mann, der sich mit Gott unterhielt, war – wer war das nicht? – ein Freund von Benny. Benny . . . Hatte Benny nicht letztesmal einen Mann erwähnt, bei dem er Geld kaufen wollte? Oh doch, bei Gott, das hatte er, und zwar, als er anrief, um zu sagen, er sei nochmal bei Art's vorbeigefahren, um zu sehen, was, wenn überhaupt, davon übrig geblieben war. Na bitte. Ich rief den jungen Menschen an. Ein bißchen Geld konnte ich immer gebrauchen, kam nur drauf an, wie billig es war.

»Geld, Benny, Geld«, sagte ich beim dritten Versuch, nachdem ich zweimal falsch verbunden gewesen war. »Du wolltest etwas Geld kaufen. Worum ging es da?«

»Dieser Typ hatte Geld«, sagte Benny um ein Gähnen herum. »Hab ich gehört. Zwanziger. Absolut wunderschön. Weißt du, daß es mitten in der Nacht ist?«

»Ist der Typ von hier?«

»Nee. Von auswärts.«

»Ist er schon mit jemandem ins Geschäft gekommen?«

»Woher soll ich das wissen?« sagte Benny. »Ich hab jedenfalls nichts gehört; er wollte in großen Partien verkaufen, und er hat hier keine besonders guten Verbindungen. Sonst hätte der Typ, von dem ich das hab, nie davon gehört.«

»Wieviel hat er verlangt?«

»Fünf.«

»Sind sie schön?«

»Bildschön.«

»Schaffen sie einen Scanner-Test?«

»So bildschön sind sie nun auch wieder nicht. Aber bildschön.«

»Glaubst du, er verkauft dir auch eine kleine Partie, so im Gegenwert von ein paar Riesen, wenn du ihm einen Gefallen tust?«

»Was für einen Gefallen?«

»Der würde darin bestehen«, sagte ich, »daß du ihn mit jemandem zusammenbringst, der ihm eine große Partie abnimmt.«

»Echt wahr? Mit wem?«

»Mit mir.«

Es entstand eine Pause. Dann sagte Benny: »Wenn du eine große Partie willst, warum willst du dann auch eine kleine Partie?«

»Ich will gar keine große Partie, Benny«, sagte ich geduldig. »Ich will, daß er glaubt, ich will eine, damit er dir einen Gefallen tut und dir eine kleine Partie verkauft.«

»Aaah«, sagte Benny. »Ahaaa. Was sind wir heute wieder schlau. Er wird sich allerdings ein bißchen zieren. Das verstößt nämlich gegen das Gesetz.«

»Echt wahr?« sagte ich. »Laß dich Gott behüte nicht auf was Illegales ein. Los, Benny, ruf ihn mal an.«

»Versuchen kann ich's ja mal«, sagte Benny. »Bleib, wo du bist; ich ruf dich zurück.«

Er legte auf. Ich blieb, wo ich war. Ein paar Augenblicke später rief er wieder an.

»Wir haben Glück«, sagte er. »Er braucht Klimpergeld. Zwei Riesen kann ich dir jetzt besorgen, wenn ich sie eine Woche lang nicht weitergebe, damit er Zeit hat, den Rest zu bewegen.«

»Du wirst sie also nicht weitergeben, stimmt's? Du wirst sie mir geben; das ist doch dasselbe wie ›nicht weitergeben‹, stimmt's?«

»Okay, okay, ich lege die fünfhundert für dich aus und hol sie mir später bei dir ab. Darf ich jetzt weiterschlafen?«

»Allersüßeste Träume noch«, sagte ich. Ich hatte kaum aufgelegt, da fiel mir etwas ein, und ich rief ihn nochmal an.

»Huhu, Benny, ich bin's noch mal. Sag mal, meinst du, ein Fremder kann in ein Rock House gehen und etwas kaufen?«

»Kommt auf den Fremden an. Du? Nein.«

»Und ein schwarzer Fremder? Ein Junge. Offensichtlich kein Bulle.«

»Warum nicht. Wenn er die Kohle hat.«

»Hoho, die Kohle wird er haben«, sagte ich. Wieder legte ich auf; zufrieden diesmal. Ich schien Fortschritte zu machen. Ich rief Evonne an; ich mußte irgendwie abends in die Schule. Oder früher. Und dann länger bleiben. Der Augapfel des Lehrers – und meiner ebenfalls, wenn denn die Wahrheit ans Licht soll – war da, und er arbeitete.

»Ich hoffe, ich habe Sie neulich abends nicht bei irgendwas Wichtigem gestört, als ich Sie anrief«, sagte ich schamlos.

»Doch, aber nicht, was Sie denken«, sagte sie.

»Woher wissen Sie, was ich denke?« sagte ich.

»Das ist leicht«, sagte sie. »Ich tue einfach so, als wären

Sie ein großer Macker-Typ, dessen Hormone noch funktionieren. Und was kann St. Stephen's heute für Sie tun?«

Ich sagte es ihr. Sie fand, der beste Plan wäre, bei Schulschluß vorne rein zu kommen, weil Dev dann hinten war, um auf dem Parkplatz ein waches Auge auf die Gören zu haben. Dann konnte Mr. Lowenstein mich in seinem Büro einschließen, für das er den einzigen Schlüssel besaß, und dort konnte ich die Stunden vertrödeln, bis die Luft rein war. Vielleicht konnte ich meine Orthographie auffrischen. Ob ich wisse, daß der gemeinsame Nenner der meisten Exzentriker und Sonderlinge lausige Rechtschreibung sei?

»Nein, das wußte ich nicht«, sagte ich. »Davon abgesehen, schreibe ich hervorragend recht. Bei mir ist es diese verdammte Geometrie. Miss Shirley, ich wollte Sie immer schon etwas fragen. Hegen Sie Vorurteile gegen Männer, die ein kleines bißchen größer sind, nur einen soupçon männlicher als der Durchschnittsamerikaner Klammer auf männlich Klammer zu?«

»Ja«, sagte sie. »Sie tun mir leid. Besonders im Kino. Die Leute hinter ihnen sagen immer, sie sollen doch bitte mal den Hut abnehmen, und es ist nicht der Hut; es ist der Kopf.« Sie legte auf. Naja, es war nicht genau die Antwort, auf die ich gehofft hatte, aber sie war nicht schlecht, für ein Mädchen. Ich versuchte, mir vorzustellen, wie sie in Bauchlage war – mit dem Wind auf eine hundertfünfzig Meter entfernte Zielscheibe feuernd, meine ich natürlich. Vielleicht hatte sie mal Lust, mitzukommen und sich mit dem Mann zu unterhalten, der sich mit Gott unterhielt, dem Arglosen, mit dem ich mich in einer halben Stunde zu unterhalten hoffte.

Aber ich kam nicht zum Schießen. Ich schloß gerade ab, als ein älterer Herr auf mich zutrat und mich fragte, ob ich Victor Daniel sei.

Das gab ich zu.

Er sagte, er sei Raymond Millington, aus St. Charles, New Mexico, der mit der vermißten Tochter Ethel, ob ich mich daran noch erinnerte?

Ich erinnerte mich daran. Ethel Ann, Alter: fünfzehn, zuletzt im Busbahnhof von Taos im frühen Februar gesehen worden. Ich hatte ihm vor einer Woche geschrieben, bevor ich den Fall abgab, da er mir hoffnungslos erschien.

»Können wir hineingehen?«

»Natürlich.« Ich schloß das eine Schloß wieder auf, das ich bisher abgeschlossen hatte.

»Haben Sie jetzt zu tun; ist der Zeitpunkt schlecht gewählt, Sir?«

Ich sagte, nein, Sir, es paßt mir gerade, ein bißchen Zeit habe ich.

Wir setzten uns, und einer ließ den anderen auf sich wirken. Sie, lieber Leser, wissen mehr oder weniger, was er auf sich wirken ließ, eine Art Stewart Granger, der, wie man auf dem Lande sagt, zu scharf geritten und zu oft naß stehen gelassen worden ist. Was ich auf mich wirken ließ, war ein müder Mann, der hoch in den Fünfzigern stand und dem man ansah, daß er hoch in den Fünfzigern stand, in seinem besten blauen Anzug, mit alten, gutgeputzten Stiefeln, trotz der Hitze nicht gelockertem Schlipsknoten und einem schwarzen Cowboyhut, den er abnahm und sorgfältig zwischen uns auf den Schreibtisch legte.

»Ich bin nicht hier, um mich zu beschweren«, sagte er. »Nein, es hat mir gefallen, daß Sie in Ihrem letzten Brief ehrlich zu mir waren, aber ich konnte es einfach nicht dabei bewenden lassen. Meine Frau sagt, ich bin nur mal wieder eigensinnig, und damit könnte sie recht haben; das kommt durchaus schon mal vor.«

»Daß Sie eigensinnig sind, oder daß sie recht hat?«

»Beides«, sagte er. »Aber es ist schrecklich, nichts tun zu können, besonders wenn man gewohnt ist, das meiste selbst zu machen. Ich dachte, ich könnte wenigstens mal herkommen und selbst nachsehen.«

»Und was wollen Sie hier sehen?«

»Ich weiß es nicht«, seufzte er. »Sie wollte ich sehen. Sehen, ob Sie alles tun, was Sie zu tun behaupten und wofür Sie Geld genommen haben. Los Angeles wollte ich sehen, sehen, weshalb sie hierher kommen wollte. Sehen, ob keine Hoffnung mehr besteht; ich wollte es hinter mich bringen, loswerden. Ich habe Zeit; ich hab mir frei genommen. Ich habe zu Hause eine Vertretung für *John Deere*-Traktoren und -Landmaschinen; die kann ein paar Tage lang für sich selbst sorgen. Das ist nicht, wie wenn man Autos verkauft, was ich auch mal gemacht habe; da kommen keine Kunden rein und sagen: ›Ich brauche eine Zwölf-Fuß-Scheiben-Egge, und ich will heute noch damit losfahren.‹«

Er lächelte kurz; ich auch. Es entstand eine Pause.

»Ich weiß nicht, was ich Ihnen sagen soll, Mr. Millington«, sagte ich schließlich. »Was das Finden Ihrer Tochter betrifft, fällt mir nichts weiter ein. Vielleicht kann man auch nur warten, so schwer das auch ist. Meist nehmen Kinder Kontakt mit den Eltern auf, oft zu Weihnachten oder an ihrem Geburtstag, falls das eine Hilfe ist. Und was die Arbeit betrifft, die ich für Sie geleistet oder für Sie zu leisten behauptet habe, so weiß ich da auch nicht weiter. Ich könnte Ihnen meine Akten zeigen, aber Sie haben bereits ein Exemplar von allem, was dazu in meinen Akten ist. Sie könnten meinen Bruder anrufen; er ist Polizist; er könnte Ihnen bestätigen, daß ich ehrlich bin –, aber wer glaubt schon einem Polizisten, geschweige einem Bruder.«

Er sah mich einen Augenblick an, dann bot er mir einen kleinen Riegel Irgendwas an; es kam mir vor wie Kaugummi mit Zimtgeschmack. Ich lehnte dankend ab. Er steckte sich zwei Riegel in den Mund, zerknüllte das Einwickelpapier und legte es säuberlich in meinen neuen Aschenbecher.

Dann sagte er: »Sie sagten: ›Meist nehmen Kinder Kontakt mit den Eltern auf‹, oder sowas Ähnliches. Wissen Sie das aus Erfahrung, oder sagen Sie das nur so?«

»Aus Erfahrung, aus Statistiken«, sagte ich. »Es stimmt aber trotzdem, obwohl ich es vielleicht auch nur so gesagt hätte.«

»Machen Sie viel in der Art?«

»Früher war es mehr«, sagte ich, »und es könnte auch jetzt sehr viel mehr sein, wenn ich wollte.« Ich sagte ihm nicht, daß ich nicht mehr in der Art wollte, weil es meist eine Verschwendung von Arbeitskraft – meiner – und Geld – irgendwelcher armer, verzweifelter Eltern – war. Aber er war nicht dumm; er kapierte es auch so.

»Was machen Sie denn heutzutage so«, fragte er mich etwas bitter. »Klären Sie ungelöste Mordfälle auf?«

Ich verstand seine Bitterkeit.

»Ein ungeklärtes Verbrechen bekomme ich oft ein gutes Jahr lang nicht zu sehen«, sagte ich ihm. »Nicht das, was man als richtig ungelöst bezeichnen würde, wie ein Rätsel. Die Menschen tun Dinge, und warum sie sie tun, ist mir ein Rätsel, aber damit hat es sich schon.«

»Tja, mir ist es ein Rätsel, wo mein Mädchen ist«, sagte er. »Wir wissen noch nicht mal so richtig, warum sie überhaupt weggerannt ist. Ihre Mutter und ich sind keine Monster, wir sind normale Menschen, und wir leben in einer normalen Stadt, und wir machen das, was Menschen wie wir so tun . . .« Er nahm die Brille ab und setzte sie wieder auf. Ich fand, daß er mir bereits drei gute Gründe zum Abhauen gegeben hatte.

»Sehen Sie, Mr. Millington, ich weiß, Sie werden aus Sorge um Ihre Tochter fast wahnsinnig«, sagte ich, »aber wie ich schon sagte, mir fällt sonst nichts ein, was helfen könnte. Wenn Sie Ihr Geld zurückwollen –, das können Sie haben. Wenn ich Ihnen ein anderes Detektivbüro empfehlen soll, ein größeres, sagen Sie einfach Bescheid. Wenn Sie mit jemandem bei der Polizei sprechen möchten, der auf sowas spezialisiert ist, kein Problem.«

Er winkte ab.

»Ich will es nicht an Ihnen auslassen«, sagte er. »Es ist nur so herausgekommen. Ich glaube, ich weiß nicht, was ich will. Ein Wunder eben.«

»Ich habe eine Idee«, sagte ich. »Sie wollen was von L.A. sehen, sehen, warum sie hierherkommen wollte, vielleicht dahin gehen, wo sich die Kids rumtreiben. Nur weil es Eins zu eine Million steht, daß Sie sie an einer Straßenecke finden, bedeutet das nicht, daß Sie sich nicht besser fühlen, wenn Sie mal nachsehen.«

Er zuckte die Achseln und rieb sich übers Gesicht. »Warum nicht.«

»Ich werde versuchen, Ihnen einen Führer zu besorgen. Haben Sie einen Wagen?«

»Ich habe mir einen am Flughafen gemietet. Muß neu eingestellt werden, aber fahren tut er.«

Ich ließ mir von der Auskunft die Nummer der Silvettis geben und wählte. Der Strohkopf war am Apparat.

»Ja?«

»Hier ist Ihr alter Freund, der Beschatter.«

»Oh Gott«, sagte sie.

»Was treiben Sie gerade?«

»Ich schreibe; was glauben Sie denn, was ich treibe? Plätzchen backen? Und was treiben Sie? Gibt's was Neues?«

»Ich detektiere; was glauben Sie denn, was ich treibe? Marshmallows rösten? Und nein, es tut mir leid, bisher noch nichts Neues über Sie. Wie auch immer, wollen Sie einen Job? Beziehungsweise, bei näherem Nachdenken: Wollen Sie zwei Jobs?«

»Was soll ich tun?«

»Kommen Sie her, und Sie werden es merken.«

»Werde ich bezahlt?«

»Natürlich!« sagte ich. »Was glauben Sie denn, wer ich bin? Ein Ausbeuter, der sich an Kinderarbeit mästet?«

»Aber mindestens«, sagte sie. »Okay, bis gleich.«

»Gleich kommt ein Mädchen vorbei«, sagte ich zu Mr. Millington. »Ein bißchen schräge, aber intelligent. Sehr schräge. Die kann Sie besser herumführen als ich. Ich kenne ein paar Läden, wo die Kids hingehen. Sie muß Tausende kennen.«

»Kann nicht schaden«, sagte er. »Danke.« Dann sagte er, wenn ich zu tun hätte, würde er still in einer Ecke sitzen oder spazierengehen oder irgendwas. Ich sagte, nein, ich würde gern mit ihm plaudern, bis Sara käme.

»Was genau arbeiten Sie denn?« fragte er, nachdem er seinem Kaugummiklumpen einen weiteren Riegel hinzugefügt hatte. Ich hegte den Argwohn, er hätte lieber einen ordentlichen Priem im Mund gehabt, achtete aber in der großen Stadt auf seine Manieren. »Wenn Sie schon nicht die ganze Zeit damit verbringen, Fälle mit ermordeten Hollywood-Stars im Swimmingpool zu lösen. Wenn die Frage erlaubt ist. Ich habe noch nie jemanden von Ihrer Branche kennengelernt.«

»Die Frage ist erlaubt«, sagte ich. »Was arbeite ich? Ich arbeite das, was ich für Sie gearbeitet habe, oder was ich angeblich für Sie gearbeitet habe.«

»Vergessen Sie das bitte«, sagte er.

»Es sieht nicht doll aus, wenn man's hinschreibt«, sagte ich. »Ich fahre irgendwohin und suche Sachen, hauptsächlich.«

»Das ist alles?«

»Manchmal fahre ich woandershin und stelle Fragen. Einmal im Monat muß ich jemanden verfolgen. Ich bewache ziemlich viel Zeug. Es ist wie jeder andere Beruf, eine Kombination aus Leuten, die man kennt, Erfahrung, Lügen und der Bekanntschaft mit einem guten, billigen Steuerberater.«

»Und was ist mit der Gefahr?« fragte er. »Und daß man Menschen hilft? Und Menschen erschießt? Was ist damit?«

»Ach, damit«, sagte ich. »Daran denke ich nie.« Ich kriegte von ihm ein weiteres dünnes Lächeln ab.

Wenig später kam Sara hereingeschlurft, nach zehn bis fünfzehn Minuten, in denen er mir einiges über St. Charles, New Mexico, erzählt hatte, was meine Gier, diesen Ort dermaleinst besuchen zu dürfen, nicht wesentlich vertieft hatte. Mr. Millington stand auf, als sie hereinkam, ich blieb sitzen. Ich stellte sie einander vor; sie gaben sich die Hand.

Als er ihre Aufmachung auf sich einwirken ließ, konnte ich ihn denken hören, daß seine Ethel jetzt vielleicht genauso durch die Stadt streifte, für ihn auf immer verloren, für ihn und für das Land, in dem Obst und Walnüsse wachsen. Ich fand, daß Sara, wenn man alles bedachte, ganz schön normal aussah; mir gefielen ihre aufgemalten, einen Zoll langen Wimpern, mir gefiel der Gold- und Silberglitter, mit dem sie ihre Wangen beklebt hatte, mir gefiel ihr Oberteil, welches aus einem Halstuch bestand, mir gefielen ihre türkisch gemusterten Bermuda-Shorts, und ich betete ihre grünen Keilabsätze aus Kork an. Als Handtasche benutzte sie eine Frühstücksdose aus Blech mit Yogi Bär drauf.

Sie wollte pronto wissen, worum es ging; sie hatte nämlich zu Hause Arbeit; sie war mitten in einem Epos über ein Surfbrett, dem plötzlich Flügel wuchsen. Ich informierte sie kurz. Ich fragte Mr. Millington, wie lange er zu bleiben gedächte. Er sagte, er habe ein Rückflugticket für den nächsten Tag, aber er wisse noch nicht so recht; mal sehen. Ich fragte ihn, ob er uns kurz entschuldigen könne; er sagte, klar, und ging hinaus und sah sich ohne übermäßiges Interesse in der Gegend um.

»Nehmen Sie ihn mit«, sagte ich. »Er will sich L.A. ansehen. Sein Kind an einer Straßenecke stehen sehen.«

»Viel Glück«, sagte sie. »Gefällt Ihnen mein Nagellack?« Er war weiß, bis auf die Daumennägel, die waren orange.

»Gräßlich«, sagte ich. »Nehmen Sie ihn dahin mit, wo die Kids hingehen. Kliniken für Haut- und Geschlechtskrankheiten, Revierwachen, Randale, Burger Queens.«

»Ha ha«, sagte sie. »Wieviel krieg ich dafür?«

»Etwa neunzehn Dollar«, sagte ich.

»Wo sind die?«

»Die werden von Ihrer Rechnung abgezogen, welche sich bisher auf etwa neunzehn Dollar beläuft«, sagte ich.

»Geiziger Scheißkerl«, sagte sie. »Was ist mit Spesen?«

»Okay«, sagte ich. »Sie wollen Spesen; Sie kriegen Spesen, aber das macht die Sache amtlich.«

Ich händigte ihr einen Fünf-Dollar-Schein aus und zählte ihr mit gespieltem Widerwillen fünf einzelne Dollars auf die Hand.

»Dies ist Ihr erster offizieller Auftrag als zeitweilige, unterstrichen zeitweilige Assistentin von Victor Daniel, für den Staat Kalifornien lizenzierter privater Ermittler. Deshalb werde ich von Ihnen einen schriftlichen Bericht verlangen, der Ihre sämtlichen Aktivitäten umfaßt, sowie unterstrichen sowie eine detaillierte Auflistung aller Ausgaben bis spätestens morgen nachmittag.«

»Krieg ich denn kein Abzeichen?« sagte sie und stopfte mein schwerverdientes Geld in ihre Jausenbüchse. »Ich wußte gar nicht, daß man Kuhfladen so hoch stapeln kann, aber dann lernte ich Sie kennen.«

Mit nachgeahmter Zuneigung tätschelte ich den roten Bereich ihres Kopfes; sie sprang einen Drittelmeter in die Luft.

»Nun lauf, mein Kind«, sagte ich. »Der alte Onkel Vic muß Arbeit für große Leute machen.«

»Was ist das für ein anderer Job? Sie haben gesagt, es sind zwei.«

Ich erzählte ihr einigermaßen ausführlich, worum es ging.

»Ist doch gleich was ganz anderes, Mann!« sagte sie. Dann klimperte sie mich aus irgendeinem nicht auslotbaren Grund mit ihren Wimpern an und ging hinaus, um Mr. Millington zu suchen.

Ich hoffte, sie würden glücklich miteinander.

Neunzehntes Kapitel

Am nächsten Nachmittag steckte jemand, ich weiß nicht, wer, einen großen versiegelten Briefumschlag durch den Briefschlitz meiner Tür. Er enthielt Saras Bericht, sauber getippt, mit nur zwei orthographischen Fehlern. Ich füge ihn hier ein, da er hierher zu gehören scheint:

Vertraulich

22. Mai
Bericht
Von: Agentin S. S.
An: V. D. (›V. D.‹ – wie Venerisches Delirium, ha ha)
(Nach Feldforschungsnotizen angefertigt)

Fand Alten Furzer in Taco-Schaufenster starrend
Gingen hinein und aßen jeder zwei (2) Burritos von fetter
    Mexikanerin
Mit zu viel Lippenstift serviert. Rechnung $ 4,20 Alter
    Furzer
Zahlte   Ausgaben: 00,00
Gingen Kids suchen.
Fanden welche in der West Valley Clinic,
Auf den Boden hingestreckt,
Draußen wartend,
Mehrere Babys.
A. F. (Alter Furzer) fand Beschreibung der Tochter
Auf Karteikarte getippt an Schwarzes Brett gepinnt neben
    vielen
Ähnlichen anderen.
Meinte V. D. (Ha ha) sei am Werke gewesen.

A. F. sprach kurz mit jungem,
Mit mucho Pimmel ausgestattetem
Arzt über (a) Anonymität der Patienten
(b) Geheimhaltung der Akten (c) Hitze.
Spende in Sammelbüchse an der Wand $ 5,00
Ausgaben 00,00
Er zahlte.
Nächste Station: Namenloser Hamburgerschuppen River-
side Drive:
Zu früh, nicht viel Action, wa, ey,
Paar Pusher, paar Punks,
Paar Rocker,
Kindhure mit Bandage um Hals, heftig auf Entzug?
Wandelnde Herpes-Reklame.
Zwei Coca. $ 1,20. Er zahlte.
Früh, es war noch zu früh, wohin nun, Hirn, Hirn,
Komm in die Socken! Venice!!
Also nächste Station Venice Beach, und alle Freaks warn
schon da,
Schwarze Freaks, weiße Freaks, gelbe, braune, rote und der
Blues . . .
Pünktchen Pünktchen Pünktchen
Und kein Gewinner dabei sag ich zu A. F.
Cocas bei Carlos Grölhühnchen $ 1,80.
Ich zahlte.   Ausgaben: 01,80
Viele Kids für den A. F. zum Anschleichen/Anseichen/
Herzerweichen.
Kids auf Rollschuhen,
Kids auf Skateboards,
Kids auf Uppers,
Kids auf Downers,
Kids auf der Promenade
Und auf des Meeres Welle,
Kids, Volleyball spielend,

Und eine Ein-Kid-Kapelle.
Wir gingen meilenweit nirgendshin
Und dann Meilen zurück.
Zu Anfang sah er immer wieder Ethel
Beinah.
Einmal gab es fast eine Schlägerei, als er
Über den Strand lief,
Einem Mädchen hinterher, einem Mädchen hinterher,
Aber sie war es nicht, logo.
Ich weiß nicht mal, ob es ein Mädchen war.
Einmal stellte er quälende Fragen über die Jugend von
    Heute
Und Sie, V. D. Ich hab gelogen;
Und wie.
Wir wären beide okay, schwer in Ordnung, tiptop, alter
    Junge,
1-A wie affengeil.
Ich sagte: Lassen Sie sich nicht
Täuschen
Von V. D.s äuß'rer Erscheinung, egal wie outré, Klamotten
    sind nicht
Alles
Und in seinem Fall nicht mal das.
Ein Eis, nur eins (1), Erdbeer, zwei Kugeln, von
Namenlos-Klebrigem Stand.
Ich zahlte $ 1,00.   Ausgaben: 01,00
Die Muskelbildner im Käfig betrachtet.
Für die ist ein Käfig der richtige Ort.
A. F. sagte, er hat in der High School gerungen.
Ich sagte, ich auch, hinter der Turnhalle, und zwar
Mit den Jungs.
Brauchte neuen Kugelschreiber.
Ich zahlte, 69 Cents.   Ausgaben: 00,69
Coast Road, Ventura Freeway, Venice Mall,

Viele Kids. Keine Ausreißer-Kids wie das seine,
Oder Hinterlassenschaften wie ich, sondern Kids, ätzend
    normal.
Kids mit Kohle. Kotz Brech Würg. Ekelhaft. Kraß.
Kohle von Daddy erbettelt oder von Mammi gekriegt.
Die wiederum hat es von Daddy für die verzärtelte Brut.
Guter alter Daddy. Gute alte Mammi.
Dagegen sehn *Sie* richtig klug aus, Sie Blödmann.

Über die Hügel nach H*O*L*L*Y*W*O*O*D*,
Den H*O*L*L*Y*W*O*O*D* Blvd. auf und ab.
Viele Kids. Le car ins Parkhaus. Er zahlte.

Ausgaben: 00,00

Nachgesehen in Läden für überteuerte Anziehsachen &
    Platten.
Viele Kids.
Wie heißt das Zeug, Lengerie? Bei der Western Avenue ein
    Punkmusikstall,
Geschlossen. Zwei weitere Clubs auch geschlossen,
Alles dicht. Draußen verschiedene Pänner, warten auf die
Good Times.
Was weiter? Keine Ahnung, und wir fuhren
Und fuhren
Und fuhren, Sir.
Yes, Sir.
Glendale, Silver Lake, Echo Park,
Eagle Rock, South Pasadena, Alhambra,
Monterrey Park, East Los Angeles,
Boyle Heights, Exposition Park,
Culver City, Inglewood Avenue und Lennox Avenue,
Santa Monica und West L.A.
Wir fuhren und kuckten,
Wir fuhren, ohne zu kucken.
1000000en von Menschen,

      "   von Häusern,
      "   von Autos.
Sie konnte in jedem Haus und Auto sein
Oder in keinem
Oder keinem.

Es wurde langsam
Spät
Und ich sagte
Alterchen, was nun?
Wie wärs mit San Diego?
San Francisco?
San Jose?
Santa Barbara oder
San Clemente?
Vielleicht ist Nixon zu Hause und du kannst dich mit ihm
    über den Preis von Gehöften auslabern.
Er lächelt und sagt
Nach Hause, James, und schone die Pferde nicht.
Was immer das heißt.
Ländlich/Sittlicher Small Talk warscheinlich . . .
Pünktchen Pünktchen Pünktchen Pünktchen.

Er setzt mich ab
Und gibt mir die Hand
Und sagt Wiedersehn
Und sagt Dankeschön
Und Dankeschön auch an V. D.

Kam rechtzeitig zum Abendessen nach Hause,
Campbell-Suppe und Hotdogs.
Ausgaben total: $ 03,49
Abgezogen von: $ 10,00
Bilanzsumme: $ 06,51

Abnutzung und Verschleiß (emotional) durch Umgang mit
Alten Leuten: $ 06,51
Neue Bilanzsumme: $ 10,00
Angeschissen.
Sagt
Sara S.

Typisch, dachte ich, als ich es las, so typisch, so mitleider-
regend typisch. Dieser Strohkopf konnte von mir noch was
lernen, was Abnutzung und Verschleiß (emotional) anging.
Immerhin kam kein fliegendes Surfbrett drin vor.

Zwanzigstes Kapitel

Egal. Zurück zu jenem Freitag.

Nachdem die schlechteste Dichterin der Welt gegangen war, bemerkte ich Mr. Amoyan, der sich vor seinem Laden sonnte, und ich ging hinüber, um ihm ein bißchen Gesellschaft zu leisten. Ich hätte mich eigentlich nachmittags ambulant zu einem kleinen Check-up bei Kaiser einfinden sollen, aber scheiß drauf, der Verkehr quer durch die Stadt konnte mir gestohlen bleiben, und hier war es auch ganz schön; außerdem mußte ich wegen der Aktivitäten, die ich für den Abend geplant hatte, mit meinen Kräften haushalten.

Nachdem ein wenig Zeit verstrichen war, arbeitete ich an einer Präsentation, die ich gerade für eine große unabhängige Lebensmittelhandlung auf dem Magnolia Boulevard zusammenstellte; ich hatte den Besitzer mal nachts im Two-Two-Two kennengelernt. Es war ein ziemlich geradliniger Sicherheitsjob, aber die Frau des Mannes wollte zuallererst jedes Detail auf Papier zu sehen kriegen, womit sie gar nicht mal so unrecht hatte. Dann wurde mir klar, daß bis zu meiner nächsten Mahlzeit einige Zeit ins Land gehen konnte, und ich nahm bei Mrs. Morales ein spätes Mittagessen ein, das »Einmal mit allem«-Gedeck plus Guacamole und Bohnen nochmal extra. Ich brauche hier kaum zu erwähnen, daß Mrs. Morales weder fett war, noch zuviel Lippenstift aufgetragen hatte; erstaunlich, wie zickig Mädchen manchmal sein können.

Dann steckte ich alles, was ich wahrscheinlich brauchen würde, einschließlich Kamera, in eine Leinentasche, schloß ab und fuhr zu St. Stephen's. Ich parkte gute zehn Minuten zu Fuß vom Schulgrundstück entfernt, damit mein Auto nicht in der Nachbarschaft gesehen wurde. Unglücklicherweise bot mir der Weg zur Schule nicht den Genuß eines Blicks auf das Loch im Erdreich, wo vorher Art's gestanden hatte, da sich das Loch auf derselben Seite der Schule befand wie der Parkplatz, und den galt es zu vermeiden.

Mein Timing war ziemlich gut; ich mußte nur kurz hinter einem Lorbeerbaum lauern, bis die ersten Tropfen amerikanischer Jugend in die immer noch heiße Nachmittagssonne herauszusickern begannen. Ich huschte durch die Vordertür und schaffte es ins Büro meiner Lieblingsblondine, ohne auf irgend jemanden zu stoßen, wenn man von ganz vielen lärmenden Kids absieht. Sie saß an ihrem Schreibtisch und löste das Kreuzworträtsel in der Zeitung.

»Brauchen Sie Hilfe?«

»Von Ihnen nicht«, sagte sie. Sie trug einen hellblauen Pullover und eine Perlenkette und hatte zwei rote Haarklammern im Haar.

»Ich brauche aber Hilfe von Ihnen«, sagte ich.

Sie trug ein Wort ein und fragte dann die Luft: »Kann ein Mädchen hier eigentlich keine zwei Sekunden für sich selbst abzweigen? Ach. Was darf's denn jetzt schon wieder sein?«

Ich sagte ihr, was es jetzt schon wieder sein durfte, eine Liste, in der stand, welcher Schüler welchen Spind benutzte. Sie meinte, irgendwo müsse sie sein, telefonierte, sagte »Danke, Fran«, trug mir auf, in ihrer Abwesenheit auf den Laden aufzupassen, und ging. Ich dachte, ich fülle für sie ein paar Wörter aus, aber die leichten hatte sie alle schon gelöst. Ich war noch nie gut in sowas, was mich immer erstaunte, wenn man das Niveau der Leserschaft bedenkt, welche die Zielgruppe für Kreuzworträtsel darstellte.

Evonne war nach ein paar Minuten mit einer Xerokopie des Gewünschten wieder da. Die Namen waren nicht nach dem Alphabet geordnet, und ich brauchte etwas Zeit, bis ich die richtigen fand, nämlich die, welche mir Jung-Robert am Abend zuvor benannt hatte, aber dann hatte ich sie und schrieb mir die Spindnummern auf. Dies tat ich auf dem Rand eines freien Schreibtischs in einer Ecke des Büros sitzend, aber ich konnte trotzdem keinen Blick auf das erhaschen, was Art's gewesen war. Aus dem Büro des Stellvertretenden Schulleiters müßte mir das jedoch gelingen, dachte ich; ich hörte, wie er hinter der Tür etwas diktierte.

Dann sah Evonne auf die Uhr und sagte: »So. Dieses Mädchen hat jetzt Feierabend.«

Sie stand auf, warf mir ein Schlüsselbund zu, öffnete die Tür zu Mr. Lowensteins Zimmer und sagte ihm, sie geht jetzt.

»Dann leben Sie wohl«, sagte er. »War das eben Wieheißt-er-noch, den ich da draußen gehört habe?«

»Wer sonst«, sagte sie. »Dann bis Montag, Boss.«

Ich sah mir die Schlüssel an; es waren vier. Auf dem größten war eine Prägung, »Val-Alarm«, und das überraschte mich nicht, weil ich schon mehrere dieser blau-weißen »Valley Alarm Security Armed Patrols«-Schilder ums Schulgelände herum gesehen hatte. Mit dem großen Schlüssel konnte man das gesamte Alarmsystem abschalten; es befand sich in einem Kasten gleich innen neben dem Vordereingang, und wenn man abgeschlossen hatte, blieben einem noch dreißig Sekunden, um hinauszugehen und die Tür mit einem der anderen Schlüssel abzusperren. Ich konnte mir nicht vorstellen, daß die Tür zu Devs Dienstwohnung mit dem System verbunden sein sollte, weil das bereits alle anderen Türen waren, die dorthin führten, und außerdem: Warum sollte er die Aufmerksamkeit auf sich lenken. Aber wenn es doch der Fall war, mußte ich ein andermal etwas anderes probieren.

»Der Kasten ist in einem Schrank links, wenn man hinausgeht«, sagte Evonne und überprüfte ihr Gesicht rasch im Spiegel ihrer Puderdose. »Der kleine ist für den Schrank. Der Boss hat ein Schnappschloß; ziehen Sie also einfach die Tür hinter sich zu. Er hat den einzigen Schlüssel; vielleicht versucht Dev reinzukommen, er kann aber nicht rein; zumindest sollte er nicht reinkönnen können.«

»Das fehlte noch«, sagte ich, »daß er mich da drin findet.«

Sie steckte die Puderdose weg. Ich hatte eine Idee.

»Das Telefon vom Boss wird doch nicht automatisch nach Dienstschluß von der Zentrale abgeschaltet, oder?«

»Doch, aber drücken Sie einfach die ›1‹«, sagte sie.

»Ich glaub, das schaffe ich«, sagte ich.

»Na, dann explodieren Sie mal schön, oder was Sie sonst vorhaben«, sagte sie und ging.

Ich klopfte beim Vize an die Tür, und als er sagte »Verdammtnochmal, nun kommen Sie schon rein«, ging ich hinein und ging schnurstracks an das Fenster mit Blick auf den Parkplatz. Ohne von außen gesehen werden zu können, starrte ich erwartungsfroh hinunter, und da war es, ein wunderschönes, zutiefst befriedigendes Nichts. Da war nicht einmal ein Loch im Erdreich, aber immerhin doch ein verkohlter Flecken; die ganze Wucht der Explosion muß hinauf und weg gewirkt haben. Da war nichts, nicht einmal ein Häufchen Schutt, kein Zahnstocher. Art's, vormals B&B's, war so total verschwunden wie, wenn ich zum zweiten- und letztenmal poetisch werden darf, die verblühten Träume vergangner Jahre. Ich fragte mich, ob jenes arabische Genie an den Ufern des Nils, das einst die Null (o) erfand, genauso froh über sein Nichts war wie ich über meins. Ich hoffte es. Ich habe den Mann immer bewundert.

»Gleich bin ich für Sie da«, maulte der Vize. Er hatte aufgehört zu diktieren und tippte nun wütend vor sich hin.

»Gibt es irgend etwas, was so ausdauernd dumm ist wie die kalifornische Schulbehörde?« knurrte er etwas später.

»Ich wüßte was«, sagte ich, »aber vielleicht mögen Sie keine Polackenwitze.«

Er beendete das, was er gerade tat, stellte die Maschine ab und raufte sich die bereits gesträubten Haare.

»Was suchen Sie hier draußen, mein Freund, Ihre vertane Jugend? Ich bezweifle, daß Sie die hier finden werden.«

»Nein, ich suche etwas anderes, was nicht hier ist«, sagte ich. Er starrte mich säuerlich an.

»Ich mache mir Sorgen«, sagte er. »Sorgen, Sorgen, Sorgen. Von wem ist ›Wäre ich Kerzenhändler, würde die Sonne nie mehr untergehen‹«?

»Mussolini?« riet ich.

»Kommen Sie her, setzen Sie sich hin, in Gottes Namen«, sagte er, »und hören Sie auf, sich an meinem Jammer zu weiden, falls Sie das gerade tun.«

»Ja, Herr Lehrer«, sagte ich und setzte mich brav.

»Evonne sagt, Sie wollen nachsitzen.«

»Sie hat nicht gesagt, warum.«

Ich zuckte die Achseln.

»Warum?«

Wieder zuckte ich die Achseln.

»Sie glaubt, Sie werden Schaden anrichten.«

»Na, Sie wissen doch, wie Mädchen sind«, sagte ich.

»Was werden Sie tun?«

»Die Malpinsel auswaschen«, sagte ich.

»Schon gut, schon gut«, sagte er gereizt. »Es ist nur zu meinem Besten, ich weiß. Fahren Sie zur Hölle, mein Freund. Da fällt mir ein: Wie geht es Ihnen?«

Ich sagte, gut, danke.

»Mir nicht. Ich bin alt. Ich bin müde. Ich habe es jetzt satt. Ich fahr nach Hause. Die Kaffeemaschine funktioniert. Im Eiswasserbehälter ist Eiswasser. Bücher sind in der Ecke. Vergessen Sie nicht abzuschließen, wenn noch was übrig ist, was man abschließen kann.«

Ich sagte, ich vergesse es nicht.

Mr. Lowenstein knipste seine Schreibtischlampe aus und ging matt davon. Ich überprüfte, ob die »1« auf dem Telefon gedrückt war; sie war gedrückt. Ich überprüfte, ob es ein Freizeichen gab; es gab eins.

Ich mußte noch ein paar Stunden totschlagen, machte es mir gemütlich, warf die Kaffeemaschine an, rollte den Drehstuhl zum Fenster hinüber und machte mich daran, seine Bibliothek zu überprüfen. Nichts war so richtig nach meinem Geschmack, also gab ich mich mit dem Wälzer eines gewissen Maeterlinck über Hummeln zufrieden. Wußten Sie, daß die männlichen Hummeln hin und wieder auf die Hummelkönigin springen und sie totquetschen? Auch eine Art abzutreten.

Nach und nach trollten sich die letzten Fußballfanatiker und Tennisspieler; nach und nach leerte sich der Parkplatz. Gegen sechs beobachtete ich, wie Dev das Stück beweglichen Zaunes vom Eingang wegräumte und für die Nacht verstaute. Ich trank noch eine Tasse Kaffee und begab mich wieder in die Bibliothek. Diesmal wählte ich ein äußerst unangenehmes Paperback von einem gewissen J. H. Fabre und erfuhr etwas äußerst Unangenehmes über das Liebesleben der Gottesanbeterin. Ich würde auch fromm, wenn meine Frau sich plötzlich in eine Kannibalin verwandelte, besonders mit mir als 1. Gang.

Um 19:35h klingelte das Telefon. Es war Sara.

»Okay, Boss«, sagte sie. »Er ist weg.«

»Danke, Kleines.« Ich hatte ihr befohlen, einen Freund mit Auto aufzutun und gegenüber von Dev zu parken; ich wußte nicht, ob er seinen Wagen auf dem Parkplatz oder, für ihn bequemer, vor seiner Tür abstellte. Außerdem wollte ich ihm, egal, wo er die Karre parkte, ein paar Gnadenminuten gewähren, damit er, wenn er etwas vergessen hat, nochmal nach Hause kann, um es zu holen.

»Er ist vor etwa zehn Minuten abgehauen und hatte eine komische Mütze auf«, fuhr sie fort.

»Was habt ihr getrieben, während ich wartete, gefummelt?«

»Igitt. Du bist ein altes Ferkel; hast du das gewußt?« sagte sie plumpvertraulich.

»Schon seit Jahren«, sagte ich und fuhr ebenso plumpvertraulich fort: »Okay, Sara, das war's. Zisch ab. Wo bist du überhaupt?«

»Beim allernächsten funktionierenden Telefon«, sagte sie. »Etwa drei Straßen weiter in östlicher Richtung. Wir haben das vorher ausprobiert.«

»Vielleicht bist du doch nicht ganz so dämlich«, sagte ich. »Vielleicht. Bis später.«

»Du fiese Sau«, sagte sie. »Willst du mir gar nicht sagen, was du da drin machst?«

»Nein«, sagte ich und legte auf. Ich stellte das Buch zurück ins Regal, den Stuhl hinter den Schreibtisch und machte mich davon.

Zuerst strebte ich dem Umkleideraum der Knaben zu, mit einem Schwitzehändchen die Liste umklammernd, mit dem anderen ein kleines Brecheisen oder Stemmeisen oder meinetwegen auch Brech- und Stemmeisen. Radkappenrunterwuchter? Warum nicht. Es war immer noch mehr als hell genug, aber vorsichtshalber hatte ich die kleine Taschenlampe vom Micky-Maus-Schlüsselring dabei.

Ein sensiblerer Mensch hätte die leeren Gänge als gruselig empfunden, wozu große, leere Gebäude nachts zu neigen pflegen, aber ich schaffte es zu den Spinden, ohne daß mein Haar schlohweiß geworden wäre. Als ich dort war, brauchte ich etwa alles in allem zehn Minuten, um die sechs Spinde, die mich interessierten, aufzubrechen, sie zu durchsuchen, ein paar Bücher zu zerreißen, Klamotten auf dem Fußboden zu zerstreuen, die Pin-ups innen von den

Türen zu fetzen und überhaupt eine gute, zufriedenstellende Schweinerei anzurichten. In einem der sechs Spinde entdeckte ich weiche Drogen, harte in zwei Spinden, eine langläufige .22er in einem. Messer zweimal. Machete einmal. Einmal eine Flasche billigen Bourbon, die ich zu gern an die Wand geschmissen hätte, weshalb ich das auch tat. Einen Stapel ziemlich hartgesottener Pornohefte; »Der Wetterbericht: Wenn Blondinen kommen, wird es naß« sah nach guter Lektüre aus. Alles oben Erwähnte außer dem Bourbon wanderte in meine Tragetasche.

Dann unaufhaltsam weiter in den Naturwissenschaftlichen Trakt. Er war abgeschlossen, aber mit dem vierten von Evonnes Schlüsseln ging er auf wie nichts. Ich ging durch den Korridor, in dem kein Geschöpf sich regte, Gott sei Dank, obwohl ich ein paar Kaninchen- und Meerschweinchengeräusche aus einem der Labors hören konnte. Meerschweinchen –: Erinnern Sie mich daran, daß ich mal ein Buch über Meerschweinchen lese.

Devs Tür sah reichlich harmlos aus, ein paar Schlösser, aber, soweit ich sah, nichts Trickreiches. Aber wenn etwas wirklich trickreich ist, sieht man die Tricks sowieso nicht. Ich versuchte es mit dem Brecheisen, kriegte aber nicht genug Biß, trat zurück und gab dem untersten Schloß ein ordentliches Stück Stiefel. Ich spürte, wie es nachgab, wiederholte den Trick beim obersten Schloß und knallte mit der Schulter gegen die Tür, bis ich drin war.

Na prima. Ein Problem weniger. Jetzt hatte ich nur noch ein Problem: Ich wußte nicht genau, was ich überhaupt suchte, aber ich dachte, wenn ich es finde, weiß ich, daß es das Gesuchte war. Falls ich es fand. Falls es da war, um gefunden zu werden. Er ist gar nicht mal so leicht, wie die Menschen annehmen, mein Beruf.

Es gibt nur soundsoviele Stellen, an denen man Sachen vor Mutter verstecken kann, wie alle kleinen Jungens wissen. Ich begann, indem ich einen schnellen Blick auf alles warf, was in der Wohnung war, falls mich irgendwas anspringen sollte – ein Möbelstück am falschen Ort; ein Bild, das nicht dorthin gehörte, wo es war; ein Stückchen Auslegware, das am Rand eine kleine Falte warf; ein etwas schief geratener elektrischer Anschluß; Bücher, die nicht in der Reihe standen; irgendwas; alles.

Dev hatte ein halbes Dutzend gerahmter Bilder im Wohnzimmer und noch ein paar im Schlafzimmer, alle mit irischen Motiven, aber keins schien oben weniger staubig zu sein als die anderen, was bedeutete, daß keins häufiger angefaßt worden war als die anderen, was bedeutete, daß hinter keinem etwas verborgen war.

Na prima. Zeit für ernsthaftes Schlußfolgern. Wenn etwas versteckt war, mußte man einigermaßen leicht drankommen, es mußte aber außer Reichweite für, sagen wir mal, eine Putzfrau oder einen Fensterputzer oder eine neugierige Geliebte sein. Ich betrachtete die Steckdosen über den Scheuerleisten genauer, und voilà, oder heureka, wie einige sagen: In der Kochnische war eine Steckdose, bei der die Gehäuseschraubenkerbenfarbe, also die Farbe in der Kerbe von der Schraube, mit der das Plastikgehäuse von der Steckdose an der Wand befestigt war, durch Friktion oder häufigen Gebrauch fehlte. Also löste ich die Schraube mit dem entsprechenden Gerät an meinem Taschenmesser, und, bitteschön, der Hohlraum dahinter war gerade so weit vergrößert worden, daß er einen schweren kleinen Beutel aus durchsichtigem Plastik aufnehmen konnte. In dem Beutel waren zusammengerollte Geldscheine. Außerdem war in dem Beutel etwas Heroin. Später fand ich heraus, daß es sich bei dem Geld um insgesamt $ 3750,– handelte, und daß das Heroin einen weiteren Riesen wert war. Mir fiel ein, daß ich auch hier (wie vorher auch schon bei den Spinden, was ich zu erzählen vergessen habe, weil alles so aufregend war) ein paar Schnappschüsse machen wollte; die konnten vielleicht mal ganz nützlich sein, nicht als zulässige Beweismittel, aber immerhin als unzulässiges Druckmittel.

Ach, Dev.

So ein dummer Junge.

Ich machte mir nicht die Mühe, das Plastikgehäuse wieder anzuschrauben. Ein Blick auf die Tür, und er wußte sowieso Bescheid. Oder er ahnte zumindest das Schlimmste und ging sofort rein, um nachzusehen.

Ich verließ das Gebäude so problemlos, wie ich es betreten hatte: Kleiner Schlüssel – Schrank; großer Schlüssel – Zeitschaltung; mittlerer Schlüssel – Vordertür. Wenn Val-Alarm wirklich bewaffnete Patrouillen hatte und das nicht nur der übliche Schwindel war, hatte mich niemand bemerkt. Aber ich hatte etwas bemerkt, irgend eine Störung schräg gegenüber; da parkte ein Bullenauto in der zweiten Reihe, aber ich fand es nicht sehr weise, der Sache nachzugehen, denn ich bedachte den Inhalt meiner Tragetasche und ging zügig, aber unauffällig in die entgegengesetzte Richtung, wo mein Clowns-Auto stand.

Und das war's dann auch für Freitagabend; am Samstagabend war, wenn alles klappte, Art wieder an der Reihe. Darauf freute ich mich schon.

Als ich wegfuhr, merkte ich, daß ich die kleine Weise meines Vaters sang: »Ach die Damen, ach die Damen waren stets so wunderbar. Denn bei den Damen, wenn sie kamen, wurden tausend Träume wahr.«

Genau. Wenn sie kamen.

Ich war zu Hause, Beine hoch, total entspannt.

Brandy mit Ginger in der Hand, $ 3750,– in Banknoten von Dev auf dem Cocktailtisch vor mir verstreut, etwa zehn Gramm von Devs Heroin in einer leeren Schüssel für Fernsehknabbergebäck und eine Crystal-Gayle-Kassette leise im Hintergrund. Das vollkommene Bild des zeitgenössischen San-Fernando-Valley-Mannes, wie er der Muße pflegt. Mit der freien Hand holte ich mir das Telefon heran und wählte Bennys Nummer, obwohl es unwahrscheinlich war, ihn zu dieser Tageszeit zu Hause anzutreffen.

»Benny. Was machst du denn zu Hause?«

»Nichts.«

»Schon Erfolg gehabt?«

»Deshalb bin ich zu Hause. Bin gerade zurückgekommen.«

»Scheiß jedenfalls der Hund drauf.«

»Warum soll jedenfalls der Hund drauf scheißen?«

»Weil ich es nicht mehr brauche, jedenfalls nicht alles, darum.«

»Schade«, sagte er. »Du hast es aber. Wann ziehen wir uns endlich die nassen Klamotten aus und schlüpfen in eine schöne, trockene Partie Schach?«

»Bald«, sagte ich.

»Du kommst ja sowieso vorbei, um das viele Geld abzuholen, das du plötzlich nicht mehr brauchst, oder?«

»Ich glaub schon.«

»Also?«

»Also bis dann.«

Ich steckte Geld und Heroin in einen angeblich feuerfesten Stahlkasten, stellte den Kasten ins oberste Regal meines Kleiderschranks, schloß den Schrank ab, machte etwas Katzenwäsche, nahm meine Pillen wie ein braver Junge, zog mir ein sensationelles, hinreißend blaßgelbblaues Hawaiihemd an und wollte gerade das Haus verlassen, als das Telefon klingelte.

Es war ein sehr ärgerlicher Mann.

»Mr. Daniel, was zum Teufel geht da vor?«

»Ich weiß es nicht.«

»Sie wissen es nicht. Ja, wer zum Teufel weiß es dann?«

»Darf ich fragen, mit wem ich spreche?«

»Sie sprechen mit James R. Bolden, dessen gottverdammte nagelneue Corvette in den Arsch gefahren wurde, mit dem sprechen Sie nämlich.«

»Aha«, sagte ich, »*der* James R. Bolden.« Ich hatte noch nie von dem Typ gehört.

Am anderen Ende entspann sich ein kurzer Streit, dann erklang ein »Mr. Daniel? Hier spricht Raten-Sie-mal-wer.«

Ich erriet es. »Was ist denn los, Sara?«

»Gute Frage«, sagte der kleine Strohkopf. Dann sagte sie, indem sie ihre Worte mit ungewohntem Bedacht wählte: »Ey, wa, es geht da um die offizielle Mission, in der ich heute unterwegs war, wa, ey?«

»Ich hoffe, jetzt kommt eine gute Ausrede.«

»Nur vom Allerbesten. Ich habe meinen Freund Petey um Hilfe gebeten. Wegen der schwerwiegenden Natur der Mission hat er das Auto seines Vaters ohne Erlaubnis ausgeliehen.«

Ich begann zu kapieren, zumindest teilweise.

»Es war nicht zufällig eine nagelneue Corvette?«

»Aber genau«, sagte sie. »Nachdem Sie-wissen-schonwer abgehauen war, beziehungsweise sich entfernt hatte, hatte ich so ein Gefühl, verstehen Sie?«

Verstand ich nicht. Ich hatte auch so ein Gefühl, im großen Zeh meines Football-Fußes. Aber es stellte sich heraus, daß ich sie zum ersten- und zweifellos auch zum letztenmal unterschätzt hatte.

»Wir beschlossen also, noch dort zu bleiben. Und er kam auch tatsächlich zurück.«

»Er mußte ebenfalls so ein Gefühl gehabt haben«, sagte ich. »Und was war dann?«

»Wir hatten weisungsgemäß Feindberührung.«

»Feindberührung.«

»Petey war toll. Er parkte aus, tat, als hätte er ihn nicht gesehen, und hat ihn angefahren. Raten Sie mal, was die Bullen in seinem Auto gefunden haben.«

Ich erriet eine Kanone.

»Stimmt auffallend, Vater. Aber leider mit Waffenschein.«

»Ich hoffe, sie haben nichts in eurem Auto gefunden«, sagte ich. »Eine Million schnelle Pillen zum Beispiel.«

»Niemals«, sagte sie. »Sie haben mir doch beigebracht, bei einer Beschattung immer clean zu sein.«

»Habe ich das?«

»Mr. Bolden will noch mal mit Ihnen sprechen. Hier.«

»Das kann ich mir vorstellen.« Und wieder hatte ich den feuerspeienden Mr. Bolden am Draht, aber bevor er anheben konnte, sprach ich bereits.

»Mr. Bolden, im Auftrag einer Behörde, deren Namen ich am Telefon nicht erwähnen kann, aber sie besteht aus drei Buchstaben, möchte ich Ihrem Sohn Peter und Miss Silvetti offiziell Dank und Anerkennung aussprechen. Ohne ihr promptes und entschiedenes Eingreifen wäre einer unserer wertvollsten Agenten in größter Gefahr gewesen.« Und zwar ich.

»Hören Sie zu, ich finde es nicht richtig, Kinder für sowas einzusetzen, egal, was Sie da gemacht haben. Es hätte ihnen etwas zustoßen können.« Immerhin war er vom Thema seines überteuerten Plastik-Statussymbols abgekommen.

Ich sagte ihm, wir setzten sehr selten junge Leute ein, da nur wenige den Mut und die Intelligenz besäßen, die sein Sohn und Sara an den Tag gelegt hätten, und das machte ihn noch betroffener. Wenn sein Kleiner der jugendliche Delinquent war, für den ich ihn hielt, da er (a) ohne Erlaubnis mit dem Auto seines Alten gefahren war und sich (b) mit Sara herumtrieb, hatte er wahrscheinlich nichts Nettes mehr über ihn gehört, seit er in der 4. Klasse einen goldenen Stern für Pünktlichkeit bekommen hatte.

Ich sülzte den Vater noch zusätzlich voll, indem ich ihn davon informierte, daß wir natürlich für sämtliche Reparaturen aufkämen und daß seinem Prachtsohn in Bälde ein offizieller Dankesbrief übersandt würde, wenn auch aus Sicherheitsgründen neutral formuliert. Notiz: In Bälde bei Mrs. Martel vorbeischauen, wg. Schreibpapier mit FBI-Briefkopf. Verdammt, schon wieder Kosten, die mir kein Schwein erstattete.

»Tja dann . . .!« sagte der nunmehr stockstolze Mr. Bolden. »In *dem* Fall . . .«

Ich dankte ihm für seine kooperative Einstellung und fragte, ob ich ein letztes Wort mit Miss Silvetti wechseln könne. Er gab sie mir.

»Du bist ein hirnloses Dumpfhuhn«, sagte ich ihr. »Du hättest umkommen können.«

»Sie haben es nötig«, sagte sie. »Ich nehme an, Sie wollen morgen früh einen ausführlichen Bericht von mir, wie per gewöhnlich ipsum eum?«

»Hau bloß ab«, sagte ich. Wenn es etwas gibt, was ich auf meinem dornigen Lebenspfad gelernt habe, dann dieses: Mit einem Klugscheißer kommt man nicht weit.

So. Ich wollte wieder gerade das Haus verlassen, als wieder das Telefon klingelte. Diesmal war John D. dran.

»Rate mal, wer heute nicht zur Arbeit erschienen ist.«

»Ich rate neuerdings ziemlich viel«, sagte ich. »Aber meinetwegen: Big Sal?«

»Nein.«

»Barbara Herbert, ledig, Alter: vierundzwanzig, wohnhaft Van Nuys?«

»Stimmt. Warst du das?«

Ich gab bescheiden zu, daß ich das gewesen war.

»Wie hast du das gemacht, du Hirni?«

»Professionelles Know-how«, sagte ich. »Alter Hase. Mit allen Wassern gewaschen. Plus solides geheimdienstliches Vorgehen.«

»Ich möchte wetten, du hast nur geraten«, sagte er.

»Hab ich nicht«, sagte ich, zutiefst verletzt. »Die Verweildauer war es, John. Martha ist schon, na, über drei Jahre bei dir, ihr gefällt der Laden. Und, wie heißt sie noch, Maria Sowieso . . .«

»Cintron.«

»Richtig, sie ist erst ein paar Wochen dabei; wenn sie sofort in die Kasse faßt, fällt das zu sehr auf. Außerdem: So leicht ist das nun auch wieder nicht; erstmal muß sie Zugang zu ihren eigenen Unterlagen haben. Nein, Barbara hab ich von Anfang an gemocht. Nach ein paar Monaten weiß sie schon, wo es langgeht, sie ist mehr oder weniger vertrauenswürdig, und sie kennt deine Lieferanten. Also habe ich die Lunte gelegt und abgewartet, was passiert.«

»Ich glaube trotzdem, daß du nur geraten hast«, sagte er.

»Ist doch keine Kunst. Bei einer Wahrscheinlichkeit von dreiunddreißig ein Drittel Prozent.«

»Ich bin zu tiefinnerst verletzt, um dieses Gespräch fortzusetzen«, sagte ich. »Außerdem habe ich Wichtigeres zu tun.«

»Ich auch«, sagte er. »Rate mal, wer heute abend für sie einspringt und stinkige Schuhe an besoffene Hosenanzüge vermietet.«

»Geschieht dir recht«, sagte ich mit Bitterkeit und legte auf.

Drei Treffer; ich schaffte es ohne weitere Unterbrechung aus dem Hause, und knappe fünfundzwanzig Minuten später betrachtete ich liebevoll einen Haufen Geld auf Bennys Beistelltisch. Irgend jemand hatte bei diesen Zwanzigern hervorragende Arbeit geleistet; ich konnte beim besten Willen nichts Verkehrtes an ihnen entdecken, und ich habe sie wirklich genau untersucht. Es waren immer jeweils zehn, mit einem braunen Klebestreifen zusammengehalten, genau wie bei der Bank.

»Was tut man, damit neue Geldscheine alt aussehen?« fragte ich meinen Gastgeber, der sich mir gegenüber auf einem großen Sessel zurückgelehnt hatte.

»Ich weiß es auch nicht«, sagte er. »Einen Monat lang im Portemonnaie mit sich herumschleppen? Draufrumlatschen? Unter die Achsel klemmen? Naßmachen und im Backofen trocknen? All dies und noch das eine oder andere, das mir gleich einfallen wird.«

»Versuchen können wir's ja mal«, sagte ich. »Mann, die sehen ja wirklich zauberhaft aus, stimmt's?«

Also feuchteten wir ein paar hundert Dollar an und legten sie in einen auf 50° eingestellten Backofen. Dann steckte ich mir nochmal ein paar hundert Dollar in jeden Schuh.

»Wenn überhaupt was, dann macht sie das mürbe«, sagte Benny.

Ich rollte weitere zwanzig Scheine zusammen und hielt sie, während wir Schach spielten, mit einer Hand umklammert, wobei ich immer, wenn ich daran dachte, den äußersten Schein gegen den innersten austauschte. Was nun das Schach betrifft, so hatte ich ihn in der zweiten Partie schon fast geknackt, aber dann hat er mit seinem verdammten Läufer meinen Springer und meinen Läufer flachgelegt, als ich gerade abgelenkt war, weil er aufstand und sich lärmend in seinem gottverdammten Mixer eine weitere Runde Bananen-Daiquirís anfertigte. Ich machte jedoch Fortschritte; da gab es gar keinen Zweifel.

Während der dritten Partie wählte er mit großem Bedacht den richtigen Moment, und als ich gerade zu einem alles entscheidenden Zug ansetzen wollte, fragte er beiläufig, wie es Mae ging. Wahrlich, seltsam, seltsamer, als es der Dichter zu ersinnen vermag, ist das zwanghafte Bedürfnis mancher Männer, um jeden Preis zu gewinnen, selbst bei einem harmlosen, gar nicht auf Wettbewerb gerichteten, freundschaftlichen Spielchen zwischen alten Kumpels. Naja. Wenn er es so wollte. Kurz vor einem seiner Züge warf ich den kleinen durchsichtigen Beutel, den ich in Devs Versteck gefunden hatte, auf das Schachbrett.

»Was ist das?« fragte er, ohne aufzusehen.

»Das wüßte ich gern.«

Er öffnete den Beutel, betrachtete den Inhalt und rieb sich etwas davon gegen das Zahnfleisch.

»Smack. Und zwar beste Qualität. Die Sorte, die man persisch nennt. Nicht dieser verunreinigte mexikanische Kram.«

»Was macht man damit?«

»Rauchen, wenn es *so* gut ist. Möchtest du noch etwas wissen?«

»Ja, tatsächlich. Die Adresse von einem guten, zuverlässigen Rock House.«

Er gab mir eine Adresse in der West 56th Street.

»Noch was?«

»Ja, solang ich noch dran denke.« Ich schrieb ihm einen Scheck über die Summe, die er für die Blüten ausgelegt hatte.

»Noch was?«

»Ja. Kann ich bei dir mal telefonieren?«

»Klar. Ich schlage dich sowieso; deine Königin heißt, glaube ich, Marie-Antoinette mit Vornamen.«

»Ist doch mir so wurscht.« Ich wählte die Nummer von Sam-dem-Handwerker, wechselte erst ein paar Worte mit ihm und dann mit seinem ältesten Sohn Charles.

»Ist gebongt«, sagte Charles.

Gegen Mitternacht verließ ich Bennys typische westhollywooder Durchschnittswohnung. Ich war mehr oder weniger nüchtern, da der kommende Tag lebhaft zu werden versprach. Die Geldscheine im Backofen waren hübsch getrocknet und sahen zum Anbeißen aus; die anderen gingen zur Not auch irgendwie durch. Benny, höflich wie immer, begleitete mich nicht nur zur Tür, sondern die Treppe hinunter bis ins Parterre, am Swimmingpool vorbei und bis ans Auto.

»Paß auf dich auf, Onkelchen«, sagte er.

»Auf wen denn sonst, Benny.«

Ich fuhr nach Hause, ohne bei Dave's oder beim Two-Two-Two haltzumachen, die beide direkt auf meiner Strecke lagen. Ganze Königreiche wurden schon von Männern erobert, denen weniger Charakterstärke eignete, als ich sie oft an den Tag lege.

Wie gewünscht, kam Sams Ältester am Samstagmorgen zu mir in die Wohnung, nicht zu früh, es war fast elf. Ich hatte gerade zweitausend Dollar, davon etwa ein Viertel in Blüten, alles andere in Devs Gelde, in einen Umschlag gestopft, als ich den Summer betätigte. Er kam kummervoll hereingeschlurft, sah sich einmal um, riß die Augen weit auf und schüttelte dann langsam und traurig den Kopf, als besähe er die Überreste der Baumwollernte auf den ihm im Alten Süden staatlich zugesicherten 160 Ar, nachdem der Rüsselkäfer zugeschlagen hatte.

»Das hältste nicht aus«, sagte er. »Das hält- und hältste nicht aus.«

»Was hältste nicht aus, Charles? Bißchen Kaffee genehm?«

»Diese Bude, Bruder. Wie wenn eine alte Frau hier wohnt.«

»Hier wohnt eine alte Frau«, sagte ich. »Ich nenne sie ›Mutter‹.«

»Oh«, sagte er. Es entstand eine lange Pause. »Issiwoda?«

»Nein, morgen issiwoda, aber möchtest du jetzt etwas Kaffee oder nicht?«

Er dachte etwa dreißig Sekunden lang darüber nach, dann: »Vielleicht.«

»Heißt ›vielleicht‹ ›vielleicht‹ oder ›vielleicht nicht‹, Charles?«

»Das heißt ›vielleicht später‹«, sagte er. Ich konnte mir nicht vorstellen, daß einer von Sams Söhnen so ein Blödmann war, also verarschte er den Weißen Mann. Das war mir nur recht; mir machte es fast soviel Spaß wie ihm.

»Was soll ich denn für hundert Dollar tun, Bruder?«

»Koks kaufen.«

Er spähte mich argwöhnisch an und blickte dann an die Zimmerdecke. Was er dort sah, weiß ich nicht.

»Und Schluß?«

Ich nickte.

»Bei wem?«

Ich sagte ihm, bei wem.

»Warum?«

»Weil ich nicht kann.«

»Warum nicht?«

»Charles, wie sehe ich aus?«

Er schlenderte unnötigerweise ganz nah an mich heran und betrachtete mich eingehend.

»Hauptsächlich weiß.«

»Und wie noch?«

»Groß.«

»Wenn ich bei dir an die Tür klopfte, würdest du mir für zwei Riesen Koks verkaufen?«

»Nie im Leben«, sagte er. Er schüttelte mehrmals den Kopf, dann noch ein paarmal und dann noch ein paarmal.

»Warum nicht?«

»Ich hab nicht genug Koks für zwei Riesen.«

»Aber wenn du hättest.«

»Nie im Leben.«

»Warum nicht?«

»Du könntest ein Bulle sein.«

»A-haa«, sagte ich.

»Warum sagst du das nicht gleich und machst nicht erst diesen ganzen Scheiß?« sagte er. »Wo ist die Kohle?«

Ich gab ihm den Umschlag; die Adresse vom Rock House, die Benny mir gegeben hatte, stand schon drauf.

»Da sind zwei Riesen drin?«

Ich nickte. Ich machte mir nicht die Mühe, ihm zu sagen, daß sie teilweise in irgend einem Keller entstanden waren; ich habe ja schließlich auch Humor. Zu schade, daß ich soviel echtes Geld hatte dazutun müssen, aber zwei Riesen in kaum gebrauchten Zwanzigdollarscheinen hätten jeden argwöhnisch gemacht und einen Koks-Dealer ganz besonders.

Charles nahm das Geld heraus und zählte es – *trrrrrrrrrrrrr* – so fachmännisch mit dem Daumen wie ein kurdischer Teppichhändler.

»Du willst den ganzen Koks?«

Ich nickte.

»Dann krieg ich hundert von dir?«

»Und eine schöne Nase voll«, sagte ich.

Seine Miene hellte sich kaum wahrnehmbar auf. Er steckte den Umschlag in eine Tasche seiner gelben Ausstellhose und begann, indem er mit übertriebener Vorsicht einen Fuß vor den anderen setzte, zur Tür zu gehen. Auf halbem Wege hielt er inne und wandte sich um.

»Wenn sie fragen, soll ich sagen, für wen ich das Zeug

kaufe?« Er bedachte mich mit einem ernsthaft forschenden Blick.

Ich seufzte. »Charles«, sagte ich, »ich bin gern bereit zuzugeben, daß du das Komischste seit Erfindung des Furzkissens bist, wenn du einfach mal abhaust und den Eß-Tee-Oh-Eff-Eff besorgst, bitteschön.«

»Oh«, sagte er. »Den Stoff. Cool, Bruder, cool. Alles klar, Boß. Bin ja schon fast so gut wie auf dem Wege.« Ihm gelangen ein paar weitere Schritte in Richtung Tür.

»Charles«, sagte ich, »wenn du dich – gleichgültig, aus welchem Grunde – noch einmal umdrehst, bring ich dich um.«

»Wer wird denn gleich gewalttätig werden, guter Mann«, sagte er mit piekfeinem britischem Oberklassenakzent. Dann hatte er den Nerv hinzuzufügen: »Enfin, la violence, c'est toujours le signe d'un clown, d'un pédéraste ou d'un colonial.«

Mit diesem brillanten Abschiedsspruch – was immer er bedeutet haben mochte – verließ er mich.

Na wenn schon. Dann konnte er eben auf französisch Autos knacken.

Vom Fenster aus beobachtete ich, wie Charles seinen alten roten Caddie um 180° wendete und abzischte. Bonne chance, mon ami. Dann rief mein Bruder an, um zu erfahren, ob ich immer noch plante, Mom am nächsten Tag abzuholen.

Ich sagte: »Alles klar, Boß.«

Er fragte mich, wie es mir ging.

Ich sagte: »Cool, Bruder, cool.«

Ich machte mir noch eine Kanne Kaffee und schmierte Doppelrahmfrischkäse auf mehrere Scheiben Rosinenbrot, als wieder das Telefon klingelte. Diesmal war es der Vize.

»Da haben Sie mich ja in eine schöne Bredouille manövriert«, sagte er.

»Cool bleiben, Bruder«, sagte ich. »Es geht doch bergauf.«

»Wirklich?« Er klang ungläubig. »Vor ein paar Minuten hat mich Devlin angerufen. Er sagt, letzte Nacht seien einige Spinde aufgebrochen worden.«

»Ts ts«, sagte ich. »Die Jugend von heute.«

»Die Jugend von heute. Mehr haben Sie dem Mann, der, falls Sie sich erinnern mögen, Ihr Arbeitgeber ist, nicht zu sagen?«

»Und was macht Dev nun?«

»Dev macht gar nichts, bis ich wieder mit ihm gesprochen habe; das macht Dev.«

»Nun, in dem Fall wäre mein Vorschlag, daß Sie, teurer Arbeitgeber, Dev sagen, wenn Sie mit ihm sprechen, daß er damit weitermachen soll. Wir wollen nicht, daß der Dreck weggeräumt wird, wir wollen keine Polizei, aber wir wollen, daß ein halbes Dutzend junge Leute keinen Schimmer hat, was überhaupt Sache ist, wenn es Montagmorgen in die Schule kommt.«

»Ach, wollen wir das?« sagte der Vize.

»Dev hat nicht zufällig sonst noch was Berichtenswertes gehabt, oder etwa doch?«

»Doch, zufällig hatte er das. Er erwähnte, er habe seine Schlüssel verloren und in seine eigene Wohnung einbrechen müssen.«

»Warum hat er keinen Schlosser kommen lassen?«

»Das hat er nicht gesagt.«

»Das gefällt mir«, sagte ich. »Und Ihnen wird es auch gefallen, Mr. Lowenstein.«

»Hoffentlich«, sagte er grimmig. »Ich möchte Sie eines fragen. Glauben Sie, es wird dermaleinst der Tag kommen, an dem Sie Ihren Vertrag mit Leben erfüllen und mir sagen, was hier in Gottes Namen vor sich geht?«

»Ja, das glaube ich«, sagte ich. »Bald wird kommen der Tag, an dem die heilige Ilios hinsinkt.«

»Das will ich ihm auch geraten haben«, sagte er. Im Hintergrund erhob sich ein Lärmen. »Ich muß Schluß machen; meine Tochter braucht das Telefon für etwas Lebenswichtiges, etwas, das keine Sekunde Aufschub duldet; es geht um Leben und Tod; die Zukunft der gesamten zivilisierten Welt scheint auf dem Spiel zu stehen.«

»Och, Daddy«, hörte ich seine Tochter im Hintergrund sagen.

»Dann leben Sie mal wohl«, sagte ich und legte auf. Armer, alter Daddy.

So aß ich mein einsames Frühstück und wartete auf die Rückkehr von Charles-dem-getarnten-Blödmann, nicht ohne ein gewisses Maß Vorfreude. Ich glaube, ich hätte ihm stecken können, daß ein Teil des Geldes hausgemacht war, aber dann hätte er den Ankauf nicht einmal erwogen, weil er dabei hätte totgehen können. Und Benny wollte ich auch nicht in die Sache verwickeln, denn es sollte ein Fremder sein, der ein einziges Mal kauft und dann verschwindet, damit sie nicht wußten, wen sie suchen sollten, wenn sie herausfanden, daß sie gelinkt worden waren –, was bestimmt geschehen würde, und zwar nicht später, sondern früher. Wenn das Rock House dem Weißen Manne gehörte, würden sie sich, schwer bewaffnet, in der Dritten Welt umsehen. Wenn es ein Drittwelthaus war, umgekehrt. Ein schöner, grausamer, kleiner Krieg zwischen den beiden Fraktionen schwebte mir sowieso vor. Aber ich war ein bißchen besorgt, denn in dieser Kreisliga konnte alles passieren, und das tat es ja auch meist, und wenn Charles etwas passierte, konnte ich mich auf Nimmerwiedersehen vom Antlitz der Erde verziehen. Möglichst gestern, denn Sam und seine übrige Familie würden mir richtig böse sein.

Gegen 12:30h war ich mehr als ein bißchen besorgt, ich war sehr besorgt, und gegen 12:45h war ich so besorgt, daß mir schlecht wurde. Aber dann hörte ich, wie draußen jemand quietschend bremste; ich sah hinunter, und es war der große Komiker persönlich, der sich den Rest eines Big Mac ins Gesicht stopfte; er hatte nur kurz ein Mittagspäuschen gemacht.

Also summte ich ihn herauf, er trat ein, wir dialogisierten noch einmal, als spielten wir in einem Zombiefilm, und dann verschwand er mit seinen hundert Dollar und Koks im Werte von weiteren fünfzig Dollar in den Nüstern, mich mit kleinen weißen Umschlägen mit je einem Gramm Kokain im Werte von zwei Riesen minus fünfzig Dollar zurücklassend. Ich hatte Charles die vier strammen Linien nicht nur geschenkt, weil ich gern gute Trinkgelder gebe, sondern ich wollte sichergehen, daß es das war, was es sein sollte, und das war es, aber hallo, wenn man von Charles' Reaktion nach dem ersten Husch ausgehen konnte.

»Heiße Scheiße!« sagte er und klatschte mehrmals seelenvoll in die Hände. »Das ist ja Oberboß! Manno! As, aber voll!« Und so weiter. Ich hatte den Eindruck, er könnte seine Zeit sinnvoller mit dem Erlernen der englischen als der französischen Sprache verbringen.

Ein Uhr. Es war Zeit, Art anzurufen. Ich hatte nur leider seine Telefonnummer nicht, und im Telefonbuch stand sie auch nicht. Seine Geschäftsnummer stand drin, und die wählte ich an, nur um zu hören, was passierte; ich hatte noch nie mit einem Vakuum telefoniert. Was passierte, war, daß mir eine Tonbandstimme sagte, es gebe keinen Anschluß unter dieser Nummer. Das hätte ich ihr gleich sagen können.

Also rief ich die Sicherheitsabteilung der Pacific Telephone Company an und gab ihnen die Codenummer meines Bruders, was mir das Recht gab, jeweils bis zu zwei nicht aufgeführte Nummern zu erfahren. Ich wollte nur die von Art.

Er sei nicht da, sagte mir seine Frau, werde aber in wenigen Minuten zurückerwartet. Ob ich eine Nummer hinterlassen wolle.

Nein, ich riefe nochmal an, dankeschön.

Ob ich sagen wolle, wer angerufen habe.

Ein alter Kumpel.

Während ich darauf wartete, daß er von dort, wo er war, zurückkam – vielleicht heckte er mit Dev irgendwo was Neues aus –, ging ich in die Küche, um ihm ein zierliches Geschenk als Zeichen meiner Zuneigung einzuwickeln. Ich borgte eine leere Pralinenschachtel aus Mutters umfassender Sammlung leerer Pralinenschachteln plus ein langes Stück allerliebste blausilberne Schleife. Ich füllte die Schachtel mit ein paar alten Zeitungen, um ihr etwas Gewicht zu verleihen, und packte dann aufmerksam ein Taschenbuch über Schach für Anfänger dazu, ein Buch, aus dem ich schon vor langer Zeit herausgewachsen war, das perfekte Geschenk für jemanden, der, wenn alles so lief, wie es laufen sollte, bald viel Freizeit haben würde, so etwa sieben bis zehn Jahre.

Ich verschnürte die Schachtel fein säuberlich mit der Schleife. Ich steckte noch eine Glückwunschkarte für Geburtstage mit seinem Namen und seiner Adresse in meiner besten Handschrift dran. Aus schierem Übermut klebte ich einen

VORSICHT GLAS
NICHT WERFEN!

Aufkleber drauf. Dann versuchte ich nochmal, Art anzurufen; diesmal war er zu Hause.

»Hallo, Art!« sagte ich herzlich. »Ich bin's.«

»Wer ich?«

»Ich, der ich Ihre Frittenbude in die Umlaufbahn geschossen habe.«

Pause.

»Kenn ich Sie?«

»Wir haben uns mal kurz getroffen«, sagte ich. »Ich würde Sie gern noch viel, viel besser kennenlernen.«

»Ich Sie auch«, sagte er. »Sagen Sie einfach, wo und wann, Kumpel.«

»Fahren Sie doch mit Ihrem Auto ein bißchen von zu Hause weg und sitzen Sie in etwa einer Stunde drin. Auf die Weise kann ich sehen, daß Sie alleine sind und umgekehrt.«

»Sie wissen, wo ich wohne?«

»Klar weiß ich das. Ich hätte auch gern so eine teure Wohnung.«

»Sie kennen mein Auto?«

»Klar kenne ich das. Ich würde mir auch gern sowas Neues leisten.«

»Woher haben Sie meine Telefonnummer?«

»Die habe ich nachgeschlagen, Art.«

»Soso. Okay. Ich werde da sein.« Er legte auf.

»Freu mich schon«, sagte ich in die unterbrochene Verbindung hinein. »Unbändig.«

Ich rief meinen Botendienst an und sagte ihnen, sie sollten mir unverzüglich einen willigen Jungen mit klarem Gesicht und blitzblanken Bubenaugen schicken. Sie sagten, er sei bereits unterwegs. Ich zog eine alte Safarijacke an, die ich haßte, weil sie so zweitklassig hollywoodesk war, aber ich brauchte die Taschen: eine für das Koks, eine für einen Umschlag mit fünf falschen Zwanzigern und die Brusttasche für meinen kleinen Totschläger. Dann tippte ich etwas Kurzes auf meiner Reiseschreibmaschine und steckte das in einen weiteren Umschlag. Ich vergewisserte mich, daß ich einen Schreiber dabei hatte, der schrieb. Ich vergewisserte mich, daß ich eine Kanone dabeihatte, die schoß (wobei es sich um meine vierte Police Positive handelte, die, für die ich keinen Schein besaß).

Ich rief die West Valley Police an.

War Lieutenant Conyers auch samstags im Dienst?

Jawoll.

War er in seinem Büro?

Jawoll.

Konnte ich mal mit ihm sprechen?

Jawoll.

»Shorty? Ich bin's, Ihr Lieblingsprivatdetektiv.«

Er legte auf.

Ich rief die West Valley Police an.

Konnte ich bitte mal mit Lieutenant Conyers sprechen?

Jawoll.

»Drogen, Shorty«, sagte ich. »Sie wissen doch, wie sehr Sie Drogen hassen.«

Erst sagte er nichts. Dann sagte er: »Fahren Sie fort.«

»Um es, entschuldigen Sie den Ausdruck, kurz zu machen: Ich habe einen Dealer für Sie. Wenn wir es richtig angehen, erwischen wir ihn mit Boliviens Bestem im Gegenwert von ein paar Riesen und mit einer Handvoll Spielgeld und einer nicht zugelassenen Feuerwaffe und mit was weiß ich sonst noch. Wenn Sie natürlich nicht interessiert sind, wenn Gefühle wie Neid bei Ihnen die Oberhand gewinnen . . .«

»Details, bitte«, sagte er.

Ich gab ihm die Details. Zumindest einige. Dann gab er mir das Sendezeichen seines Autofunks. Dann sagte er: »Wehe Ihnen, wenn Sie Scheiße bauen, Daniel«, und legte auf, bevor ich noch mehr sagen konnte, was irgendwie mit *kurz* zusammenhing. Wer weiß, vielleicht war er ja doch ein ganz anständiger Typ. Wenn er voll ausgewachsen war.

Kurze Zeit später hörte ich das verräterische Geglotter des Botenmopeds. Ich rief dem Boten aus dem Fenster zu, er solle bleiben, wo er sei; ich käme gleich runter. Ich schnappte mir die Pralinenschachtel, schloß ab und ging hinunter. Der junge Mensch hatte seinen Helm abgenommen und kämmte sein langes blondes Haar mit einem langstieligen Damenkamm aus Plastik. Ich sah kurz in den Briefkasten; ein Brief war drin. Auf dem Umschlag stand *von Hand zugestellt*. Super-Punk hatte wieder zugeschlagen.

»Sind Sie ein williger Junge?« fragte ich den jungen Menschen und versorgte meine Post.

»Jawohl, Sir«, sagte er. »Ich würde mich durchaus als willigen Jungen bezeichnen. Das heißt, soweit es das Geschäftliche betrifft.«

»Wie schön«, sagte ich. »Willige Jungens sind die Art Jungens, die gelegentlich mit sehr wenig Arbeit sehr viel Geld verdienen.«

»Wirklich?« fragte er mit gespieltem Erstaunen. »Das muß man sich mal vorstellen. Aber ich möchte nicht, daß Sie glauben, ich täte diesen Job nur, um ein paar schnelle Dollars zu machen; ich habe ihn immer als die Chance angesehen, einen nützlichen Beruf zu erlernen.«

»Gott«, sagte ich, »wenn es in diesem Lande nur mehr willige junge Burschen wie Sie gäbe, dann befände es sich jetzt nicht in diesem beklagenswerten Zustand.«

Er senkte bescheiden den Kopf und mußte daraufhin seine Locken nochmal von vorne kämmen.

»Um direkt zur Sache zu kommen, lieber williger Junge«, sagte ich, »ich habe hier ein Geschenk für einen lieben, alten Freund. Ich möchte, daß Sie es bei ihm anliefern. Da es sich jedoch um eine Überraschung handelt, werde ich meinen alten Kumpel schlau an der Nase herumführen, das heißt, ich werde bei ihm im Auto sitzen, während Sie das Geschenk bei seiner charmanten Gattin abgeben.«

»Wie aufmerksam«, sagte er, nahm das Paket und schüttelte es ein ganz klein wenig argwöhnisch.

»Nicht, was Sie denken«, sagte ich, »und auch nichts Illegales; sonst würde ich nicht hier draußen in aller Öffentlichkeit mit Ihnen verhandeln, und außerdem arbeite ich schon seit Jahren mit Ihrer Firma, und man kennt mich dort gut.«

»Da ist was dran«, sagte der junge Mensch und verstaute das Paket in einer Satteltasche, nachdem er einen kurzen Blick auf die Adresse geworfen hatte. »Um reich zu werden, brauche ich dies also nur der kleinen Frau zu überreichen?«

»Da wäre noch eine winzige Kleinigkeit«, räumte ich ein.

»Ich war noch nie so unüberrascht«, sagte der junge Mensch. Ich begann ihn zu mögen; vielleicht konnte ich ihn mit Sara verkuppeln.

»Sie werden all Ihren jugendlichen Charme spielen lassen, damit die Hausherrin Sie das Badezimmer benutzen läßt.«

»Und was soll ich da?«

»Für fünfzig Dollar pinkeln. Und vergessen Sie nicht, den Raum so zu hinterlassen, wie Sie ihn vorzufinden hoffen.«

»Sonst nichts?«

»Sonst nichts.«

»Und was ist, wenn sie ›nein‹ sagt? Ich meine, glauben Sie's, oder lassen Sie's bleiben, aber es ist durchaus schon vorgekommen, daß Damen ›nein‹ zu mir sagten. Lassen Sie mich überlegen; erst letztes Jahr . . .«

»Ich möchte, daß Sie sich irgendwie Zutritt zu dieser Wohnung verschaffen und dort, wenn möglich, einen Augenblick lang allein sind, und sei es auch nur, während sie den Lieferschein unterschreibt. Sagen Sie, Ihr Kuli sei kaputt, damit sie einen holen geht, sagen Sie, Sie müßten bei der Firma anrufen, irgendwas. Wenn Sie das schaffen, tun Sie etwas Auffälliges, damit ich es vom Auto aus sehen kann. Kapiert?«

Der junge Mensch nickte. »Höre ich fünfundsiebzig Dollar?«

»Hören Sie nicht«, sagte ich fest. »Sie hören fünfzig.« Ich gab ihm schon mal die Hälfte und sagte, ich würde ihm die andere Hälfte in einem separaten Umschlag schicken, wenn ich die Rechnung des Botendienstes bezahlte. Dann fuhren wir hintereinander her ins Ungewisse, oder prosaischer, zu Arts Eigentumswohnung. Und ich grübelte. Ich grübele nicht oft, aber an jenem Samstag grübelte ich. Vielleicht war es die Ruhe vor dem Sturm. Ich fragte mich, wie es Tante Jessica ging; sie war zurück nach Osten gezogen, und ich hatte über ein Jahr lang nichts von ihr gehört; nicht, daß da viel zu hören gewesen wäre. Ich grübelte kurz über Mae nach –; zu schade, daß ich kein Bild von ihr besaß; ich hätte dramatisch werden und es zerreißen oder mit dem Gesicht zur Wand drehen können oder so. Zu schade, daß ich kein Bild von Miss Shirley besaß –; ich hätte ihm vor dem Einschlafen einen Gutenachtkuß geben können. Ich dachte an ein Mädchen, das ich mal kannte. Sie pflegte Mayonnaisebrote zu essen. Sie wiederum hatte eine Cousine, welche, wie sie mir mal gesagt hatte, Brote mit rohem Gemüse drauf zu essen pflegte.

Merkwürdig, daß man manche Ungesetzlichkeiten nicht nur akzeptieren, sondern sogar praktizieren kann; andere dagegen machen einen soooo wütend! Daß jemand meinen Freund John D. beklaute, machte mich zutiefst betroffen, aber daß ich beim Cousin der Nus Ware zweifelhaften Ursprungs einkaufte, finde ich völlig normal. Wenn ich Spesenabrechnungen auspolstere, dann macht mich das normalerweise nicht nur nicht betroffen, sondern es ist das reine Vergnügen, wie das Bescheißen bei der Einkommenssteuererklärung, aber worin besteht der Unterschied zwischen Mr. Seburn und Mr. Millington? Bluten sie nicht beide? Wie zieht man den Trennungsstrich? Ich habe noch nie einen Stierkampf gesehen, aber ich hätte nichts dagegen. Ich habe noch nie einen Hahnenkampf oder eine Fuchsjagd gesehen, aber ich hätte was dagegen. Manche können angeln, aber nicht jagen. Manche essen Pferde und keine Kühe, was keine schlechte Idee ist, wenn es sich bei dem Pferd um einen Zossen handelt, auf den man hundert Dollar gesetzt hat und er kommt als letzter rein, aber trotzdem. Ich habe mal gelesen, daß man nach dem Stierkampf nach hinten zum Bühneneingang gehen und die Eier des Stiers kaufen kann, damit man was Knuspriges zum Tee hat. Sehen Sie, wohin zuviel Gegrübel einen führt?

Arts Eigentumswohnungskomplex schmiegte sich an die nördlichen Hänge der Hollywood Hills, direkt auf der anderen Seite der berühmten HOLLYWOOD-Buchstaben. Es war ziemlich weit, aber ich hielt mich vom Freeway fern, weil ich nicht wußte, ob das Glotterdings des jungen Menschen da zugelassen war, weshalb wir über den Ventura Boulevard fuhren und dann die Hügel unter dem Reservoir hinauf. Gleich bei der Abzweigung stand ein Hamburger-Imbiß, den ich manchmal besuchte, weil der Besitzer Eintrittskarten für Dodger-Spiele verkaufte. Ich hupte ein paarmal, um den jungen Menschen auf mich aufmerksam zu machen, und wir fuhren rechts ran. Ich starb schon wieder Hungers, ich weiß nicht warum, ich hatte eben erst gefrühstückt.

Während ich zwei ausgezeichnete Hotdogs herunterschlang, las ich Saras neuestes Kommuniqué:

VERTRAULICH

22. Mai
Bericht
Von: Agentin S. S.
An: V. D. (Ha ha)
(Nach Beschattungsnotizen angefertigt)

17:45h Kontaktaufnahme (P. »Petey«) Bolden.
Zu drehendes Ding erläutert.
Er hat Ja gesagt.
Woher nur, woher kommt meine Macht über Männer?
18:30h Er fährt in seines Vaters Corvette vor.

Ich verabschiede mich aalglatt, und dann
Patrouillieren wir ums Schulgelände.
18:45 h Telefonüberprüfung (meine Idee) Ausgaben: 00,10
Es funktioniert.
Zwei Coca zum Mitnehmen aus Tarnungsgründen

Ausgaben: 01,20
18:55 h Parken circa 50 Meter südl. der Schule Victory
   Boulevard
Sinken tief in die Sitze, schlürfen Brause
Und hören Radio, d. h. wir
Spielen Rolle typischer Teenager
Mit all ihrer Grotesquerie
Und Phantasielosigkeit.
19:15 h Lasse Petey auf einen Kuß ran und auf ein
Schnelles Gegrabbel
Und ein bißchen Gesabbel
Damit der Blödmann bei Laune bleibt.
19:25 h Verdächtiger in Uniform und mit komischer Mütze
Fährt ab, olé,
In einem grauen '82er Chevrolet
Und fährt an uns vorbei Victory Boulevard Richtung
   Norden.
Lasse Petey nur aus Tarnungsgründen auf einen 2. Kuß ran.
Lasse weisungsgemäß fünf Minuten verstreichen, begebe
   mich dann zur Telefonzelle (siehe oben).
19:35 h Anrufe bei V. D. zwecks Rapport

Ausgaben: 00,10
Wiederaufnehme Beschattung
Befehlen strikt zuwiderhandelnd
Und zwar (bitte ankreuzen) wg. (a) brillanten Anfalls von
   weiblicher Intuition
(b) normaler weiblicher Neugier
(c) Peteys Schiß vor zu Hause, hat er doch den Wagen ohne
Seines Vaters Erlaubnis genommen

(d) des Dichters Gier nach Erfahrung.
Und bist du nicht froh, daß wir's taten,
Du Großer und, im Dunkeln, auch Hübscher??
19:45h (etwa): Ich sehe was, was aussieht wie das Kfz. des
    Verdächtigen
Und auf der anderen Straßenseite vor einer roten Ampel
    hält.
»Petey, fahr los.«
Er fährt los.
»Petey, wenn er das ist, fahr ihn an.
Ich mach's wieder gut . . . Irgendwie.«
Woher nur, woher kommt meine Macht über Männer?
Er war es. Krach! Knirsch!! Schrapp!!!
Wut und Tränen,
Bullen, Gewusel und Wirrwarr, ganz fürchterlich,
Ein Wahnsinnsauftrieb, fürchte ich,
Zwei zerschmetterte Kotflügel, fürchte ich
Ebenfalls.   Ausgaben: Millionen,
                                                        vermutlich
Dann: wutentbrannter Vater,
Dann: schluchzende Mutter,
Dann: Anruf bei Agentenführer (meine Idee)
Dann: stolzer Vater,
Dann: strahlende Mutter,
Dann: zurück in leere Wohnung
& Abendessen (Suppe & kaltes Roastbeef).
Ende der Durchsage,
Sagt
Sara.   Ausgaben (total): 01,40
                                                plus: Millionen

»Was war das?« fragte der junge Mensch, als ich die Lektüre beendet hatte.
    »Das weiß Gott allein«, sagte ich. So ein Strohkopf. Ich

will doch nicht wissen, was die dumme Person zu Abend gegessen hat.

Ich zahlte, und wir machten uns wieder auf den Weg. Als wir der Sache näher kamen, gab ich Zeichen, damit er zurückblieb und wir nicht beide gleichzeitig bei Art auf der Matte stehen.

Arts Eigentumswohnung war wirklich in einer todschikken Siedlung; da waren acht oder zehn in Redwood gehaltene Residenzen unregelmäßig um eine große Terrasse mit Swimmingpool angeordnet, und im Hintergrund waren Stallungen und ein Reitweg zu sehen, komplett mit kleinen Hindernissen. Ich war ein bißchen zu früh gekommen, aber etwa fünfzig Meter weiter weg war Arts Auto geparkt, und Art saß sogar drin. Ich stellte mich hinter ihn, aber nicht zu nah, stieg aus, klopfte ans Fenster, und dann, als er die Tür entriegelte, glitt ich auf den Schalensitz neben ihm.

»Schöner Tag«, sagte ich.

»Das mußten Sie gewesen sein«, sagte er und warf mir einen haßerfüllten Blick zu. »Ein Anstreicher, auch das noch.«

Ich ließ ihm mein zweitbestes Lächeln zuteil werden, zog meine Kanone, hielt sie mit der einen Hand im Schoß und untersuchte ihn mit der anderen auf Waffen. Ich fand keine.

»Werden Sie doch mal erwachsen«, sagte er. »Glauben Sie denn, ich spinne?«

»Ja, Art, das glaube ich«, sagte ich. »Ich glaube, man spinnt, wenn man heutzutage herumläuft und Häuser abfackelt und Leute umbringt. ›Spinnen‹ faßt das hervorragend zusammen.«

»Ich hab überhaupt nichts gemacht«, sagte er. »Und Sie können mir auch nichts beweisen.«

»Vielleicht nicht«, sagte ich, »vielleicht aber doch.«

»Vielleicht nicht«, sagte er. »Wer sind Sie eigentlich, verdammte Scheiße nochmal?«

»Gute Frage«, sagte ich. »Es erstaunt mich, daß Sie sie nicht schon früher gestellt haben, wenn Sie's wirklich wissen wollten.« Ich sah, daß er auf die Kanone in meiner Hand starrte, also warf ich sie ihm auf den Schoß. »Sowas nennt man eine Police Positive.«

Er sprang eine Meile hoch. »Vorsicht, um Himmels willen!«

»Keine Bange, Kumpel, sie ist nicht geladen«, sagte ich. »Ich war nicht sicher, ob ich der Versuchung widerstehen könnte.«

»Nehmen Sie das gottverdammte Ding«, sagte er und warf sie mir zurück. Ich warf einen ungeheuer beiläufigen Blick über die Schulter und sah den willigen Jungen in einer der Eigentumswohnungen verschwinden. Zwei Kinder kajolten auf Skateboards am Auto vorüber. Eine Dame mit einem Kopf voll Lockenwickler ging auf der anderen Straßenseite vorbei.

»Wenn es etwas gibt, was ich hasse«, sagte ich. »Wie geht es Dev denn so in letzter Zeit?«

»Was fürn Dev, ich kenn keinen Dev.«

»Dev. Jeder kennt doch Dev. Sicherheitsobermotz bei St. Stephen's. St. Stephen's. Die Schule. Gegenüber von Ihrer ehemaligen Geschäftsadresse.«

»Sehr witzig«, sagte er. »Vielleicht hab ich ihn mal flüchtig gesehen; nun kommen Sie schon zur Sache, Mann.«

Ich zog den Umschlag mit dem Koks hervor und gab ihn ihm.

»Haben Sie das schon mal gesehen?«

Er sah hinein, betrachtete die durchsichtigen Säckchen und sagte: »Nö.«

Ich steckte den Umschlag sorgfältig weg, holte dann den Umschlag mit den falschen Zwanzigern hervor und gab ihm den.

»Und das hier?«

Er überprüfte den Umschlag und sagte: »Geld ist Geld; wer weiß?« Ich nahm ihn wieder an mich und steckte ihn ebenfalls weg.

»Schon mal von einem Jungen namens Les La Rosa gehört, oder Micky Spritz oder Paco de León oder Harold Hall?«

»Wer weiß; ich hab den ganzen Tag mit Kids zu tun; woher soll ich wissen, wie die heißen.«

Ich seufzte. Das tat mir so gut, daß ich es gleich nochmal machte.

»Art«, sagte ich, »machen Sie mich nicht noch wütender, als ich schon bin, denn ich bin bereits wütend genug, um Ihnen das dicke Gesicht einzutreten. Diese vier Kids und noch ein paar andere haben für Sie gearbeitet. Sie haben illegale Substanzen an Minderjährige verkauft, bis jemand gestern nacht ihre Vorräte gefunden hat.«

»Davon weiß ich nichts«, sagte Art.

»Warum haben Sie eigentlich immer ein rotes Gesicht?« fragte ich. »Ist Ihnen irgendwas peinlich?« Ich hörte ein Auto heranfahren und irgendwo hinter uns parken. Ich hoffte, es war mein Lieblingszwerg. Dann hörte ich, wie das Moped des willigen Jungen durchstartete; als er an uns vorbeifuhr, riß er das Vorderrad hoch und fuhr ein Stück Weges auf dem Hinterrad weiter. Dann glotterte er friedlich hügelab. Diese akrobatische Einlage war, so hoffte ich, das vereinbarte Signal.

»Die Jugend von heute«, sagte ich, nicht zum erstenmal.

»Hören Sie, Kumpel«, sagte Art, »wenn Sie nichts Interessanteres zu sagen haben, hau ich wieder ab.«

»Sie haben eine kurze Aufmerksamkeitsspanne, wußten Sie das, Art? Aber, okay, vielleicht interessiert Sie dies trotzdem. Vor ein paar Minuten hat ein Botenjunge ein Paket bei Ihnen zu Hause abgegeben. Ihre charmante Frau hat ihn kurz hereingelassen, wer weiß warum, vielleicht mußte er mal, vielleicht wollte er telefonieren. Egal, und jetzt kommt der wirklich interessante Teil, er hat nämlich Nasenzucker im Werte von fünf Riesen in Ihrem schönen neuen Eigenheim versteckt.«

»Sie verarschen mich doch«, sagte Art.

»Ist das nicht«, bemerkte ich, »eins dieser neumodischen Autotelefone, die ich hier zwischen uns sehe? Warum rufen Sie nicht einfach mal Ihre Süße an, um es herauszufinden?«

Er holte ein paarmal tief Atem, bedachte mich mit einem ungezogenen Blick, stellte das Telefon an und fuhr mit seinem ungezogenen Blick fort, bis das Amt ihn verbunden hatte.

»Deb? Ich bin's. Direkt vor der gottverdammten Tür, da bin ich. Hör zu, hast du gerade einen Botenjungen reingelassen? Ach, hat er das? Du dämliche Kuh.«

Ich unterbrach die Verbindung, bevor er noch mehr zu ihr sagen konnte. Als er aussteigen wollte, sagte ich: »Lieber nicht, Art. Sehen Sie mal, wer vor Ihrem Haus parkt.«

Er sah mal.

»Das ist ein Polizist ist das«, sagte ich. »Klein, aber jeder Zoll ein Bulle. Außerdem haßt er Pusher. Außerdem hat er einen Durchsuchungsbefehl in seiner winzigen Hand. Wenn Sie wieder einsteigen, sage ich Ihnen, warum er Ihre Wohnung nicht bereits auf den Kopf stellt.«

Art setzte sich schwer hin.

»Tür«, sagte ich.

Er knallte die Tür zu.

»Er wartet, daß ich ihn mit Ihrem neumodischen Telefon anrufe, darauf wartet er nämlich, Art, darauf, daß ich ihm entweder sage, los, los, er soll Sie verhaften, oder er soll es vergessen. Wollen Sie verhaftet werden, Art? Mit Ihrem Vorstrafenregister wird es ganz schön dauern, bis Sie wieder Billigwürstchen grillen dürfen, außer, natürlich, Sie heuern im Kahn als Smutje an.«

»Sie können mich mal«, sagte Art. Wieder griff er nach dem Telefon; ich schnappte mir sein Handgelenk und drehte daran, bis ihm der Schweiß aus dem fetten, roten Gesicht trat.

»Wieder lieb sein?«

»Schon gut, schon gut, um Himmels willen«, sagte er. Ich ließ ihn los.

»Hören Sie, Kumpel«, sagte ich. »Würden Sie mir wohl glauben, daß ich mich gar nicht für Sie interessiere? Ich werde dafür bezahlt, daß ich was gegen Dev unternehme, nicht gegen Sie. Ich glaube, wir sind jetzt quitt, Sie und ich. Sie haben mein Büro in Schutt und Asche gelegt, und ich habe Ihren Imbiß in die vierte Dimension gejagt, wenn es nicht sogar die fünfte war. Und was den Jungen betrifft, diesen dummen Jungen, da weiß ich, daß es ein Unfall war; Sie haben ihm wahrscheinlich einen Gefallen getan; das sagt seine Mutter auch.«

»Ich hab gehört, er war so eine Art Schwachsinniger«, sagte Art und rieb sich das Handgelenk.

»Genau«, sagte ich. »Was aus Ihnen wird, ist mir völlig wurscht; ich bin hinter dem guten, alten Dev her. Hat er Ihnen gesagt, daß das FBI hinter ihm her geschnüffelt hat?«

»Er hat es erwähnt.«

»Aber Sie wurden von denen noch nicht belästigt?«

»Nicht, daß ich wüßte.«

»Was glauben Sie wohl, wie ich auf Sie gestoßen bin; denken Sie mal drüber nach, Kumpel. Wer will denn die Bullen vom Arsch haben, wer legt vielleicht sogar ein Geständnis ab und ist danach ein freier Mann?«

»Dev, das Arschloch«, sagte Art.

»Hier, lesen Sie das.« Ich gab ihm das literarische Werk, das ich zu Hause getippt hatte, nachdem sein Geschenk so geschmackvoll verpackt war. »Ich hab nur ganz kurze Wörter genommen, um es Ihnen leichter zu machen.«

Es gelang ihm, alles zu lesen, ohne die Lippen zu bewegen, aber man konnte sehen, daß es ihn Anstrengung kostete. Oder vielleicht bin ich auch nur wieder gemein.

»Was heißt verdammtnochmal ›kein Zwang ausgeübt‹?« fragte er einmal.

Ich sagte es ihm. Was er las, war ein kurzes Statement, in welchem bestätigt wurde, daß Devlin der Mittelsmann bei dem Geschäft war, daß er Bestechungen annahm, um wegzukucken, und daß er außerdem eine regelmäßige Lieferung Heroin bezog.

»Mann, das ist noch nicht mal ein juristisches Beweismittel«, log ich. »Ich brauch das nur, um was gegen den Bastard in der Hand zu haben.«

»Ich unterschreibe, und Sie sorgen dafür, daß die Bullen mein Haus nicht durchsuchen?«

»So wahr Gott mein Zeuge ist«, sagte ich und blickte ihm fest ins Auge.

Der Blödmann unterschrieb. Ich steckte das Papier in eine Innentasche.

»Wie funktioniert überhaupt son Ding?« fragte ich ihn und zeigte auf das Autotelefon. Er stellte das Ding an und bekam ein Fräulein vom Amt. Ich sagte ihr das Rufzeichen des Lieutenant, und sie gab es weiter. Nach einer Minute hatte ich durch eins der vielen Wunder der modernen Technik die Verbindung.

»Conyers«, sagte er.

»Jederzeit, Shorty«, sagte ich. »Erstaunliche Erfindung, was? Übrigens, sehen Sie sich jetzt auf gar keinen Fall um.« Natürlich sah er sich sofort um und erblickte den Zwerg, der auf uns zu kam. Während seine Aufmerksamkeit auf diese Weise abgelenkt war, ließ ich die beiden Umschläge unter den Sitz gleiten, und als Art begann, aus dem Wagen zu klettern, fügte ich die Kanone und einen Ladestreifen mit Muni hinzu. Dann stieg ich hastig rechts aus.

»Mr. Wetmore?« sagte Lieutenant Conyers, als er nahe genug gekommen war. »Ist mir ein Vergnügen. Ich habe hier einen Durchsuchungsbefehl, der Sie interessieren dürfte.«

»Sie verlogenes Arschloch«, sagte Art zu mir.

»Niemand ist vollkommen«, sagte ich zu ihm. »Aber wie das so Ihre Art ist, Art, haben Sie wieder mal die falschen Schlüsse gezogen. Wofür ist denn der Durchsuchungsbefehl ausgestellt? Für seine nagelneue Redwood-Eigentumswohnung?«

»Aber nein«, sagte Conyers. »Für sein fast nagelneues Auto. Ich habe, da mir entsprechende Beweisunterlagen vorliegen, Grund zu der Annahme, daß Sie illegal Drogen, Falschgeld und eine nicht angemeldete Schußwaffe nebst Munition transportieren. Bei allen drei Ihnen zur Last gelegten Vergehen handelt es sich im Staate Kalifornien um Kapitalverbrechen. Ich hoffe um Ihretwillen, daß sich auf keinem der Gegenstände Ihre Fingerabdrücke befinden.« Doch, sie fanden sich. Auf allen.

Ich behielt Art, dessen Geschichte mir inzwischen vertraut war, gut im Auge. Deshalb wich ich seinem ersten rechten Rundschlag aus, aber dafür erwischte ich einen guten linken Haken, woraufhin ich beschloß, am Kampf teilzunehmen. Art war groß, schwer und langsam; das war ich auch, aber ich war größer und schwerer. Er tat mir ziemlich weh, doch ich tat ihm noch weher, aber zum Schluß nahm ich ordentlich Maß und knallte ihm eine fast wie mit dem Lineal gezogene Gerade aus der Hüfte vor den Latz. Der Lieutenant trat nur ein paar Schritt zurück und schaute zu. Einmal sagte er: »Jetzt aber voll auf die Banatzel«, aber ich werde nie erfahren, zu wem er das sagte.

Als Art schließlich zu Boden gegangen war, trat ich ihm einmal, so doll ich konnte, in die Leistengegend. Er schrie; Tränen liefen ihm über das fette Gesicht.

»Timmy«, sagte ich. »Der Schwachsinnige. Er hieß Timmy.«

Dann legte ihm der Zwerg Handschellen an, zog eine kleine gedruckte Karte hervor und las ihm seine Rechte vor, und, als er wieder gehen konnte, führte er ihn den Hügel hinauf. Art blieb einmal stehen, um Blut und Teile seiner Brücke zu spucken.

»Wie sieht das nun wieder aus«, sagte ich.

Ein Tag wie Samt und Seide, überlegte ich, als ich auf dem Balmoral Drive in Richtung Freeway fuhr. Ein südkalifornischer Tag wie Samt und Seide. Ich machte am Autoradio rum und erwischte schließlich Barbara Mandrell, die sich darüber beklagte, daß sie immer den falschen Mann abkriegt. Du kuckst nicht richtig; hier sitze ich doch, sagte ich zu Barbara.

Zu Hause zog ich die törichte Safarijacke aus und ein superbes frühhawaiianisches Teil an, fast ein Sammlerstück, transferierte Arts Geständnis in meine Brieftasche, nahm die Rolle Film, die ich nachts in der Schule vollgeknipst hatte, und zuckelte zu meinem Freund Wade hinüber. Ein Tag wie Samt und Seide, überlegte ich, während ich zuckelte.

Wade lag wie üblich draußen in seiner Hängematte und paffte eine grelle Wasserpfeife, die Sorte, die man im letzten Augenblick auf nordafrikanischen Flughäfen für jemand anderen kauft. Der gigantische Köter, der im Schatten unter der Hängematte döste, sah genauso stoned aus wie sein Herrchen; er öffnete kurz ein Auge und macht es dann wieder gut zu.

»Wenn es sich um, sagen wir mal, Arbeit, sagen wir mal, handeln sollte, dann kannst du's gleich vergessen, Alter«, sagte Wade. »Ich bin im Ruhestand. Ich habe mich dorthin zurückgezogen, wo es viel, viel besser ist als auf der Erde.«

»Und wo ist das?« fragte ich ihn ehrerbietig.

»Es hat keinen Namen«, sagte er träumerisch. »Es wird nur als Zahl geführt.«

»Gibst du mir vielleicht die Nummer?«

»Ganz bestimmt nicht«, sagte er und inhalierte einen langen, gurgelnden Zug von etwas, was wie Nepalese roch. »Niemand über eins achtzig darf je die Nummer erfahren.«

»Entschuldige die Frage, Meister«, sagte ich demütig. »Und entschuldige, daß ich ein so krasses Thema wie dinero anreiße, aber benutzen die da, wo du bist, Geld?«

»Ja«, sagte er. »Als Geld verwenden sie Schmetterlinge.«

»Das muß guter Stoff sein«, sagte ich. Ich warf ihm die Filmrolle auf den schmächtigen Brustkasten. »Zwei Kontaktabzüge, und zwar sofort; dann werde ich dich mit Schmetterlingen in jeder gewünschten Währung belohnen, und zwar in zwei Zwanzigern und einem Zehner. Gibt es dort, wo du bist, so etwas wie Zeit?«

»Ja«, sagte Wade. »Sie messen sie in Seufzern.«

»Dann bin ich in dreißig Seufzern wieder hier«, sagte ich und machte, daß ich wegkam. Seine Katze sonnte sich auf meinem Autodach und kam nicht von dem Dach herunter, bis ich aus der Einfahrt fuhr.

Nicht weit davon fand ich ein Postamt, wo es einen Kopierer gab; ich machte ein paar Kopien und nahm dann ein spätes Mittagessen in demselben Ekel-Imbiß bei Wade um die Ecke ein, in dem ich ein paar Tage vorher schon mal gefrühstückt hatte. Der Schmorbraten war ekelhaft, der Apfelkuchen ebenfalls. Ich wußte, ich hätte die Bananenkrem nehmen sollen; die ist immer ekelhaft und enttäuscht einen nie.

Na schön. Zurück zu Wade, wo die Szene unverändert war, außer daß sich die Kontaktabzüge in einem Umschlag in einer seiner scheinbar leblosen Hände befanden. Ich entwandt ihm sanft den Umschlag und sagte ihm, seine Schmetterlinge seien mit der Post unterwegs.

»Wo ich bin, sind keine Gefühle erlaubt«, sagte Wade, ohne die Augen zu öffnen. »Außer, gelegentlich, tiefes Mitleid.« Er strich sich selbstzufrieden über den schütteren Zickenbart.

Wieder zu Hause. Ein schwacher Brandy mit Ginger Ale, um den Geschmack des verhauenen Schmorbratens wegzuspülen. In meiner Sicherheitskiste verstaute ich Original und eine Kopie von Arts Statement und einen der Kontaktabzüge. Dann machte ich mich ein wenig im Haushalt nützlich, damit für Mom auch alles ordentlich war. Das soll nicht heißen, daß ich den Backofen und den Badezimmerspiegel wienerte und das Küchenlinoleum bohnerte, aber ordentlich war es. Dann sammelte ich den Scherbenhaufen meines verpfuschten Lebens . . . Gar nicht wahr; auf den Scherbenhaufen meines verpfuschten Lebens komme ich später zu sprechen . . . Dann sammelte ich das ein, was ich bald benötigen würde, und fuhr zu St. Stephen's, um Dev zu suchen. Während der Fahrt wurde nicht gegrübelt. Nicht mal überlegt.

Es war gar nicht so einfach, ihn zu finden, weil die Schule, da es Samstag war, offiziell geschlossen war, aber glücklicherweise waren viele Kids da, die verschiedenerlei Sport trieben, und einer der Turnlehrer ließ mich schließlich durch eine Seitentür hinein. Dev saß in einer Ecke der menschenleeren Turnhalle auf einem Klappstuhl. Er trug eine alte Trainingsjacke und Shorts. Sein künstliches Bein fing direkt unter dem Knie an. Er schnallte es gerade ab, als ich zu ihm ging. Neben ihm auf dem Fußboden lagen zwei kleine Hanteln, wie man sie zur Kräftigung der Unterarme verwendet, und eine große, schwere, auf der sein gesundes Bein ruhte. Seine Prothese war aus glattem, fleischfarbenen Plastik und nicht so metallisch, wie ich das vielleicht erwartet hatte.

»Tag, Dev«, sagte ich. »Wollen Sie ein paar Körbe schießen?«

Er schnallte sein Bein fertig ab, hielt es in die Höhe und begann, es mit einem sauberen Handtuch, das er über der Schulter getragen hatte, abzuwischen. Die Hautfalte über dem Amputationsstumpf sah rot und entzündet aus.

»Da kommt immer Dreck rein«, sagte er, »egal, wie vorsichtig man ist.« Er hielt die Augen auf sein Bein gerichtet und vermied meinen Blick. »Ich hab vier von den Dingern, für verschiedene Zwecke.«

Ich bückte mich, versuchte, die schwere Hantel zu heben, und es gelang mir, das eine Ende ein paar Zentimeter hoch zu lupfen.

»Uff«, sagte ich. »Art ist jetzt an einem viel, viel schöneren Ort, wo er keinen Namen mehr hat. Eine Nummer wird er allerdings haben.«

»Es war nicht meine Idee«, sagte Dev, immer noch in sein Gewische vertieft. »Ich möchte, daß Sie das wissen.«

»Okay«, sagte ich.

»Ich hab Sie trotzdem gleich durchschaut«, sagte er. »Außerdem habe ich ihm gesteckt, daß Sie herumschnüffeln, aber das ist alles.«

»Okay«, sagte ich. Ich sah mich ein bißchen um. »Die haben jetzt aber viel Zeug hier, das wir zu meiner Zeit nicht hatten. Wir hatten nur zwei Reifen, ein paar Springseile und eine Sprossenwand.«

»Und ein paar dreckige Matten«, sagte er. »Die dürfen Sie nicht vergessen.« Er begann ein paar Übungen mit seinem schlimmen Bein; er hob es so hoch, wie er konnte, ließ es oben und entspannte es dann. Durch die Anstrengung standen die Adern an seinem Hals vor wie Kabel. »Das mach ich zweimal täglich fünfzigmal.«

»Jedem das Seine«, sagte ich.

»Haben Sie mein Smack dabei?« fragte er. »Ich brauche es. Und heute abend werde ich es noch dringender brauchen.«

»Ich hab's dabei.«

»Haben Sie Art's auch in die Luft gesprengt? Bestimmt. Wie haben Sie das gemacht?«

»Mit Hühnersuppe.«

»Das mit Bobby, waren Sie das auch? Bestimmt. Worum ging es da überhaupt?«

»Ich wollte mich mal wieder in Schale schmeißen«, sagte ich. Ich nahm eine der kleinen Hanteln und pumpte sie ein paarmal in die Höhe. »Meinen Sie, ich könnte jemals Muskeln haben? Wenn ich das regelmäßig täte?«

Er zuckte die Achseln. »Wunder gibt es immer wieder.«

»Eigentlich bin ich deswegen hier.« Ich gab ihm eine der Kopien von Arts unterschriebener Erklärung. »Ich dachte mir, er würde Sie verpfeifen, wenn ich ihm auch nur den Schatten einer Gelegenheit dazu gebe; also habe ich ihm den gegeben.« Dann gab ich ihm eine Kopie des Kontaktabzugs von der Rolle Film, die ich in seiner Wohnung und im Umkleideraum verschossen hatte. Er sah sich beides fast uninteressiert an und wollte es mir zurückgeben. Ich sagte: »Sie können sie behalten. Ich hab noch viele Kopien.«

»Ich hatte bei der Militärpolizei in Can Tho einen Schreibtischjob«, sagte Dev. »Ich tat einem Kumpel einen Gefallen, wurde erwischt und zu einer kämpfenden Einheit der 4. Division versetzt. Der beste Mann, den ich da hatte, war Colonel William Lynch; ich weiß nicht, wie oft ich seinen schwarzen Arsch aus der Scheiße geschleppt habe, aber das war nichts, verglichen damit, wie oft er meinen weißen Arsch gerettet hat. Etwa zwei Wochen vor der Tet-Offensive waren wir in einem Tal auf Patrouille, da war es so schön, wie Shangri-La, man hätte weinen können. Haben Sie gedient?«

»Kurz«, sagte ich. Ich ging ans Fenster und sah hinaus. Auf dem Fußballfeld hatte ein Übungsspiel angefangen. Auf einem der Tennisplätze spielten zwei Jungens gegen vier Mädchen.

»Genau. Kurz«, sagte er. »Ja. Also. Kurz, wir brachten ein paar Bauern um, die mit dem Krieg wahrscheinlich soviel zu tun hatten wie Little Orphan Annie, dann verlor

Willie plötzlich den Krieg – aber vielleicht hat er ihn auch gar nicht verloren; wer weiß? –, und durch einen Splitter von seiner Granate wurde ich kriegsverwendungsunfähig. Dann hat er mich auf dem Rücken vier Kilometer bis zum Camp getragen. Als es mir – bis auf die Schmerzen – allmählich wieder besser ging, gaben sie mir kein Morphium mehr, und er hat mir dann immer Smack besorgt. Erklären Sie das.«

Das konnte ich nicht; also sah ich weiter aus dem Fenster. Einer der Tennisspieler setzte zu einem Schmetterball an, verfehlte den Ball um eine Meile und brach dann dramatisch zusammen. Sein Partner beugte sich mit gespielter Sorge über ihn.

»Willie war der erste Typ meines Lebens, der vor einem Offizier mit Black-Power-Faust salutierte, anstatt wie vorgeschrieben die Hand an die Kopfbedeckung zu legen«, sagte Dev nach kurzer Pause. »Später machten das alle.«

»Davon hab ich gehört«, sagte ich.

»Waren Sie schon mal in Irland?«

»Nein. Ich hab nur immer freitagnachts vor einer irischen Bar gesessen und auf meinen Alten gewartet.«

»Ich wollte hin, wie John Wayne in *Der Sieger*. Ich hab da immer noch Familie. In Cork. Das ist im Süden, am Meer.«

Ich schlenderte zurück zu ihm. »Dann buchen Sie lieber erstmal noch kein Ticket«, sagte ich. »Sie haben vorher noch was zu tun.«

»Nur zu wahr«, sagte er. Er drückte sich mit einer Hand aus dem Stuhl hoch, schien dann das Gleichgewicht zu verlieren, so daß ich eine Hand ausstreckte, um ihm zu helfen. Er bewies seine Dankbarkeit, indem er sein Blechbein in hohem, bösem Bogen schwang und mich direkt an der Schläfe erwischte. Es schien gar nicht mal so weh zu tun, aber ich begann, zu Boden zu gehen. Er schlug mir gleich nochmal auf dieselbe Stelle, weil das Glück bringt.

Ich knallte auf den Boden wie ein dummer, übergewichtiger Schlurf oder, mit anderen Worten, ich knallte auf den Boden wie ich. Er hatte bereits einen dritten Schlag auf der Pfanne, als ich wegtrat.

Ich glaube nicht, daß ich lange ohnmächtig war. Als ich meine Augen wieder auf eine gemeinsame Brennweite einzustellen versuchte, konnte ich sehen, daß Dev sich sein Bein wieder angeschnallt hatte und sich über die schwere Hantel beugte. Ich weiß noch, daß ich benebelt dachte: »Komische Zeit zum Gewichtheben.« Er grunzte vor Anstrengung und brachte die Stange in Brusthöhe, dann atmete er ein paarmal tief durch, wackelte ein bißchen und wuchtete das Ding über seinen Kopf. Ich begann zu kapieren, kriegte aber kein Wort heraus. Ich dachte daran, schnell irgendwohin auszuweichen, aber das schaffte ich auch nicht.

Wenn Sie glauben, drei Jahre Knast (ohne halboffenen Vollzug oder sowas) sind eine lange Zeit, versuchen Sie's mal dreißig Sekunden lang auf einem hölzernen Fußboden, während zweihundert Pfund Gußeisen über ihrem Kopf wackeln und ein Paddy Sie mit irren Augen anstarrt. Schließlich ließ er die Hantel runterknallen; Staub explodierte zwischen den Bohlen; sie verfehlte meinen zarten Schädel um etwa zehn Zentimeter.

»Meine arme, alte Mutter hat immer gesagt, ich stehe mir mit meinem weichen Herzen selbst im Wege«, sagte Dev und ließ sich schwer auf seinen Stuhl fallen. »Also Schluß mit dem Vagabundendasein.«

»Nur zu wahr«, sagte ich nach ein paar Minuten, als mein Mund wieder das tat, was das Gehirn ihm befahl. »Also wieder mal ein ganz normaler, sentimentaler Ire, der nichts weiß und der nichts kann.« Ich setzte mich halb auf. Nachdem nochmal ein paar Minuten vergangen waren, hörte die Turnhalle auf zu rotieren. Zwinkern half nicht sehr, aber weil Zwinkern traditionellerweise das ist, was man in solchen Fällen tut, zwinkerte ich ein Weilchen.

»Was nun. Das frage ich mich«, sagte Dev.

»Jetzt bringen Sie den Saustall in Ordnung, den Sie und einige Ihrer Freunde aus dieser Schule gemacht haben.«

»Ich weiß nicht, ob ich das kann«, sagte er. »Ich weiß nicht, ob ich das will.«

»Doch, das wollen Sie.« Ich setzte mich etwas weiter auf. »Sonst werden Sie das Heilige Erin erst wiedersehen, wenn Sie eher in Barry Fitzgeralds Alter sind als im Alter von Big John Wayne. Falls der Richter nicht sowieso den Schlüssel wegschmeißt, nachdem er Sie eingebuchtet hat. Ich hab dich bei den Eiern, Ire. ›Schulpolizist versorgt seine Schüler mit Stoff.‹ ›Was wirklich in der Pause geschah.‹ Mannomann.«

»Schon gut, schon gut, ich hab es ja kapiert.«

»Alles, was du hast, ist mehr Glück als Verstand, Ire.« Ich kramte sein Smack hervor und warf es ihm zu. »Hier. Viel Spaß. Ich persönlich nehme Demerol.«

»Das tue ich auch, bis es schlimm wird«, sagte er, »und das ist etwa eine halbe Stunde nach dem Aufwachen.«

»Ausreden, Ausreden«, sagte ich. Er lächelte beinahe. »Betrachten Sie es mal als taktisches Problem. Was würden Sie unternehmen?«

»Um hier aufzuräumen? Zuallererst würde ich mir eine Armee besorgen.«

»Sie haben eine Armee«, sagte ich. »Sie haben sogar zwei. Die eine ist der Schießverein, die andere ist Ihr wagemutiges, hundertfünfzigprozentig amerikanisches Kadettenkorps; wieviel Mann sind das?«

»Etwa dreißig und etwa sechzig; das macht etwa neunzig«, sagte er.

»Ich wette, es gibt noch mehr, wenn die nicht genügen sollten«, sagte ich. »Ich wette, es gibt ›America First‹-Klubs und Karateklubs und FrischFrommFröhlichFrei und weibliche Ringerriegen und weiß der Himmel was noch alles. Scheiße, unterm Strich gibt es wahrscheinlich mehr von euerm Verein als Zivilisten. Also, pfeif dir einen ein und denke gut und lange über Mittel und Wege nach, Paddy, *me boy*. Ich werde mich mit dem Großen Stellvertretenden Vorsitzenden in Verbindung setzen, damit er anfangen kann, aus seiner Stellung heraus an möglichen juristischen Problemen und Scherereien mit Eltern und allem Übrigen zu arbeiten; dann könnt ihr euch zusammensetzen und geht am Montagmorgen gut vorbereitet in die Schulvollversammlung.«

»Zwei Teilvollversammlungen«, sagte er. »Montagmorgen. Die Schule ist zu groß für eine Vollversammlung.«

»Na und?« sagte ich. »Hauptsache, sie findet statt. Und wenn dann in, sagen wir mal, einem Jahr die Schule wieder blitzsauber ist, wirst du nicht nur in der Lage sein, in die Grafschaft Cork zu jenem grauenhaften schwarzen Bier, das man dort trinkt, und zum Torffeuer und handgemachtem Schnaps abzuschwirren, sondern ich werde dir sogar packen helfen. Vielleicht komm ich dich auch mal besuchen, und dann können wir herzlich über die gute, alte Zeit lachen.«

»Klar«, sagte er. »Klar. Ich kann's gar nicht erwarten. Mein Geld krieg ich nicht zufällig auch zurück?«

»Keine Sorge«, sagte ich. »Es wird einem guten Zweck zugeführt.« Diesmal gelang ihm ein müdes Lächeln.

Ich ließ den Iren in der leeren Turnhalle sitzen, im keltischen Zwielicht seines Alters und begab mich hinaus in den kalifornischen Sonnenschein, nachdem ich mein armes, malträtiertes Gesicht an einem Trinkbrunnen abgespült hatte. Ich setzte mich ein wenig aufs Gras neben dem Fußballfeld und beobachtete die Stürmer-Asse von morgen. Sie kamen mir ziemlich verlottert vor, aber das war vielleicht nur der Neid eines alten Mannes. Vielleicht gab es da gar kein Vielleicht. Es war jedoch immer noch ein Tag wie Samt und Seide, als ich genau dies in ebendiesen Worten eine Stunde später am Telefon sagte, nachdem ich ihn von meinem Büro aus eine Stunde später endlich erreicht hatte.

»Ein Tag wie Samt und Seide, Vize«, sagte ich. Ich hatte meine Füße und Betsy auf dem Tisch und trank ein Root Beer von Mrs. Morales. Vielleicht hatte Sara doch recht, vielleicht hatte Mrs. Morales um die Hüften herum ein bißchen zugelegt.

»Was ist daran so samten und so seidig?«

»Halten Sie sich an Ihrem Doktorhut fest, Professor Nörgel«, sagte ich. »Ich habe ein paar gute Nachrichten und ein paar schlechte Nachrichten.«

»Zuerst die guten.«

»Wir haben sie alle«, sagte ich. »Torwart, Stürmer, Verteidiger und Läufer. Art haben wir mit mindestens drei Kapitalverbrechen, Körperverletzung, Drogenhandel und Falschgeld. Außerdem haben wir ihn wegen Verstoßes gegen das Gesetz, den Besitz und das Mitführen von Feuerwaffen betreffend, aber das bringt in Kalifornien nur sechs Monate oder fünfhundert Dollar. Die Körperverletzung galt mir. Wegen meines Büros oder wegen Timmy kriegen wir ihn nie dran; der einzige Zeuge ist Armenier, und das ist kein Witz. Dev haben wir so sicher zu fassen, daß er, wenn er sich nicht an die Spitze Ihres Saubermann-Kreuzzugs setzt, ebenfalls ernste Schwierigkeiten zu gewärtigen hat. Wir haben Beweismaterial gegen die meisten Kids, die mit drinhängen, und wenn Sie ein vertrauliches Wort mit Robert Santee, einem Ihrer Schüler, wechseln, kriegen Sie wahrscheinlich noch ein paar weitere Namen raus. Schließund endlich tat ich noch mein kleines Bestes, um einen Krieg zwischen den beiden größten Drogensyndikaten der Stadt anzuzetteln; wenn der nicht bald ausbricht, werde ich den einen oder anderen anonymen Brief schreiben, damit das in die Gänge kommt. Soweit okay?«

»Sack und . . .«, sagte er.

»Was sind denn das für Ausdrücke?« mahnte ich.

». . . Asche«, sagte er.

»Die schlechte Nachricht«, sagte ich, »besteht darin, daß Sie Ihr Wochenende vergessen können.«

»Damit kann ich leben«, sagte er. »Wir waren für heute abend bei meinen Schwiegereltern in Encino angesagt, und da braucht man, glauben Sie mir, eine gute Ausrede, wenn man entrinnen will. Wissen Sie, was meine Schwiegermutter in ihr chili-con-carne tut? Porreespitzen und Rosinen.«

Ich sagte ihm, wenn er mir freundlicherweise seine Privatadresse gäbe, könnte ich ihm etwas Schriftliches oder doch zumindest Getipptes zukommen lassen, und zwar in ein paar Stunden. Er gab sie mir, dankte mir mehr als überschwenglich und legte glücklich auf. Ich knipste an und ging an die Arbeit; ein Durchschlag. Ich breitete alles aus, die Namen der Kids, was ich im Umkleideraum gefunden hatte, wo ich es gefunden hatte, was ich in Devs Zimmer gefunden hatte und wo und warum. Ich unterschlug, daß der Ire mir beinahe den Schädel eingeschlagen hatte, gab auch keine Details darüber, wie Arts tapferer Versuch, im Fast-Food-Bereich Fuß zu fassen, so kläglich gescheitert war. Ich beschloß, noch ein paar weitere Leckerbissen für mich zu behalten, z. B. meine erregende Karriere als FBI-Agent. Eines Tages jedoch, wenn die Zeit reif war, mochte alles treulich berichtet werden.

Ich fügte einen Anhang (a) an, welcher eine sauber unterteilte Liste meiner Ausgaben, welche beträchtlich, wenngleich nicht astronomisch gewesen waren und Posten wie Lastwagenmiete und Benny und Falschgeld und willige Botenjungen und Saras jammervolle Beiträge und Bekleidungskrimskrams umschloß. War eine Katzenfalle eine gerechtfertigte Geldanlage? Dumme Frage. Dann kalkulierte ich meine *per diems* und listete sie auf. Dann fügte ich einen Anhang (b) an, einige allgemeine Vorschläge zum Thema Schulmoral, sowie, falls nötig, Pressearbeit plus Streifengänge, Überwachungskameras usw., fand aber, daß Dev die Einzelheiten besser ausarbeiten konnte als ich, besonders jetzt, da er ebenfalls ein williger Junge war. Für Montagmorgen schlug ich eine Demonstration der Stärke vor, so daß bei den Versammlungen die Bühne mit jeder Art uniformierten Strebertums vollgestopft wäre, die aufzutreiben war. Öffentliche Schulverweise schlug ich vor. Ich schlug sogar, Gott helfe meiner reaktionären Seele, sowas wie eine Kleiderordnung vor.

Sobald – diesmal – ein williges Mädchen vom Botendienst mit dem Bericht in die Düsternis enteilt war, schloß ich alles säuberlich weg und die Tür ab und fuhr heim, um meine Abschürfungen zu baden und mich, da es inzwischen Samstagabend war, in Schale zu werfen. Und außerdem hatte ich mich den ganzen Tag lang, milde ausgedrückt, sensationell gut gehalten, wenn man mir als Unparteiischem glauben mag.

Gegen 18:30h hatte ich mehr oder weniger meine Pillchen geschluckt, mein Bädchen genommen, mein Gesichtchen rasiert und mit After-Shavechen beträufelt und funkelte mehr oder weniger vor mich hin. Ich begann ganz mechanisch, Mae anzurufen, und konnte mich noch gerade eben bremsen. Upsi. Also machte ich mir einen großen Drink und betrachtete eins meiner Lieblingsfernsehprogramme, eine mexikanische Varieté-Show, in der die Mädchen als Ananas verkleidet waren. Dann dachte ich mir, Evonne würde vielleicht gern von den neuesten Entwicklungen erfahren, also rief ich sie an. Sie sprenge gerade den Hintergarten, sagte sie mir am drahtlosen Telefon.

»Hau ab!« sagte sie laut. »Verschwinde! Zieh Leine! Du kleiner Schweinehund!«

»Na!« sagte ich. »Eine schöne Begrüßung für jemanden, der den ganzen Tag damit verbracht hat, sein Leben zu riskieren und sensationell zu sein.«

»Sie sind doch gar nicht gemeint«, sagte sie. »Ich spreche mit den elenden Nachbarskatzen; die fressen meine Petersilie.«

Ich sagte ihr, ich hätte ebenfalls Katzenprobleme, so ein Zufall, wollen wir uns nicht abends zusammensetzen und Aufzeichnungen vergleichen und uns zur Feier des Zufalls zwei bis drei Getränke reinziehen.

»Ich kann nicht«, sagte sie, »und das ist alles Ihre Schuld. Ich muß zum Boß. Wissen Sie, wieviel bis Montag noch getan werden muß?«

»Zum Henker damit«, sagte ich.

»Kommen Sie doch Montagabend vorbei; dann mach ich uns was auf meinem winzigen Barbecue-Grill, der noch nie richtig funktioniert hat.«

»Meins bitte nicht so durch«, sagte ich. »NDTE.«

Na prima! Blieb aber heute abend. Ich rief Linda an; niemand ging ran. Ich rief Mavis an, deren Nummer auf eine Cocktailserviette von Hal's Hickory House gekritzelt war. Ein Mann ging ran und sagte, sie sei übers Wochenende in Reno, um sein Geld auszugeben. Na prima. Ich überlegte, ich könnte Sara-dem-Strohkopf auch mal was gönnen und sie irgendwohin auf eine jugendfreie Drogenorgie mitnehmen, aber bei ihr war niemand zu Hause. Vielleicht hatte Benny noch eine zweite Tante, die ich mal überprüfen konnte.

Na prima. Dann wollte ich eben ein wenig durch die Gegend brausen, vielleicht kurz in der Corner Bar vorbeischauen, sehen, was dort angesagt war, dann in Sandys Müllkippe, vielleicht ausprobieren, ob Marios Hauswein besser geworden war ... Wunder gibt es immer wieder, einen zweiten Gärungsprozeß zum Beispiel.

Es war später, sehr viel später an jenem Abend, jenem Abend wie Samt und Seide.

Ich empfand nicht nur keine Schmerzen mehr, ich empfand nicht nur ein ziemliches Glücksgefühl, sondern ich hatte auch noch das Empfinden, als lägen die Antworten auf jene flüchtigen Fragestellungen, die den Menschen seit dem Heraufdämmern der Geschichte plagen, nur eine Kneipe weit, vielleicht nur ein Glas weit entfernt. Ich war den Ventura Boulevard weit hinaufgefahren, bis etwa auf die Höhe der Glendale Avenue, fuhr müßig vor mich hin, sang die Lieder mit, die aus dem Radio kamen, und fragte mich, warum ich nicht beschlossen hatte, ein wunderbarer Country-Sänger zu werden und nicht lediglich ein wunderbarer Mensch, als ich einen Neon-Schriftzug sah, der alles versprach, was sich ein wunderbarer Mensch nur wünschen konnte –: Drinks, Cuisine, Spiel & Spannung, Girls, Musik, Parkplatz.

Ich bog geschmeidig in die Nebengasse ein und parkte neben einem tiefgelegten mexikanischen Auto, dessen hintere Stoßstange noch etwa einen Zoll über dem Boden war. Ein Typ, der am Hintereingang Gras rauchte, ignorierte mein fröhliches Willkommenswinken. Ich tastete mich mehr oder weniger ums Haus herum und kam ungeheuer beiläufig zur Vordertür herein. Der Laden stellte sich als Hier-nur-Bier-Hombre-Cantina heraus, aber ich glaube, Bier sind Drinks, und Tacos aus der Mikrowelle sind Cuisine, und Pool-Billard ist Spiel & Spannung, und die Erscheinung hinterm Tresen war beinahe ein Girl, und was aus der Jukebox quoll, war zweifellos eine Art Musik, so, wie sie unser südlicher Nachbar hervorbringt.

Ich hatte gerade die zweite Flasche Corona in Arbeit und bemühte mein Schulspanisch, um mich mit meinem betrunkenen Nachbarn zur Rechten zu unterhalten, als ich plötzlich ein gruseliges Gefühl hatte, ein Gefühl, als umklammere jemand meinen Nacken mit einer sehr großen und sehr kalten Hand. Da ich normalerweise so mystizistisch veranlagt bin wie Sandra Dee, überlegte ich, daß mich entweder jemand mit einer sehr großen und sehr kalten Hand am Nacken umklammert *hatte,* oder daß ich einen Augenblick lang im Barspiegel etwas gesehen hatte, was eines zweiten Blickes mehr als wert war. Also blickte ich und sah ihn; jedenfalls dachte ich, er könnte es sein: ein junger Latino, der Billard spielte, den ich letztesmal bei Martha gesehen hatte und der, falls er es war, bemüht gewesen war, mich in die Sopran-Abteilung des Chors zu verfrachten. Als ich ein paar Minuten später einen weiteren Blick warf, sah er mich ebenfalls an, aber ich war mir immer noch nicht sicher.

»Caballeros?« fragte ich laut den Betrunkenen neben mir, der unglücklich die beiden Burritos betrachtete, die er bestellt hatte.

»Por allá«, grummelte er und winkte vage ins Hintere der Bar. Ich erhob mich und brach in die angegebene Richtung auf, wobei ich ein bißchen mehr torkelte als nötig. Als ich vom Billardtisch her nicht mehr zu sehen war, witschte ich zur Hintertür hinaus, lief die Gasse hoch und kam gerade noch rechtzeitig, um mir den Bastard zu schnappen, als er zur Vordertür herauswitschte.

»Buenas noches«, sagte ich mit freundlichem Grinsen.

»Buenas«, sagte er mit freundlichem Grinsen.

»Que tál, amigo?«

»Pues, bien, como siempre«, sagte er. »Hasta luego, eh?«

»Momento, compadre«, sagte ich. »Zieh dein Hemd aus.«

»No comprendo«, sagte er, ich hegte aber den Argwohn, er habe sehr wohl komprendiert, denn er hielt die Hände unschuldig vor sich hin gestreckt.

»Camisa«, sagte ich. »Runter damit.«

Als er hinter sich, nach seinem Gürtel, griff, wußte ich, daß er der Richtige war, und als er sein Messer zog, hatte ich meinen Bohnensack bereits gezückt und knallte ihm gepflegt mit dem Mittelfingerknöchel was auf diesen Nerv im Oberarm, den man immer zu finden versuchte, wenn man einen anderen Jungen, besonders einen Bruder, vorübergehend lahmzulegen trachtete. Das Messer fiel auf die Straße. Er rannte weg, aber ich holte ihn mit zwei langen Schritten ein und schmiß ihn in die hohle Gasse. Als er aufstand, prügelte ich die Scheiße aus ihm heraus, dann prügelte ich noch etwas mehr Scheiße aus ihm heraus, dann trat ich ihn ein bißchen, dann nahm ich sein Portemonnaie und sein Messer und verpißte mich. Der Typ, der am Hintereingang Gras rauchte, winkte mir nicht einmal zum Abschied zu.

Als ich ein paar Straßen weiter vor einer roten Ampel hielt, prüfte ich das Portemonnaie; der Geizhals hatte nur etwa sechzig Dollar dabei, welche ich behielt. Das Portemonnaie sowie seinen übrigen Inhalt, darunter das Bild irgendeiner Jungfrau und ein spezialbefeuchtetes Kondom, warf ich etwas später aus dem Fenster. Seinen Ausweis behielt ich, um ihn Shorty zu überreichen.

Ein Tag wie Samt und Seide, ein Abend wie Samt und Seide, eine *noche* wie Samt und Seide.

Alzheimer ist etwas Verheerendes für ältere Leute.

Die Ursache ist unbekannt, das Heilmittel ebenfalls, und man kennt nicht einmal eine effiziente einhergehende Behandlung. Alzheimer wirkt auf die Zentren im Gehirn, welche Gedächtnis und Persönlichkeit kontrollieren. Alzheimer ist progressiv und irreversibel. Der Befallene stellt für gewöhnlich immer und immer wieder dieselbe Frage und verliert darüberhinaus die Kontrolle über manche Körperfunktionen. Meine Mom hatte Alzheimer.

Gegen elf fuhr ich am Sonntagvormittag zu Tony, um sie abzuholen. Sie war noch nicht ganz fertig, und ich ging zu den Kindern in den Hintergarten, um ihnen Lügen über meinen Job zu erzählen. Das machte ihnen nichts aus; sie liebten Lügen. Mir machten die Kinder nichts aus, ich liebte sie, gelegentlich. Der Junge, Martin, war zehn, das Mädchen, Martine, war neun, und beide standen ungeheuer auf Fußball; ihr Vater hatte ihnen ein um die Hälfte verkleinertes Tor hinter die Garage gebaut, und sie wollten, daß ich einmal in den Kasten steige. Ich sagte, mein Multimillionenvertrag mit Manchester United verbiete mir wegen der Verletzungsgefahr das Spielen im Amateurbereich.

Als Mom endlich mit ihrer Tasche neben sich und ihrer Stricktasche neben ihrer Tasche auf dem Rücksitz meines Autos saß, zwinkerte ich den Kindern zu, winkte Tony und seiner Missis zu und fuhr mit Mom zu mir nach Hause. Ansonsten tat ich an jenem Tag nicht viel, ich half Mom beim Eingewöhnen und telefonierte ein paarmal mit dem Vize. Er berichtete, daß er und Dev Fortschritte machten, aber *wie*; sie hatten die Listen der Schüler fertig, die abgehen mußten und die nochmal Bewährung kriegten, Evonne brauchte die Briefe an die Eltern nur noch abzuschicken, und alle Beteiligten freuten sich auf zwei äußerst interessante Versammlungen am Montagmorgen, bei denen, wie ich vorgeschlagen hatte, jeder, bei dem das nur annähernd vorstellbar war und der eine Uniform hatte, gleich zu Anfang in vollem Wichs auf die Bühne marschierte, und hätte ich nicht auch Lust zu kommen?.

»Danke vielmals, aber danke nein«, sagte ich. »Das Einzige, was mich in jene Brutstätte für Sex und Drogen zurückbringen könnte, wäre die Aussicht, Miss Shirleys Bücher auf dem Heimweg tragen zu dürfen.«

»Über einige Ihrer angeblichen Ausgaben habe ich sehr gelacht.«

»Das hört man gern«, sagte ich. »Heißt es nicht, Humor sei die beste Medizin?«

Der Nachmittag verging; ich las ein wenig und bügelte ein paar Hemden. Mom strickte und sah sich Golf im Fernsehen an. Als der Abend nahte, vergewisserte ich mich, daß der Pieper, durch den Mom mit Feeb in Verbindung blieb, an Moms Bluse befestigt war, und verzog mich. Mom, die fast alles andere wußte, wußte nicht, daß ich ihrer Freundin Feeb über hundert Dollar monatlich zahlte, damit sie ihr Dienste leistete, die weit über die Pflichten einer Hausbesitzerin hinausgingen. Reichlich billig. Der Pieper war ebenfalls billig gewesen, dank Sie-wissen-schon. Auf dem Weg zu Miss Shirley hielt ich beim Arrow an, um zwei Flaschen Gamay von der Kelterei Martini Brothers zu kaufen. Tante Stef'nie war nicht da, aber ein Teller mit Tante Stef'nies Halwah war da. Noch eine Woche später leckte ich mir das Zeug von den Zähnen.

Am Montag ging ich in aller Frühe zu Mrs. Martel, um etwas spezielles Briefpapier zu ordern. Ich mußte noch dem jungen Bolden den Dankesbrief vom FBI schreiben; außerdem wollte ich Timmys Pflegemutter einen gedeckten Scheck schicken, bei dem drei Viertel von Devs Bargeld draufgehen würden, und ich dachte mir, sie nähme ihn vielleicht leichter an, wenn ein netter Brief vom, sagen wir mal, Kalifornischen Verband Lediger Mütter dabei wäre.

Ins Büro zurückgekehrt, rief ich Syd an, den fröhlichen Gebrauchtmöbelhändler, und gab Devs restliches Geld für eine Klimaanlage aus. Sehr gut! Die Beute gebührt dem Sieger, stimmt's? Dann verplemperte ich etwas Zeit mit dem Studium eines Katalogs für Videospiele; das Dahinmetzeln von Bauern begann, leicht an Reiz zu verlieren; Sie wissen ja, wie sowas ist. Ich hatte bereits beschlossen, Evonne nicht anzurufen, jedenfalls nicht vor 12 Uhr; ich wollte nicht, daß sie glaubt, ich bin zu leicht zu haben. Und ich werde Ihnen auch nicht auf die Nase binden, wie wir unseren gemeinsamen Sonntagabend verbrachten; manche Dinge sind zu persönlich, als daß man sie so einfach heraustratscht, ich kann aber enthüllen, daß Evonne einen 2. Vornamen hat, Beverly, einen Bruder in Biloxi namens Sherman, und außerdem spritzt sie Tabasco auf ihre Folienkartoffel.

Dann klingelte mein Telefon; ein Fräulein vom Fernamt wollte wissen, ob ich bereit sei, ein R-Gespräch aus Davis, Kalifornien, anzunehmen. Aber ja, aber gern; es geschieht nicht oft, daß man von einem fehlenden Stück aus einem Puzzle per R-Gespräch angerufen wird.

Die Anruferin war eine Mrs. Doris Lillie, und sie hatte meine Kleinanzeige gesehen und war vielleicht in der Lage, mir etwas über das Kind zu berichten. Und wie ging es dem Kind überhaupt?

»Gut«, sagte ich, »aber sie hat sich was in den Kopf gesetzt und ist nicht übermäßig glücklich.«

Von Mrs. Lillie kam ein Seufzer. »Ich weiß«, sagte sie.

»Ich kann's mir vorstellen. Verdammt. Ich weiß nicht, ob das, was ich tue, richtig ist oder nicht, aber ich habe ein gutes Gefühl dabei.«

»Wenn ich mal für das Mädchen sprechen darf«, sagte ich, »dann würde es ihr bestimmt helfen, wenn sie wüßte, wer sie ist, wenn nichts dazwischenkommt.«

»Dagegen läßt sich nichts sagen«, sagte Mrs. Lillie. »Tja. Was nun?«

Ich sagte, ich könnte morgen nachmittag in Davis sein, wenn ihr das passe. Es paßte ihr. Sie sagte, ich solle bitte allein kommen, weil sie nicht wisse, ob sie das Mädchen auch schon verkraften könne. Ich sagte, das verstünde ich.

Sobald Mrs. Lillie aufgelegt hatte, rief ich in Saras Wohnung an. Sie war selbst dran, und zwar mit ihrem üblichen gelangweilten »Jaaaa?« Als sie hörte, daß ich es war, sagte sie: »Was gibts denn, Sherlock?« Ich sagte, ich hätte eine heiße Nachricht für sie und sie solle ihren kleinen Arsch in Bewegung setzen.

»Schon unterwegs, V. D.«, sagte sie.

Ich wandte mich wieder dem Katalog zu. Ich hatte gerade entweder ein Detektivspiel, das für mich wahrscheinlich zu leicht gewesen wäre, oder so eine Art Schatzsuche in die engere Wahl genommen, als die Kleine zur Tür hereinschlurfte, so cool wie nur irgend möglich, aber doch ein bißchen außer Atem. An jenem Tag trug sie einen Tarn-Overall über einem zerfetzten Netzunterhemd, eine rote Sonnenbrille und ein rotweißes Halstuch um ihren dumpfen Kopf gewickelt wie Tante Jemima persönlich. Sie ließ sich auf den Schreibtischrand fallen und sagte: »Okay, Doc, sagen Sie mir, wie schlimm es um mich steht; ich bin gefaßt.«

Ich sagte es ihr. Sie ballte eine Faust und schwang sie durch die Luft. »Bansai!« schrie sie. »Das bringt uns doch schon ein Stück weiter!« Sie beugte sich vor und zerzauste mir das Haupthaar.

»Laß das nach«, sagte ich.

»Ich komm natürlich mit«, sagte sie.

»Nein, du kommst nicht mit.«

»Warum nicht?«

»Weil die Dame gesagt hat, ich soll alleine kommen.«

»So ein dummer Spruch«, sagte sie. »Ich kann im Auto warten.«

»Du kannst trotzdem nicht mitkommen«, sagte ich.

»Warum nicht?«

»Weil ich mit dir nicht gesehen werden will. Darum nicht.«

»Was glaubst du denn, wie es mir mit dir geht? Bei dir hab ich das Gefühl, ich führ den Hulk spazieren«, sagte sie.

Wir starrten einander feindselig an.

»Diese blöde Katze ist schon wieder da«, sagte sie nach einer Minute. »Ich versteh nicht, was sie in dir sieht.« Ich drehte mich um und trug dem Kater auf, die Mücke zu machen. Er sah mich nur so an. Schließlich mußte ich aufstehen und das Biest hinausjagen.

»Wie kommen wir denn hin?«

»Wir kommen gar nicht hin«, sagte ich. »Ich komme hin.«

»Och, gib's doch auf«, sagte sie. »Laß es doch einfach. Du weißt sehr wohl, daß ich mitkomme. Aber wenn wir mit deiner Karre fahren, brauchen wir ein Jahr.« Da mußte ich ihr beipflichten. »Außerdem fahre ich sowieso nicht gern lange Strecken; im Auto wird mir schlecht, und dann kotze ich dich voll. Wir müssen fliegen.«

»Nein, das müssen wir nicht«, sagte ich. »Ich fliege nicht gern; ich werde luftkrank, und dann kotze ich dich voll.«

»Du hast doch bloß Schiß«, sagte sie. »Angsthase, zu groß geratener.« So eine Pest.

»Na gut, vielleicht habe ich Angst«, sagte ich. »Vielleicht habe ich einen guten Grund dafür. Vielleicht habe ich einen Flugzeugabsturz überlebt. Vielleicht sogar zwei.«

»Echt wahr?« fragte sie interessiert. »Wann?«

»In dem einen oder andern Krieg«, sagte ich. »Hab's vergessen.«

»Also was sollen wir machen, trampen?«

»Schon mal was von Zügen gehört?«

»Niemand fährt Zug, Väterchen.«

»Wir schon«, sagte ich. »Wird dir gefallen.«

»Bestimmt«, sagte sie. »Falls es überhaupt noch welche gibt.«

»Ich hätte es bereits herausgefunden«, sagte ich, »wenn du nur einmal, das einzige Mal in deinem Leben, die Klappe halten könntest.«

Ich rief bei Amtrak an. Nachdem ich einige Zeit irgendwelchen Musikaufnahmen gelauscht hatte, setzte mich eine Dame von allem, was ich wissen wollte, in Kenntnis: Es gab Züge nach Sacramento, welches in der Nähe von Davis liegt, und zwar zweimal täglich. Der eine, der das Tal entlang nach Norden fährt, fuhr morgens um 3:45 h ab, und der andere, der die malerische Strecke an der Küste entlang fährt, fuhr am frühen Nachmittag ab, brauchte aber länger. Dann berichtete sie mir, wo man umsteigen mußte u. dergl. Es klang alles reichlich mühselig. Ich wußte, daß man vom Los Angeles Airport und von Burbank regelmäßig nach Sacramento fliegen konnte; das dauerte nur eine Stunde und war außerdem billig, weil die Fluglinien einander ständig mit Preiskriegen überzogen, aber ich war entschlossen, nicht zu fliegen, also mach was.

»Alles einsteigen!« sagte ich zu Sara. »Abreise ist morgen früh um viertel vor vier.«

»Sapristi«, sagte sie. »Schade, daß sie keinen Frühzug im Programm haben. Ist das der einzige? Müssen wir den nehmen?«

»Nein, den müssen wir nicht nehmen«, sagte ich mit löblicher Geduld. »Wir können auch den romantischen Küstenzug nehmen, aber der braucht dreizehn Stunden, und dreizehn Stunden mit dir treiben ja wohl jeden in den Irrsinn. Hast du zufällig Geld, oder Kohle, wie du zu sagen pflegst?«

»Wofür?«

»Für deine Fahrkarte, dafür.«

»Ich hab zehn Dollar«, sagte sie. »Fast. Kostet sowas wesentlich mehr?«

»Geringfügig«, sagte ich. »Damit kommst du wahrscheinlich etwa bis Bakersfield. Warst du schon mal in Bakersfield?« Sie schüttelte ihren technicolorierten Kopf. »Keine schöne Stadt, wenn man drin festsitzt.«

»Dann setz den Rest auf die Rechnung, du Führungskraft«, sagte sie. »Warum behandelst du mich eigentlich so schlecht?«

Darüber dachte ich einen Augenblick lang nach. »Ich weiß nicht; vielleicht liegen mir Happy Ends nicht besonders.«

»Mir aber vielleicht doch«, sagte sie.

»Vor der Union Station, morgen früh, halbvier«, sagte ich. »Das ist in der Alameda Street, in der Innenstadt.«

»Dann sehen wir uns da«, sagte sie.

»Meinst du, deine Leute machen dir Ärger?«

»Nein«, sagte sie. »Und selbst wenn.«

»Tu mir einen Gefallen«, sagte ich. »Falls du etwas halbwegs Präsentables zum Anziehen hast, kannst du's mal anziehen?«

»Gleichfalls«, sagte sie. »Mit Glöckchen dran.«

Sie ging und schwang sich dabei in dem, was bei ihr für Hüften durchging. So ein Strohkopf. Kurze Zeit später räumte ich meinen Schreibtisch auf, legte beiseite, was beiseite gehörte, schloß ab und fuhr nach Hause. Dort unterhielt ich mich kurz mit Feeb. Sie sagte, Mom gehe es gut, sie habe nur einmal gepiept, habe aber, als sie, Feeb, kam, vergessen, weshalb. Früher hatte Mom sich über sowas aufgeregt, aber inzwischen lachte sie darüber. Ich sagte Feeb, ich müsse für einen Tag nach Sacramento, geschäftlich, ob sie solang den Laden schmeißen könne? Alles klar, sagte Feeb. Ich war froh, daß ich dem alten Schlachtroß wg. des Feuers in meinem Büro keinen Scheiß erzählt hatte.

Mom machte uns zum Abendessen Lammkoteletts mit Folienkartoffeln. Die Koteletts waren genau richtig, aber die Kartoffeln waren ein bißchen hart; sie hatte vergessen, den Backofen anzustellen. Alles klar, sagte ich und gab ihr einen Kuß. Stattdessen machte ich Kartoffelbrei aus der Tüte. Später sahen wir uns im Fernsehen *Magnum* an. Endlich mal ein Typ mit ordentlicher Garderobe.

Halbvier, vor der Union Station, Alameda Street. Ich hatte gerade die Fahrkarten gekauft, $ 58,– pro Person hin und zurück. Eine nagelneue Corvette mit zerdetschtem rechten vorderen Kotflügel hielt anderthalb Meter vor mir, und raten Sie mal, wer ausstieg. Die 'Vette fuhr weg. Das Kind kam zu mir und wirbelte einmal herum, um mir ihre Reisekleidung zu zeigen.

»Ich bin begeistert, Liebes«, sagte ich. »Du bist so ganz du selbst darin.« Sie trug eine Art Party-Complet aus den ausgehenden Fünfzigern, in blauem Filz gearbeitet und mit Musiknoten-Applikation auf dem Rock. An den dünnen Beinen schlabberten grüne Fischernetz-Strümpfe. Die Füße staken in Wanderstiefeln. Über die Schulter hatte sie das schäbigste Stück Fell seit dem Aussterben des Amerikanischen Wisents geworfen. Ihre Stirn beschirmte eine Sonnenblende-oder-wie-so-ein-Gerät-heißt mit der Aufschrift WELCOME TO L.A. An dem einen der zwei Riemen trug sie einen kleinen orangefarbenen Rucksack.

»Na, wird's bald?« Wir stiegen in einen wartenden Bus und fanden ganz hinten zwei nebeneinanderliegende Plätze.

»Komischer Zug«, merkte sie an. »Fahren die nicht normalerweise auf Schienen?«

»Mit dem Bus nach Bakersfield«, sagte ich. »Mit dem Zug nach Stockton. Mit dem Bus nach Sacramento.«

»Was du nicht sagst«, sagte sie. »Darf man hier drin rauchen? Ich bin ein Nervenwrack. Du solltest wegen deiner Flugangst mal zum Psychiater gehen; dann brauchten wir nicht diesen ganzen langweiligen Kack mitzumachen.« Legal, illegal, scheißegal, sie zündete sich eine ihrer Imitations-Speziellas und starrte aus dem Fenster die Attraktionen an, die L.A. in der Innenstadt vor der Morgendämmerung zu bieten hatte, d. h. einen vorübergehenden Penner in einem bis zum Hals zugeknöpften ärmellosen Mantel. Er warf durch das getönte Fenster einen Blick auf uns. Arme Sau, dachte ich. Obwohl es natürlich auch seine Vorteile hat, alles aufzugeben, weshalb er vielleicht das gleiche dachte, als er uns betrachtete: Arme Säue.

Auf der Interstate 5 dauert es etwa anderthalb Stunden bis Bakersfield; wir duselten beide ein wenig ein; auf der Strecke ist sogar bei Tageslicht nicht viel zu sehen. Auf dem alten Bahnhof von Bakersfield hatten wir Zeit für einen Kaffee, einmal Recken und Strecken und einmal Pinkeln, bevor wir einstiegen. Einigen Einheimischen gingen die Augen über, als sie die Aufmachung meiner Gefährtin in ihrer vollen Schönheit auf sich wirken ließen, aber sie kriegten sich schnell wieder ein, als sie den dazugehörigen bösen, alten Mann sahen.

Gegen 6:3oh hatten wir uns in einer Raucherabteilung in der Nähe des Speisewagens niedergelassen, so daß Madame sich die Lungen aus dem Halse paffen konnte, wenn sie wollte, und der Zug machte sich das San Fernando Valley nordwärts auf den Weg, nach Hanford, Fresno, Madera, Merced und was es sonst noch im Norden gab. Sarah düselte wieder ein, ihren polychromatischen Kopf gegen meine Schulter gelehnt. Ich hoffte, sie würde nicht auf meine Wildlederjacke abfärben. Ich dachte an dies und jenes; Züge sind gut zum Denken. Ich dachte, ich könnte vielleicht eines Tages eine schmale Monographie über meine Chaos-, Puzzle- und Kaputtheitsbetrachtungen schreiben. Einst, als wir noch eine Familie waren, sind Mom und Pop und Tony und ich mit der Eisenbahn irgendwohin gefahren, aber ich wußte nicht mehr, wohin. Ich weiß noch, daß es da Kühe und Pferde gab, weil Tony auf der einen und ich auf der anderen Seite des Zuges saßen, und wir haben die Kühe und Pferde gezählt, aber immer wenn ein Friedhof kam, mußte man von vorne anfangen. Einmal bin ich beinahe mit Tante Jessica nach Carmel gefahren. Sara bewegte sich im Schlaf und streckte eine Hand aus. Ich legte meine Hand in ihre Hand, und sie ergriff sie wie ein Baby, das nach einem dargebotenen Daumen oder sonstigen Finger grabscht.

Irgendwann wachte sie auf. Sie holte Stullen mit Erdnußbutter und Honig aus ihrem Rucksack, und die aßen wir brav. Dann kramte sie ein Kartenspiel hervor, und wir spielten Rommé auf dem kleinen Tisch, den man von der Rückenlehne des Vordermanns herunterklappen kann. Würden Sie mir wohl glauben, daß das arme Ding noch nie von der Technik gehört hatte, daß man sich die Karte fischt, die man braucht, indem man eine Pik-Zehn, die man nicht gebrauchen kann, schmeißt und ihr auf diese Weise die Herz-Zehn abzuluchsen versucht, die man ganz dringend braucht? Jämmerlich. Stimmt zwar, zwei von drei Partien hat sie gewonnen, aber mit den richtigen Karten kann jeder gewinnen. Dann fingen wir an zu quatschen; ich weiß auch nicht, warum; es lag wahrscheinlich an der Eisenbahn. Züge sind nicht nur dem Grübeln förderlich, sondern sie laden auch zum Herzausschütten ein, wie Kerzenschimmer. Vielleicht lag es auch daran, daß wir uns vorübergehend in einer Zwischenwelt befanden, wie auf einem Schiff. Sie versuchte, sich an einen langweiligen Kartentrick zu erinnern, den ihr mal jemand beigebracht hatte, und die Karten verstreuten sich zum umpfzehnten Male über unseren Schoß, und, bestrebt, sie aufzuheben, kitzelte ich sie, rein zufällig; das kann ich Ihnen versichern.

»Weißt du, manchmal bist du fast ein Mensch«, sagte sie. »Aber sonst: Vergiß es. Wo liegt überhaupt dein Problem, außer daß du ein bißchen groß geraten bist? Ich für mein Teil war Bettnässerin.«

»Ich nicht«, sagte ich. »Ich habe schon seit Monaten kein Bett mehr genäßt.« Dann berichtete ich ihr zu meinem Erstaunen alles darüber, oder doch zumindest teilweise alles, und ich berichte normalerweise nie jemandem etwas. Muß am Zug gelegen haben.

Ich berichtete ihr von jener Samstagnacht, als ich sechzehn und Tony vierzehn war, damals wohnten wir in Davenport, ich war im Kino gewesen und fand Tony hinter dem Steuer eines fremden Autos direkt vor unserem Haus. Er war stinkbesoffen. Die Autotür war offen, und er kotzte auf die Straße. Ich war nämlich, das ist der Witz, der ältere Bruder, der miese. Er war der kleine Bruder, der liebe. Obwohl ich es noch nicht glauben wollte, wußte ich wahrscheinlich schon, daß Pop im Sterben lag; er ist noch im selben Jahr an dieser Art von Emphysem gestorben, die man kriegt, wenn man sein Leben lang mit Asbestplatten herummacht, obwohl man damals noch nicht wußte, woran es lag.

»Als du sechzehn warst, wußte man wahrscheinlich noch nicht mal, daß es Bakterien gibt«, sagte Sara.

»Ich und Pop kamen nicht übermäßig gut miteinander aus. In der Schule war ich ein Versager und zu Hause ein Klugscheißer, wenn ich es mir leisten konnte. Tony bekam die guten Zensuren. Pop mochte ihn. Ich habe Tony die

Treppe hoch und ins Bett geschafft, ohne daß uns jemand gesehen hat, und dachte, ich fahre mal lieber die Karre weg, die Tony gestohlen hatte, weil es nicht allzu klug gewesen wäre, sie genau vor unserem Haus stehen zu lassen. Ich hatte gerade den Motor angelassen, als die Bullen kamen. Also was sollte ich tun? Sagen, daß Tony die Spritztour unternommen hatte und ich nicht? Ich hielt also die Fresse, etwas, was du hin und wieder auch tun solltest, anstatt unverlangt Witze über mein fortgeschrittenes Alter zu reißen. Ich hielt also die Fresse. Es stellte sich heraus, daß Tony jemanden angefahren hatte, eine halbblinde alte Dame, die ins Krankenhaus mußte. Ich mußte zwei Jahre lang auf eine Farm im Süden, in der Nähe von Springfield, die Teil eines Besserungsprogramms für jugendliche Straftäter war. Falls du je etwas Näheres darüber erfahren möchtest, wie man Himbeersträucher unkrautfrei hält, kannst du mich fragen. Oder wie man Melonen hackt.«

»Okay«, sagte sie. »Wie hackt man Melonen?«

»Auf die schwierige Tour«, sagte ich. »Mit einer Hacke, die zu kurz für einen ist. Ach, scheiß drauf, das ist alles lange her; ich weiß gar nicht, warum das immer noch wichtig sein soll.«

»Ich aber«, sagte sie. »Für mich ist es genauso lange her, und es ist immer noch wichtig. Also was ist weiter passiert? Mach schon, mach schon.« Sie verkrallte sich in meinem Arm. Ich tat, als täte das weh.

»Aua!« sagte ich. »Laß das. Sie haben mir einen Job verschafft; was soll denn sonst passiert sein? Ich war ein Jahr lang auf Bewährung; ich hab Post sortiert. Dann hab ich einen Job als Rausschmeißer in einem Rockschuppen in Davenport gekriegt, oder was damals so in Davenport als Rockschuppen durchging.«

»Du warst bestimmt ein guter Rausschmeißer«, sagte sie, »wenn man bedenkt, wie groß und blöd du bist.«

»Adäquat«, sagte ich. »Später besteht mein lieber, guter Musterbruder eine Prüfung und wird Polizeischüler. Kein Problem, Klassenbester und so weiter. Noch später wird mir ein mehr oder weniger respektabler Job als Chauffeur Schrägstrich Leibwächter für diesen Knaben angeboten, der in unserem Schuppen als Sänger angefangen, dann aber Erfolg hatte; er war sogar ziemlich gut, aber ich brauchte einen Führerschein, um in die Legalität zurückkehren zu können, und setzte Tony unter Druck, damit er meine Akte verschwinden läßt. Dann hab ich in einem Saftladen in Baton Rouge einem Monster von den Hell's Angels seine eigene Kette um die Ohren geschlagen, worauf er von der Bühne gefallen ist und sich die Rübe angeschlagen hat. Koma, Anwalt. Der Anwalt sagte, der Angel habe einen Hirnschaden davongetragen, und ich sagte, er habe gar nicht genug Hirn gehabt, daß ein Schaden entstehen konnte, und kriegte diesmal drei Jahre in einer Strafanstalt des Staates Louisiana. Dort gab es weder Himbeeren, noch Melonen, aber sehr viel mehr Gutes läßt sich nicht darüber sagen. Als ich wieder rauskam, rissen sich die Arbeitsämter natürlich nicht übermäßig um mich, also begann ich als Schuldeneintreiber für Charlie the Fish. Das kennst du doch, was die Bullen machen, wenn sie einen verhören; das sieht man doch ständig im Film; der eine spielt den Guten und der andere den Bösen; in Chicago nennen sie das ›Susi und Strolch‹; also ich und Charlie, wir hatten unser eigenes System. Ich spielte den Bösen, und er spielte den Böseren.«

»Und dann?«

»Und dann kam ich nach Kalifornien, und wenn ich nicht gestorben bin, dann lebe ich noch heute.«

»Willst ne Coca?« sagte sie. »Ich geb einen aus.« Sie ging weg, um welche zu holen. Bei den Preisen in der Eisenbahn rechnete ich mir aus, daß sie danach noch etwa zwanzig Cents von ihren beinah zehn Dollar übrighaben mußte.

Geschieht ihr recht. Ich verwendete die Coca, um ein Demerol herunterzuspülen, weil sich mein Bein schon wieder mausig machte. Dann machte ich ein Nickerchen.

»Du kannst bleiben, Kleine«, sagte ich, kurz bevor ich wegdämmerte. »Du machst dich bisher ganz gut, wenn man bedenkt.« Sie schlürfte ihren Rest Coca so lärmend wie nur irgend möglich, ein Quälgeist bis zum bitteren Ende.

Wir waren nicht mehr weit von Modesto, Sheriff Gutes' alter Pfründe, entfernt, als Sara wieder anfing, Hummeln zu kriegen. Ich mußte ihr nochmal das gesamte Gespräch mit Mrs. Lillie wiederholen, und sie war noch stärker davon überzeugt, daß diese ihre echte Mutti war. Ich wußte es immer noch nicht, aber ich hatte nicht den Eindruck.

»Aber machen sie das nicht immer so?« sagte sie und schüttelte mich am Arm. Ich weiß nicht, wann sie entschieden hatte, daß ich am allerbesten als Punchingbag zu verwenden war. »Ich mein', eine Frau geht zum Arzt und sagt: ›Ich hab da eine Freundin, und die ist in Schwierigkeiten‹, aber in Wirklichkeit ist sie das doch selbst, oder? Ich mein', ich versteh das ja, daß sie erstmal einen Blick auf mich werfen will, um zu sehen, ob ich nicht völlig bekloppt bin.« Es war mir nicht der Mühe wert zu sagen, daß (a) Mrs. Lillie keinen Blick auf sie werfen wollte und daß (b) sie völlig bekloppt war. Also sah ich stattdessen aus dem Fenster; vielleicht gab es Kühe oder Pferde zu zählen. Es gab keine Kühe oder Pferde zu zählen; also zählte ich illegale Erntearbeiter auf den Tomatenfeldern; davon gab es reichlich.

»Bis zur Jahrhundertwende wurde hier viel Mohn angebaut; wußten Sie das?« sagte ein alter Zausel schräg gegenüber.

»Nein«, sagte ich.

»Und Eukalyptus«, sagte er. »Wissen Sie, wofür?«

»Seidenraupenfutter?«

»Eisenbahnschwellen«, sagte der Alte. Kurze Zeit später fügte er hinzu: »Hunt's. Hunt's gehören die ganzen Tomaten. Wissen Sie, wofür?«

»Ja«, sagte ich. »Wäßriges Ketchup.«

In Stockton stiegen wir in einen Bus mit Air-Condition um (genau wie bald auch mein Büro), und kurze Zeit später fuhren wir wieder in nördlicher Richtung auf der Interstate. Meine Schutzbefohlene schwankte zwischen depressiven Stimmungen und Energieausbrüchen. Während eines solchen wollte sie darüber reden, warum eine Mutter wohl je ihr Kind aufgeben bzw. wegschmeißen mochte wie eine tote Katze in der Tüte. Sie fragte sich, woher ihr Name kam; war da ein Zettel an ihrem Schuhchen gewesen, *Dies ist Sara; bitte füttert, liebt und wickelt sie?* Ich sah ihr Problem; wenn sie sich mit ihrer Mutti traf, wer immer das sein mochte, und Mutti war schamzerfurcht, und Sara war vorwurfsvoll, dann wurde das Problem nicht geringer. Ich erzählte ihr von Timmys Mutter . . . Ein junges Mädchen, lebte gern, hatte ein geistig zurückgebliebenes Kind und keinen Ehemann, der ihr hätte helfen können . . . Was wäre passiert, wenn sie nicht abgehauen wäre und Timmy bei ihrer Freundin gelassen hätte? Dann wäre Timmy wahrscheinlich in eine Anstalt gekommen. Meinte Sara denn wirklich, daß alle Mütter ihre Kinder aus egoistischen Motiven aufgaben; manche dachten doch bestimmt auch ans Kind, manchen ging sogar das Schicksal des Kindes vor. Bei dieser Argumentation hellte sich Klein-Saras Miene auf; wenn man ihre hohle Birne in Rechnung stellte, machte sie sich ja wirklich nicht übel, und der gelegentliche tiefe Zug an der Rauschgiftzigarette auf dem Klo, den zu bemerken sie mich für zu spießig hielt, schien ihr auch nicht zu schaden. Ich war nur erstaunt, daß sie sich nicht gleich auf ihrem Fensterplatz einen Joint drehte und dem alten Zausel schräg gegenüber anbot oder die Kippe an das Ehepaar hinter uns weitergab, das während der ganzen Reise lautstark Taschenscrabble spielte.

Von Stockton nach Sacramento sind es nur etwa fünfzig

Meilen; wir waren also nicht lange im Bus. Bereits gegen Mittag standen wir vor der Bus-Haltestelle im alten Zentrum der Hauptstadt des Staates Kalifornien. Mrs. Lillie erwartete uns erst später, also schlenderten wir ein bißchen, besichtigten die in neuem Glanz erstandene Legislative, setzten uns ein wenig in den angrenzenden Park, betrachteten die Penner bei ihren traurigen Spielen, aßen zu Mittag, wobei Sara erstaunlicherweise zweimal soviel fraß wie ich, und Sie wissen ja, daß ich mich nicht zurückhalte, wenn die Essensglocke schellt, und dann wandelten wir zurück zum Busbahnhof, wo ich eine Autovermietung erspäht hatte.

Davis ist eine kleine Stadt, und man erreicht es nach fünfzehn Meilen, wenn man auf Highway 80 in westlicher Richtung fährt. Davis wäre eine noch kleinere Stadt, wenn es nicht die University of California/Davis hätte, die ziemlich berühmt für ihre Veterinärmedizinische Fakultät ist. Wir fuhren von der 80 runter und fanden den Chestnut Drive, indem wir einen der Millionen Radfahrer nach dem Weg fragten, die in jeder Straße ihren eigenen privaten Radweg zu haben schienen; es sah aus wie die Rush Hour in Kuang-tschou-hsi. Wir fanden Mrs. Lillies Haus, ein bescheidenes Teil mit einem Avocadobaum im Vorgarten. Gegenüber wartete ein großer, leerer Park in der Mittagssonne auf die sprichwörtlichen tollwütigen Hunde und Engländer.

Ich parkte vor dem Haus, und wir saßen eine Minute lang still herum, um unsere Nerven herzurichten.

»Ich werde kotzen«, sagte Sara.

»Hör bloß auf mit dem Scheiß«, sagte ich freundlich. »Ich habe übrigens etwas überaus Verdächtiges bemerkt.«

»Was?«

»Im Chestnut Drive gibt es keine Kastanien.«

»Ich werde trotzdem kotzen«, sagte sie.

»Atme vielleicht stattdessen tief durch.«

»Seh ich okay aus?« Sie versetzte ihrem vielfarbigen Mop einen Schubs und rückte ihre Sonnenblende zurecht.

»Ganz toll«, sagte ich. Ich benetzte einen Finger mit Spucke und fuhr mir damit nervös über die mokant hochgezogenen Augenbrauen.

»Ich hab Angst, Vic.« Sie packte mit beiden Händen meinen Arm.

»Mir war klar, daß du im entscheidenden Augenblick Schiß hast«, sagte ich. »Deshalb wollte ich dich nicht mitnehmen.«

»Steck dir deine Sprüche in den Arsch, Süßer«, sagte sie und kletterte aus dem Auto. Ich hatte gar nicht erst versucht, sie dazu zu überreden, daß sie draußen auf mich wartet, denn nachdem sie den ganzen weiten Weg gekommen ist, warten müssen, nein. Das war denn doch zu gemein. Sogar für mich. Also stieg ich aus und folgte ihr über den Plattenweg neben der Einfahrt. Zuerst war sie ganz zuversichtlich, aber dann wurde sie langsamer und blieb schließlich stehen. Ich nahm sie bei der Hand und zog sie das letzte Stück.

»Nicht vergessen: Benimm dich damenhaft«, flüsterte ich ihr zu und erntete dafür ein kleines Lächeln.

Kaum standen wir vor der Haustür, als sie auch schon von einer angenehm aussehenden Frau in Schwesterntracht geöffnet wurde. Vor Sorge runzelte sie die Stirn. Sara preßte meine Hand und starrte ihre Stiefel an; sie wagte nicht, die Frau anzusehen.

»Sara?« sagte die Frau. »Sara?« Sara warf ihr einen verstohlenen Blick zu. »Ich bin Doris Lillie; ich war eine Freundin Ihrer Mutter. Allmächtiger, Sie sehen genauso aus wie sie.«

Mrs. Lillies Augen begannen, wäßrig zu werden. Bevor wir alle im Vorgarten in Tränen ausbrachen, sagte ich: »Sollen wir reinkommen, Mrs. Lillie? Ich bin Victor Daniel, der etwas zu große, aber freundliche Privatdetektiv, den Sie angerufen haben.«

Sie entschuldigte sich und zerrte uns ins Haus. Das gefiel mir nicht. Was mir nicht gefiel, war, daß Mrs. Lillie gesagt hatte: »Ich *war* eine Freundin Ihrer Mutter.« Ich weiß, daß es auch bedeuten konnte, daß sie mal eine Freundin von Saras Mutter gewesen und nun nicht mehr mit ihr befreundet war, aber es bedeutete eher etwas anderes.

Mrs. Lillie führte uns durch einen Korridor an zwei Schlaf- und einem Badezimmer vorbei ins kleine, vollgestellte Wohnzimmer im hinteren Teil des Hauses. Durch das Panoramafenster konnte ich wohlgepflegte Reihen von Bohnen, Mohrrüben, Zwiebeln und Kopfsalat sehen, sowie eine Reihe meiner alten Lieblinge, dahin, dahin, doch nicht vergessen, eine Reihe, um es kurz zu machen, eine Reihe, wie war noch der Name, eine Reihe Himbeerbüsche. Sara benahm sich gut, sie riß sich zusammen, bis wir auf etwas saßen, was wie ein Do-it-yourself-Sofa aussah, aber dann ließ sie es raus und fragte Mrs. Lillie:

»Wo ist bitte meine Mutter?«

Mrs. Lillie sah mich hilfesuchend an; da war sie bei mir falsch.

»Sie ist tot, mein Kleines«, sagte sie freundlich zu dem Mädchen. »Es tut mir schrecklich leid.«

Sara brach in Tränen aus. Ich zog sie an meine Schulter; ich meine, es gibt Zeiten, da muß man über das hinwegsehen, was Wimperntusche fast neuem Wildleder antun kann.

»Ich hab's gewußt«, sagte sie mit erstickter Stimme. »Ich hab's gewußt.«

»Klar hast du das gewußt«, sagte ich.

»Ich hab's gewußt! Ich hab's die ganze Zeit gewußt! Sonst hätte sie doch Kontakt mit mir aufgenommen.«

»Klar hätte sie das, Baby.« Ich hielt die magere Gestalt,

bis ihre Tränen mit einem letzten Rütteln versiegten. Dann nahm Mrs. Lillie sie mit nach draußen, um ihr das Gesicht zu waschen, und ich stand auf, um aus dem Fenster zu sehen und die Himbeeren mit einem bösen Blick zu bedenken. Verdammt will ich sein, wenn ich nicht auch noch eine Reihe Melonen sah. Dann warf ich einer großen, gerahmten Fotografie einen bösen Blick zu, die zusammen mit einem Gummibaum und einer Silberschale voller Pfefferminzplätzchen auf einem Beistelltisch stand, einer teuren Studioaufnahme, komplett mit beleuchtetem Hintergrund, die einen Schönling in der Uniform eines Marineleutnants zeigte. Dann stahl ich ein Pfefferminzplätzchen, und weil immer noch Geräusche aus dem Badezimmer herüberkamen, riskierte ich einen Blick in ein großes Kuvert, das auf einem Kaffeetisch vor dem Sofa lag. Ich nahm an, daß Mrs. Lillie es in Erwartung unseres Besuchs dorthin gelegt hatte. In dem Kuvert waren einige alte Fotos von ihr und einem Mädchen, welches Saras Mutter sein mußte, als Schwesternschülerinnen, dann die beiden bei einer Abschlußfeier und verschiedene Urlaubsschnappschüsse, auf denen Schönling manchmal zwischen den beiden Mädels stand. Ich stopfte die Fotos schnell wieder zurück; die gingen mich jetzt nichts mehr an; wenn der Mopkopp mir was erzählen wollte, tat er es sowieso; wenn er seine Geheimnisse für sich behalten wollte, nur zu.

Die Mädchen kamen frischgemacht zurück; Sara war blaß, aber gefaßt. Als Mrs. Lillie in Richtung Küche ging, um Kaffeewasser aufzusetzen, fragte ich das Kind nach dem Befinden. Sie zeigte mir ihren Mittelfinger (*plus*, vorsichtshalber, den Zeigefinger), und dem entnahm ich, daß es ihr recht gut ging. Ich sagte den Damen, sie hätten ja sicher viel zu bereden, und ich würde mal Luft schnappen gehen, etwa soviel Luft, wie man in zwei Stunden schnappen kann, falls sie nichts dagegen hätten. Sie legten keinen Protest ein, und ich trollte mich.

Ich saß ein Weilchen unter einem Baum im Park und beobachtete zwei wahnsinnige Teenager, die bei 30°C mit einer Frisbee-Scheibe spielten, holte mir bei einem Eiswagen ein Eis am Stiel (Orange) und folgte dann meinem unfehlbaren Sechsten oder vielleicht Siebten Sinn, bis ich in der nächsten Kneipe landete. Der ist in tiefster Seele treu, wer die Heimat liebt wie du.

Als die verabredeten zwei Stunden vorbei waren, ging ich gemächlich zurück zum Chestnut Drive. Obwohl ich mich nicht verlaufen hatte, fragte ich nochmal eine Radfahrerin nach dem Weg, weil sie dermaßen appetitlich war, so unglaublich hübsch . . . Sie war der *cheerleader*, den ich auf dem College nie kennengelernt hatte, weil ich nie aufs College gegangen bin, und wenn ich aufs College gegangen wäre, hätte ich sie wahrscheinlich trotzdem nicht kennengelernt; ihre Augen waren blau, ihr Haar war blond mit sonnengebleichten flachsblonden Strähnen, ihre Beine waren gebräunt, und ihr T-Shirt war feucht und eng.

»Zweite rechts, Sir«, sagte sie mir. Sir. Das wird mir eine Lehre sein. Wird es aber wahrscheinlich doch nicht.

Als ich zum Haus zurückkam, klingelte ich und wurde hineingelassen. Sara war marschfertig; das große Kuvert hatte sie fest unter einen Arm geklemmt.

»Ihr Mann noch nicht zu Hause?« fragte ich Mrs. Lillie.

»Er ist verreist«, sagte sie knapp. Das Haus hatte den Eindruck gemacht, als sei er oft verreist.

Doris Lillie und Sara umarmten sich an der Tür. Mrs. Lillie und ich tauschten einen Händedruck.

Das Stück Schrott, das ich gemietet hatte, war nicht allzu heiß, weil ich es unter dem Avocadobaum geparkt hatte, aber es war heiß genug. Beim Einsteigen fragte ich Sara: »Was nun, mein Kind? Willst du was essen, willst du hier übernachten?«

»Ich will nach Hause«, sagte sie mit leiser Stimme. »Bitte.«

»Klar, Baby.«

»Hab grad zu Haus angerufen. Mom sagt, sie ist froh, daß ich angerufen hab, und ich soll sofort nach Hause kommen.«

»Schon unterwegs, Kleine.«

Im Weichbild von Davis fuhren wir an einem Krankenhaus vorbei, und ich will verdammt sein, wenn es nicht St. Mary's war. Ich wies den Strohkopf gar nicht erst darauf hin. Keine zwei Minuten später waren wir wieder auf dem Highway 80 East in Richtung Sacramento.

»Können wir nicht fliegen?« sagte Sara schließlich. »Ich will nach Hause.«

Ach, süßer Jesus, ich hatte es kommen sehen, ich hatte es gewußt, mir war bereits schlecht. Aber ich sagte nur: »Klar, Baby, kein Problem«, genau wie jedes andere wunderbare, zärtliche und rücksichtsvolle menschliche Wesen. Ich tätschelte ihr den Kopf – meinen hatte sie auch mal getätschelt –, den sie halbwegs aus dem Fenster gesteckt hatte, um was vom Fahrtwind abzukriegen, wie Hunde das machen. Und wie Katzen das nicht machen, weil sie zu dämlich sind.

»Du hast doch nicht wirklich Angst vorm Fliegen, son heißer Typ wie du?«

»Spinnst du?« Ich lachte. »Ich hab nur an dich gedacht. Ich dachte, ein paar stille Stunden in der Eisenbahn helfen dir vielleicht, daß du deinen Wollkopp auf die Reihe kriegst.«

Wir fuhren wieder auf die 5, folgten dem Sacramento River ein Stück weit nach Süden und bogen dann nach Osten zum Flughafen ab. Air-Cal hatte fast sofort einen Flug für uns, obwohl ich darum gebetet hatte, daß die gottverdammten Start- und Landebahnen wegen Nebels gesperrt sein mögen oder sonstwas. Sie akzeptierten sogar widerspruchslos meine Kreditkarten. Ich war nämlich noch nie geflogen. Da, jetzt hab ich's gesagt. Mein ganzes Leben lang hatte ich das mit Hilfe der einen oder anderen List vermieden, und einige der Listen waren Meisterwerke gewesen. Ich weiß nicht, woher die Furcht kam, aber sie kam. Trotzdem ist es erstaunlich, wozu man imstande ist, wenn es keinen Ausweg gibt oder wenn man wirklich möchte. Ich kannte mal einen Typ, Rickey hieß er, Rickey der Friseur, genannt Henri de Paris, wenn er gerade arbeitete, und der hatte eine komplette, absolute, pathologische Angst davor, Auto zu fahren. Er hätte nicht auf die Beerdigung seiner Mutti fahren können, dabei war er ein totales Muttersöhnchen. Er lernte also eines Nachts bei einer Party im San Fernando Valley ein Mädchen kennen. Gleich nebenan von da, wo er wohnte. Am nächsten Morgen rief sie an und lud ihn für denselben Tag zu sich nach Hause in die Wildnisse des Topanga Canyons ein. Er nahm eine Stunde Fahrunterricht, mietete sich ein Auto und kam eine halbe Stunde zu früh dort an. Was nun das Fliegen betrifft, Scheiße, so schlimm war das gar nicht, wenn man erstmal das Bier aus der Kneipe in Davis ausgekotzt hatte, und die Cocktailwürstchen und die Soleier und ein bis zwei Bi-Fis und die Gratisnüsse vom Tresen und die Stullen mit Erdnußbutter und Honig aus der Eisenbahn und Gott weiß, was sonst noch alles. Und man kann sich ja auch immer noch ein paar Demerol einpfeifen und nie aus dem Fenster blicken, und es hat ja auch nur eine Stunde gedauert, aber ich möchte eins hinzufügen: Es wird ein *sehr* kalter Tag sein, an dem ich das noch mal mache, und damit meine ich nicht nächste Weihnachten.

Sara war während des Albtraumfluges ziemlich still, bis wir in L.A. zur Landung ansetzten, und dann kam alles auf einmal raus. Ihre Mutter war ein Mädchen (oder *cailin*) namens Mary Heather McBride gewesen, welches mit siebzehn Dublin verließ, um bei Onkel und Tante in Oakland zu leben. Onkel und Tante hatten sie unverzüglich in einem katholischen Lernschwesternheim in San Fancisco unterge-bracht, in dem sie mit ihrer besten Freundin Doris auf einer Stube hauste. Sara zeigte mir ein Foto, auf dem beide Mäd-chen drauf waren, das Foto, das ich bereits gesehen hatte, auf dem beide so schön stolz in ihrer neuen Schwestern-tracht und mit den frisch gestärkten Häubchen lächelten.

In ihrem zweiten Jahr wurde Mary McBride schwanger, da muß sie neunzehn gewesen sein; Vater unbekannt, außer ihr selbst. Im fünften Monat ihrer Schangerschaft bekam Mary Krankheitsurlaub; sie hatte als Kind Lungenentzün-dung gehabt und litt tatsächlich immer noch an den Nach-wirkungen. Die verwitwete Mutter ihrer besten Freundin Doris besaß damals das Haus am Chestnut Drive und wohnte dort auch, bis Doris es übernahm, weil ihre Mutter nach Sun City (Arizona) zog. Das Baby wurde in eben jenem Haus von Doris' Cousin zur Welt gebracht, der die Lernschwestern in Geburtshilfe unterrichtet und bei St. Mary's in Davis sein Praktikum absolviert hatte, wo er sich auch gelegentlich konsultieren ließ. Doris assistierte bei der Geburt. Doris ließ das Kind, Sara, im St. Mary's Hospital, wobei sie einigermaßen beruhigt davon ausgehen konnte, daß ihr Cousin dafür bürgte, daß für das Kind ordentlich gesorgt wurde. Den Namen Sara hatte sie nicht von ihrer leiblichen Mutter. Mary McBride starb im darauffolgenden Jahr an einer Art Bronchialpneumonie, ohne ihr Kind wie-dergesehen zu haben. Der Vater hat sich nie gemeldet. Ende.

Sara tat die Bilder sorgfältig ins Kuvert zurück und quetschte dann das Kuvert in ihren Rucksack.

»Na, geht dir das zu Herzen?« sagte sie. »Na?« Wieder drosch sie unnötigerweise auf meinen Arm ein. Ich hoffte, sie würde mich nie dazu anstellen, ihren Vater zu finden; ich glaubte nicht, daß Schönling einen so tollen Vater abgab.

Am Flughafen von L.A. schnappten wir uns einen Bus, der uns bis auf zwei Blocks an den Parkplatz heranbrachte, auf dem ich mein Auto gelassen hatte, welches ich auslöste, um sie nach Hause zu fahren.

»Vielen Dank, es war sehr«, sagte sie. Sie stieg aus, winkte kurz und verschwand in ihrer Mietskaserne. Es war ein warmer Abend. Ich blieb ein bißchen sitzen und lauschte auf das scharfe metallische Geräusch des Motors. Dann fuhr ich nach Hause zu meiner Mom.

Immerhin, eine ganz ordentliche Woche, wenn man alles bedachte. Was hatte ich bloß richtig gemacht?

Ein paar Tage später erschien folgender Bericht oder Gesang oder was es war, in meinem Briefkasten; wie die anderen war er auf geheimnisvolle Weise im Schutze der Nacht von Hand zugestellt worden.

VERTRAULICH

28. Mai
Bericht
Von: S. S.
An: V. D. (Ha ha)

Beiliegend zehn Dollar ($ 10,00) Anzahlung.
Gib sie für Klamotten aus.
Bin an St. Stephen's Hi School vorbeigefahren.
Athletentypen mit Armbinde kontrollierten jedes Auto
Das rein und rausfuhr aus dem frisch eingezäunten
Parkplatz. Großes Schild:
KRISENKONFERENZ – ALLE ELTERN – HEUTE ABEND 19:30h
Aufnahmeteam vom Fernsehn vor dem Haupteingang.
Uniformierte Wache am Haupteingang.
Junge
Bist du *doooof*,
Um mal das Thema zu wechseln.

Erstens steckt doch niemand einen 14jährigen in den Knast.
Und zweitens: Wie soll dein Pop dich lieber mögen
Wenn du (einmal) was ganz Tolles tust und ihm dann davon
Null sagst??????????????????????????????
Also
Hast du das ganz umsonst gemacht, du *Doooofi*.
Hab versucht, ein Gedicht über deinen Pop und meine
  Mom zu schreiben –
Einer meiner seltenen Fehlschläge.
Bis dann,
Sagt Sara
XXX
P.S. In letzter Zeit mal wieder geflogen?

> Und wenn ich jedes sterblich Ding verlach',
>   So ist's, auf daß es mich nicht weinen mach'.

Dieser bekannte Ausspruch stammt am ehesten von (nur
  einmal ankreuzen):

(a) Vince Lombardi. (b) Mary, Königin der Türkei. (c) V.
  (wie Victor)
Daniel.

DAVID M. PIERCE, geboren in Montreal, Kanada, lebte einige Jahre in London, schrieb dort u.a. Stücke für die Pop-Gruppe *Meal Ticket* und schauspielerte in einer Shakespeare-Theatertruppe. Veröffentlichte Koch- und Gedichtbücher sowie mehrere Krimis mit Discount-Detektiv Vic Daniel; er lebt heute in Paris.